Eugene Drucker
Wintersonate

EUGENE DRUCKER

Wintersonate

Roman

Aus dem amerikanischen Englisch übersetzt von Inge Leipold

OSBURG VERLAG

Titel der amerikanischen Originalausgabe:
The Savior
Simon & Schuster, New York

www.osburgverlag.de
Lektorat: Bernd Henninger, Heidelberg
Herstellung: Prill Partners producing, Berlin
Umschlaggestaltung: Toreros, Lüneburg
Satz: Dörlemann Satz, Lemförde
Druck und Bindung: GGP Media GmbH, Pößneck
Printed in Germany
ISBN 978-3-940731-35-7

Für Roberta, meine Gefährtin auf einer langen Reise;
für Julian, die unbändige Freude unseres Lebens;
und im Gedenken an meinen Vater Ernest Drucker

… wie, bitte, klingt die lieblichste Musik,
wenn man den Takt zerbricht, die Harmonie
verwüstet?

Shakespeare, *Richard II.*,
5. Akt, Szene 4

I

Ich habe für die Verwundeten und Sterbenden gespielt. Die Armee hatte mich geschickt; mein Spiel war als Beitrag zu den Kriegsanstrengungen gedacht.

»Kannst du ›Wiener Blut‹ spielen?«

Er schüttelte den Kopf.

»Wie wär's mit ›Es war ein Edelweiß, ein kleines Edelweiß‹?«, fragte der mit dem Holzbein.

Noch bevor Burkhard Keller antworten konnte, brüllte hinter ihm ein anderer: »Das ›Horst-Wessel-Lied‹!« Keller, der bereits erklärt hatte, dass er nichts auf Bestellung spielen könne, dass er ein vollständiges Programm mit Stücken für Violine solo vorbereitet habe, drehte sich um und sah einen glatzköpfigen Soldaten, der mit ein paar hastigen Bewegungen der kräftigen Arme seinen Rollstuhl wie wild zur Mitte des Raums trieb und dann wendete, um dem Geiger ins Gesicht zu sehen. Auf seinem Kopf bemerkte Keller eine gezackte Wundnaht.

Stickig war es in diesem Schulhaus ohne Schüler. So wie es aussah, war das Gebäude erst in den letzten Wochen in ein Lazarett umfunktioniert worden. Eine veraltete Karte, auf der die deutschen Eroberungen im Jahre 1942 und im ersten Halbjahr 1943 verzeichnet waren, hing schief über einer Tafel. An einer Wand waren Pulte und Stühle aufeinandergestapelt. Die meisten Patienten lagen in an den Längswänden aufgestellten Betten; in der Mitte des Raums kurvten ein paar Männer in ihren Rollstühlen herum. Von der Decke baumelten Glühbirnen, tauchten die Gesichter in gelbliches Licht. Zur Desinfektion der Böden hatte man Unmengen Salmiakgeist darüber geschüttet; der Gestank stach Keller ätzend in die Nase. Doch noch ein anderer Geruch hing im Raum, ein Geruch, den nicht einmal der Salmiakgeist überdecken konnte – der süßliche Geruch, den die fiebrig schwitzenden, auf viel zu engem Raum zusammengepferchten Leiber ausdünsteten.

Die Fenster waren zugehakt. Der Winter stand ins Haus.

Höhnisches Grinsen, Grimassen – denen war es egal, was er vorbereitet hatte. Und es brächte auch nichts, wenn er ihnen erklärte, dass die Musik, die er spielen wollte, einem mehr abverlangte als all die Stücke, die Klavierbegleitung erforderten und ohne eine solche irgendwie unvollständig klangen; was er spielte, war hingegen vollkommen, so wie es war. Überall um ihn herum Augen, Augen, die aus bandagierten Gesichtern spähten, Augen, fast tot, die Löcher in ihn bohrten und alle das Gleiche fragten: Warum war er hierhergekommen und ging ihnen mit diesem Scheiß auf die Nerven?

Als er Bach zu spielen begann, schwang der Kahlköpfige seinen Rollstuhl herum und starrte die Wand an.

Idioten, murmelte er vor sich hin. Er war gekommen, um ihnen zu helfen, um ihnen ihr Leben ein wenig erträglicher zu machen, damit sie sich schneller erholten. Und bei denen, die sich nie mehr erholen würden? Nun ja, um ihnen etwas Würde und den letzten Tagen ihres Lebens irgendwie einen Sinn zu verleihen. Das war zumindest die offizielle Devise, die die Männer hinter den Schreibtischen gebetsmühlenhaft wiederholten, wenn sie ihn mit derlei sinnlosen Aufträgen losschickten.

Keller war noch kaum mit dem ersten Satz der Sonate fertig, als die Soldaten zu reden begannen – miteinander, aber auch an ihn gerichtet. Er wusste nicht, was von beidem, wollte nur noch die Ohren so fest verschließen, dass er ihre Stimmen nicht mehr hörte. Dann fingen sie an zu pfeifen, sogar zu singen, falsch, auch wenn sie so taten, als wollten sie in die Melodien einstimmen, die er spielte. Sie machten sich über Bach lustig: Ganz egal, wie unmusikalisch sie waren, dass sie so schlecht sangen, wenn sie wirklich versuchten, die Melodie mitzusummen, das konnte er nicht glauben.

Sie sangen nicht mit ihm, sie sangen gegen ihn: Er war ihr Feind.

»Warum bist du nicht in Uniform, Herr Geiger?«, fragte der Rädelsführer in einem anderen Krankenzimmer. Wo sein rechter Arm sein sollte, war nur noch ein Stumpf.

Die Mühe, sich Kellers Namen zu merken, hatte er

sich gar nicht erst gemacht. Den würde sowieso keiner behalten, obwohl ein Arzt ihn vorgestellt hatte. Wenn ihn überhaupt einer anredete, dann als »Fiedler«, gelegentlich auch, mit gespieltem Respekt, als »Herr Fiedler«.

»Ich bin nicht bei der Wehrmacht.«

»Das sieht man. Und warum nicht?«

»Ja«, stimmten zwei, drei andere ein. »Wieso nicht?«

»Schwaches Herz«, stieß Keller zwischen zusammengepressten Lippen hervor. Der Soldat legte die Hand ans Ohr, beugte sich vor und schob sich in seinem Rollstuhl ein Stück näher heran. Keller räusperte sich und wiederholte: »Schwaches Herz. Ich habe die Gesundheitsprüfung nicht bestanden.«

»Soso, ein schwaches Herz«, äffte der Invalide ihn mit gespieltem Mitleid nach und starrte nachdenklich auf Kellers Brust. »Verstehe. Du meinst … du bist ein Schwächling.«

»Ein Schwächling«, echoten die anderen im Chor.

»Wirklich bedauernswert«, fügte der Anführer hinzu. Der Schmerz in seinem Gesicht war einem triumphierenden Ausdruck gewichen.

»Der ist jedenfalls besser in Form als wir«, warf einer ein, der sich in seinem Bett in der Ecke des Raums aufgerichtet hatte.

Der einarmige Soldat drehte sich um und starrte ihn an.

»Seid schon still!« Der Soldat in dem Bett schien nur mit Mühe sprechen zu können; er war in noch schlimmerem Zustand als die anderen. Sein Oberkörper war mit rot verfärbten Bandagen umwickelt. Schweiß stand ihm auf der Stirn, und seine Augen waren so eingesunken, dass Keller nicht sagen konnte, wen der Mann beim Reden ansah. Vielleicht sah er auch gar niemanden an, nur die Wand. »Lasst ihn spielen«, sagte er müde. »Das ist die einzige Abwechslung in diesem verdammten Trott.«

»Es ist noch schlimmer!«, höhnte ein anderer. Gelächter ringsum, doch Keller achtete nicht auf ihr Gespött. Mittlerweile hatte er sich daran gewöhnt. Nach wie vor sah er zu dem Mann in der Ecke: Irgendetwas an der auf die Kissen gestützten hageren Gestalt berührte ihn. Der Soldat biss sich auf die Unterlippe und blinzelte, als wäre selbst das trübe Licht hier drinnen zu hell für ihn.

Keller umklammerte sein Instrument und fragte sich, was der Mann wohl gemeint hatte mit dem »Trott«. Spritzen? Bettpfannen? Hohle Versprechungen, wo doch keine Hoffnung war? Oder die Tatsache, dass sie hier Tag für Tag, Stunde für Stunde, Minute für Minute zusammengepfercht waren? Abgesondert von den anderen, schien diesem Mann nichts geblieben zu sein, das ihn irgendwie aufrichtete – kein Trotz, keine Protzerei, keinerlei Fähigkeit, sich über die Schwäche anderer lustig zu machen.

So würde ich aussehen.

»Ich sterbe noch vor Langeweile, wenn ich nicht vorher an dem da sterbe«, krächzte der Mann, der für Keller gesprochen hatte, und deutete auf seinen Bauch. Jedes einzelne Wort klang wie durch eine Mauer von Schmerz hindurchgepresst. »Kommt schon, lasst ihn spielen! Könnte uns allen nur guttun.«

Die Anstrengung, laut zu sprechen, hatte einen Hustenanfall zur Folge. Die anderen hatten zu lachen aufgehört. Als das Husten schwächer wurde, fing Keller an zu spielen; er wünschte, er könnte mit dem Mann sprechen, seine Verlassenheit aufbrechen. Doch nach der Vorstellung musste er gleich weiter. Sein Fahrer wartete; noch zwei Lazarette standen auf dem Programm. Draußen auf dem Flur warf er einen Blick zurück in den Raum, den er gerade verlassen hatte, und spielte mit dem Gedanken, noch einmal hineinzugehen, wenn die anderen Patienten – die, die alleine gehen konnten – herausgekommen wären. Doch dann sah er auf die Uhr. Halb zwölf schon – keine Zeit mehr.

Ein paar Wochen darauf holte man ihn für eine dreistündige Fahrt westwärts zu einer kleinen Stadt nahe der Front ab. Er versuchte, ruhig zu bleiben, wie immer auf diesen Fahrten; er wusste nie genau, wohin man ihn bringen würde. Ihm blieb nichts weiter, als zu hoffen, dass sie nicht zu nahe an die Gefechtslinien herankämen. Aus Erfahrung wusste er, es hatte keinen Sinn, ein irgendwie sinnvolles Gespräch mit dem Fahrer zu beginnen – über Musik, über die verwundeten Soldaten, über den Krieg.

Als sie aufgebrochen waren, hatte der Fahrer ihm erklärt, es wäre ein weiter Weg. Nach einer Weile schloss Keller die Augen und versuchte, vor sich hin zu dösen, da er nachts nicht besonders gut geschlafen hatte. Ob er sich wohl ausreichend entspannen könnte, um einzuschlummern? Wenigstens waren die Straßen nicht so holprig wie sonst oft, und das gleichmäßige Dahinfahren wirkte einschläfernd. Seine Gedanken schweiften zu der Zeit an der Musikhochschule zurück – zu seinen Freunden dort, zu seinem musikalischen Selbstvertrauen. Und dann – auch wenn er sich bemühte, an etwas anderes zu denken – zu Alina.

Er sah die kleine, über die Klaviatur in einem Übungsraum gebeugte Gestalt vor sich, das schmale, blasse Gesicht in Erwartung des Einsatzes für die nächste Phrase aufmerksam nach oben gewandt. Ihm war, als würde er wieder den Arm um ihre Taille legen und sie an sich ziehen, so wie in jenem Winter, als sie durch die Straßen Kölns gestreift waren, damals, ehe alles anders geworden war. So lange war dies nun her, kaum gelang es ihm, sich ihr Gesicht in Erinnerung zu rufen. Nur noch selten warf er einen Blick auf die Schnappschüsse von einem ihrer Spaziergänge entlang dem Rheinufer, auf denen sie sich in ihren Mantel gewickelt und den Schal so fest umgebunden hatte, dass er fast ihr ganzes Gesicht verbarg. In all den Jahren seitdem waren die Bilder verblasst, die Konturen kaum noch zu erkennen.

Schließlich war er wohl doch eingeschlafen; als er die Augen öffnete, fuhren sie über das Kopfsteinpflaster verwinkelter Straßen einer kleinen Stadt, offenbar nicht mehr weit von ihrem Bestimmungsort. Die Häuser waren unversehrt – bis jetzt war das Städtchen also verschont geblieben. Allerdings waren laut Auskunft des Fahrers die Straßen und Brücken westlich und nördlich davon bombardiert und somit die Nachschubwege abgeschnitten worden. Gespenstisch verlassen und ruhig waren die Straßen; nur eine kleine Gruppe hohlwangiger Kinder – schmuddelig und zerlumpt – durchwühlte eine umgestürzte Abfalltonne.

Wo er wohnte, war die Lage nicht – zumindest noch nicht – ganz so schlimm. Dennoch, seit Monaten hatte er kein ordentliches Stück Fleisch mehr gegessen, und an den Geruch oder Geschmack von frischem Gemüse konnte er sich kaum mehr erinnern. Das Einzige, was er sich vorstellen konnte, war, wie es Jahre zuvor *ausgesehen* hatte, wie es auf dem Marktplatz der kleinen Stadt in Westfalen, in der er aufgewachsen war, an den Wochenenden feilgeboten worden war. Seit kurzem dachte er allerdings vor allem an Schokolade, versuchte sich zu erinnern, wie es sich anfühlte, wenn er ein Rippchen davon abbrach, versuchte, sich die klebrige Süße vorzustellen, das herrliche Gefühl, wenn er hineinbiss. Mittlerweile träumte er schon von Schokolade. Nur mit Mühe machte er sich klar, dass die Wehrmacht ihn wohl kaum eines Tages mit einer Schachtel Pralinen oder einer Flasche Kognak für seinen Auftritt belohnen würde.

Ein Krankenhaus am westlichen Stadtrand, nahe der Front, war von der Armee auf ihrem Rückzug ostwärts in Beschlag genommen worden: ein niedriges, blockartiges Gebäude aus hellem Ziegelstein; auf der einen Seite grenzte es an ein Wäldchen, auf der anderen an einen Friedhof; die marmornen Grabsteine glänzten in der Sonne. Auf der Straße entlang dem Kirchhof überholte sie ein Krankenwagen mit heulender Sirene und hielt vor der Notfallambulanz. Zwei Sanitäter sprangen heraus, rissen die rückwärtigen Türen auf und entluden ihre Fracht von vier oder fünf verwundeten Soldaten. Von der einen Bahre, die beim Ausladen gefährlich hin- und herschwankte, baumelte ein Arm.

Infolge des unerwarteten Eintreffens der neuen Patienten musste Keller über eine Stunde warten, bis er mit seiner Vorstellung anfangen konnte. Sein Fahrer rauchte draußen, während er selber auf dem Flur saß und im Kopf einige Melodien durchzuspielen versuchte. Ein vor sich hin murmelnder Mann näherte sich mit kleinen, schlurfenden Schritten. Er sah aus, als trüge er eine Maske: Gesicht und Kopf waren zweifach, dreifach mit Bandagen umwickelt, die nur kleine Löcher für Mund, Nasenlöcher und Augen frei ließen. Zu Kellers Erleichterung schlurfte der Mann an ihm vorbei, als wäre er die einzige Person weit und breit.

Keller wollte nichts weiter, als endlich seine Geige herausnehmen, es hinter sich bringen und nach Hause zurück. Obwohl ihn dort eigentlich nicht viel erwartete – karge Rationen im Schrank und ein leeres Bett.

Seine Freunde waren alle fort, waren eingezogen, an die Russlandfront geschickt worden. Außer denen, die vor Jahren rechtzeitig geflohen waren – die Vernünftigen also. Und jene, die keine andere Wahl gehabt hatten.

Seine Eltern waren kurz nach Ausbruch des Krieges binnen eines halben Jahres gestorben. Er war ihnen nicht besonders nahe gestanden – sie hatten sich nicht viel aus Musik gemacht und nicht verstanden, warum er eine Stelle als Konzertmeister, vielleicht sogar eine Solistenkarriere anstrebte. Sie hatten spät geheiratet, und er war das einzige Kind. Irgendwo gab es ein paar Cousins, aber er hatte keinen Kontakt mehr zu ihnen. Was ihm allerdings nicht allzuviel ausmachte.

Schließlich kam ein Arzt auf ihn zu und begrüßte ihn. Der Mann mit der Maske ging dicht an ihnen vorbei.

»Schwere Kopfverletzung?«, fragte Keller, als der Mann außer Hörweite war.

»Ja und nein«, antwortete der Arzt und strich eine Strähne kupferfarbenen Haars, die ihm in die Stirn gefallen war, zurück.

»Ich fürchte, das verstehe ich nicht ganz.«

Für ein paar Augenblicke hatte es den Anschein, als hätte der Arzt ihn nicht gehört. Unter seinen blutunterlaufen Augen zeichneten sich dunkle Ringe ab. Wann er wohl das letzte Mal eine Nacht durchgeschlafen hatte? Da die Front auf beiden Seiten einbrach, gab es jede Menge Verwundete. Wahrscheinlich musste er Tag und Nacht, wann immer Verwundete eingeliefert wurden, Notoperationen durchführen. Zwischen zwei Finger hatte er einen brennenden Zigarettenstummel geklemmt. Seine Fingerkuppen waren blutig, grindig; offenbar kaute er auf seinen Nägeln herum.

Schließlich räusperte er sich und erklärte: »Keine

Kopfverletzung im eigentlichen Sinn. Er hat sich selber bandagiert und weigert sich, die Binden abzunehmen. Schwierigkeiten macht er kaum welche – er lebt in seiner eigenen Welt.«

»Na ja, dann ist er wahrscheinlich besser dran als wir«, sagte Keller spontan.

Fragend sah der Arzt ihn an. Keller wunderte sich über sich selber, wunderte sich, dass er so etwas einem Fremden gegenüber geäußert hatte, doch der Arzt machte den Eindruck, als wisse er, wie die Dinge standen. Als wisse er, dass der Krieg nicht mehr zu gewinnen war – ein Blick auf sein müdes Gesicht bar jeder Hoffnung machte dies deutlich.

Der Patient verschwand durch eine Tür; der Arzt warf den Kopf zurück, deutete mit dem Kinn auf eben diese Tür. »Da drin sollen Sie spielen.« Mit gefurchter Stirn blickte er den Geiger an, als zweifle er am Sinn einer solchen Vorstellung. »Ich hoffe, Sie erreichen etwas bei ihnen.«

Keller ging auf die Tür zu und fragte sich, welches Desinteresse, welche Beleidigungen ihn wohl erwarteten.

Die meisten Patienten in diesem Raum waren bettlägerig, hingen an Infusionsschläuchen, die von Metallständern neben ihrem Bett baumelten. Durch ein schmales Flügelfenster direkt gegenüber der Tür sickerten schwache Strahlen der Spätnachmittagssonne. Die anderen Fenster waren mit Läden verschlossen, gerade so, als wären die Patienten gerade aus einem Nickerchen erwacht. In dem spärlichen Licht, das durch das Halbdunkel drang, schwebten feine Stäubchen. In einem Stuhl, den er beim Eintreten Kellers ins Licht gezogen hatte, saß der Mann mit der Maske und verfolgte jede Bewegung Kellers, als dieser seine Geige aus dem Kasten nahm und den Bogen spannte.

»Sind Sie gekommen, um uns zu heilen?«, fragte er.

Einige Patienten kicherten. Aber Keller war nicht sicher, ob die Frage wirklich sarkastisch gemeint war. Unmöglich zu sagen, denn der Mann konnte vor lauter Bandagen kaum das Kinn bewegen, und die Worte kamen leise, gedämpft aus seinem Mund.

»Können Sie uns wieder ganz machen?«

Keller wusste nichts zu antworten. Er fragte sich, was die da oben wohl erwarteten, dass er in einer solchen Situation sagte. Doch ihm war klar, er musste selbst die passenden Worte finden, musste so ehrlich wie möglich sein, ohne erkennen zu lassen, dass es keine Hoffnung mehr gab.

»Musik hat bekanntlich immer eine heilende Wirkung«, erklärte er schließlich nach einigem Zögern. »Und deswegen bin ich hier. Ich werde die Chaconne von Bach für Sie spielen. Dieser Musik wohnt eine gewaltige Kraft inne – eine geistige Kraft, die …«

»Hat sie auch *magische* Kraft?«, wollte die Maske wissen.

»Magisch?«, wiederholte Keller.

»Sie wissen, was ich meine. Kann sie die Toten wieder zum Leben erwecken?«

II

Seit seinem letzten Auftritt war eine Woche vergangen. Es war früh am Morgen, und nach einer weiteren unruhigen Nacht war er noch ganz benommen; er hatte von dem Mann mit der Maske geträumt, der ihn mit Fragen bestürmt hatte, die er kaum verstehen konnte. Als Keller auf den Mann zugegangen war, wurde dessen Aussprache noch undeutlicher; mit ausgestreckten Armen war er auf ihn zugewankt, doch als Keller seine Hand fassen wollte, war er zurückgewichen.

Nach Frühstücken war ihm nicht zumute, aber er stürzte etwas Kaffee hinunter, ehe er die Geige nahm und seine Wohnung verließ. Im Erdgeschoss angelangt, bemerkte er, dass der Gehsteig in Licht getaucht war.

Scheinwerfer.

Ein Auto? Hier, um diese Zeit?

Er hörte das Brummen eines leerlaufenden Motors; als die Innentür ins Schloss fiel, spähte er durch die Haustür nach draußen.

Ein Wagen ohne Verdeck, wie die von der Wehrmacht benutzten Kübelwagen, die ihn zu den provisorischen Spitälern in Frontnähe brachten. Aber sie holten ihn nie zu Hause ab. Normalerweise begab er sich zum Hauptquartier und wurde von dort aus losgeschickt. Angesichts des Zustands der Straßen wollte man keine Zeit mit dem Herumkurven durch die Einbahnstraßen des Städtchens verlieren.

Der Fahrer hob den Kopf, als er sah, wie Keller in der Tür zögerte; dann deutete er mit dem Daumen auf den Rücksitz. Zu spät, um so zu tun, als habe er ihn nicht bemerkt, zu spät, um in das dunkle Treppenhaus zurückzutreten. Widerwillig stieß er die Tür auf.

»Steigen Sie ein.«

Der Fahrer war kräftig gebaut, das Gesicht kantig. Trotz beißender Kälte hatte er seinen Mantel aufgeknöpft, und in dem fahlen Licht einer nahen Straßenlaterne sah Keller die schneidige schwarze Uniform: SS, nicht Wehrmacht.

Den Geigenkasten an sich gedrückt, ihn mit beiden Händen umklammernd, ging er zögerlich um eine vereiste Lache herum. »Ich war auf dem Weg zum Hauptquartier, um meinen nächsten Auftrag abzuholen.«

»Von dort komme ich gerade. Sie haben mich hergeschickt, damit ich Sie abhole.«

Mein Tagebuch. Haben sie es gefunden?

Oder hatte er das Herrn Maier zu verdanken?

Er blickte die Straße hinauf und hinunter, ob wohl jemand sie beobachtete. Eine magere graue Katze schoss über das Kopfsteinpflaster und starrte ihn einen Augenblick lang an, ehe sie in der Gasse gegenüber seinem Haus verschwand.

Die Schaufenster waren dunkel, die Fenster alle mit

Läden verschlossen, als hätten die schmalgiebligen Häuser sich auf sich selbst zurückgezogen, um den eisigen Winter auszusperren. Keller hatte den Eindruck, dass die ganze Straße die Augen geschlossen hatte, um nicht zu bemerken, wie ein Nachbar verschwand.

Der Fahrer fixierte ihn und klopfte mit den behandschuhten Fingern der rechten Hand auf das Steuerrad. Keller versuchte, einen klaren Gedanken zu fassen. Wenn dies nur eine Variation des Themas seines sinnlosen Vorspielens für Soldaten war – wenn also alles noch in Ordnung war –, würde jeglicher Versuch, sich herauszureden, den Fahrer nur misstrauisch machen. Vielleicht war es ein Fehler, so zu zögern.

»Darf ich fragen, wo es hingeht?«

Als er es sich auf dem Rücksitz bequem gemacht und sein Instrument sorgsam auf den Sitz neben sich gebettet hatte, reichte der Fahrer ihm eine Nachricht vom Hauptquartier. Er streifte die Handschuhe ab. Es kostete ihn einige Mühe, die Hände ruhig zu halten, als er den Umschlag aufriss. Wieder und wieder las er die mit Maschine geschriebene Botschaft auf dem Blatt Papier mit dem Briefkopf der Wehrmacht, versuchte, sich einen Reim auf das Ganze zu machen.

> Sie wurden für die nächsten vier Tage von der SS angefordert. Am Wochenende wieder normaler Dienst.

Keine Einzelheiten, keinerlei Erklärung. Er erkannte die Unterschrift des Leutnants, der normalerweise seine Fahrten anordnete.

Er sah zum Fahrer hin. »Bringen Sie mich … in ein Lager?«

Der Fahrer wandte sich um und sah ihn an; sein Mund verzog sich zu einem Lächeln. »Unser Kommandant ist ein großer Musikfreund.«

Wahrscheinlich das Lager bei der Chemiefabrik, nahe der Flussbiegung. Ein Ort, den sich vorzustellen er immer vermieden hatte. Etwa fünfzehn Kilometer von der Stadt entfernt und abseits der Hauptstraße, so dass er auf seinen Fahrten zu den Soldaten nie sehr nahe daran vorbeigekommen war. Doch von Zeit zu Zeit hatte er etwas darüber gehört. In der Nähe war ein Dorf, und die Leute redeten. Irgendjemand hatte gesehen, wie eines Nachts eine lange Kolonne ausgezehrter Häftlinge die Fabrik verlassen hatte. Doch niemand wusste Genaueres über das Lager selbst.

»Wenn ich die nächsten vier Tage dort bleiben soll, muss ich ein paar Sachen mitnehmen. Außer Sie haben vor, mich jeden Tag hin und wieder zurückzufahren.«

»Man wird sich dort um alles kümmern. Es wird für alles gesorgt werden.« Der Fahrer schaute auf Kellers rechte Hand, die den Türgriff umklammerte, gerade so, als wolle er ihn herausfordern, es doch zu versuchen. Keller ließ den Griff los, lehnte sich zurück und zog seine Handschuhe wieder an.

Er hatte nicht die leiseste Ahnung, weshalb sie ihn da hinschickten; aber wenn man ihn hätte verhaften wollen, wäre wahrscheinlich nicht nur der Fahrer gekommen. Sondern etliche bewaffnete Wachbeamte, um sicherzustellen, dass er nicht flüchtete. Diese ganz und gar vernünftige Überlegung konnte ihn jedoch auch nicht beruhigen, und mit einem Mal sehnte er sich nach der langweiligen Vertrautheit seiner Wohnung – nach dem alten, zu dick gepolsterten Sessel, in dem er so oft spätabends beim Lesen oder Durchsehen einer Partitur eingeschlafen war, nach dem großen Erkerfenster, durch das er beim Üben die Hausdächer auf der gegenüberliegenden Straßenseite betrachten konnte, sogar nach der engen, schlecht ausgestatteten Küchennische, in der er rationierte Dosen öffnete und versuchte, etwas einigermaßen Schmackhaftes zusammenzurühren. Als der Wagen anfuhr, warf er so unauffällig wie möglich einen Blick zurück auf seine Fenster im dritten Stock.

Als sie in die nächste Straße einbogen, merkte er, dass er unbewusst seinen Geigenkasten streichelte. Da er bemerkte, dass der Fahrer ihn im Rückspiegel beobachtete, hielt er inne. Und weil er nicht so recht wusste, wohin mit seinen Händen, faltete er sie schließlich auf seinem Schoß.

Im Lauf der Nacht war der Regen in Graupel und Hagel übergegangen, der auf das Dachfenster in seinem Schlafzimmer getrommelt und ihn am Schlafen gehindert hatte. Jetzt bei Tagesanbruch klarte es auf, und als sie im Außenbezirk der Stadt an einigen kleinen, hingeduckten Häusern vorbeikamen, löste sich auch der Nebel auf, und das trübe Grau ging in ein fahles, am Horizont rosafarben gefranstes Blau über. Allerdings wärmte die schwache Wintersonne kaum. Keller schlug den Kragen hoch und band seinen Schal fester; er spürte, wie er instinktiv die Schultern hochzog. Seine Augen tränten, und der Wind peitschte ihm schmerzhaft ins Gesicht.

Streckenweise war die Straße vereist. Zwar wich der Fahrer einigermaßen geschickt Schlaglöchern und Schneeverwehungen aus, doch Keller wurde von all dem Holpern und Schaukeln allmählich übel. Plötzlich machte das Auto einen Satz nach vorn und blieb stehen. Mit der Linken griff er nach der Geige; es gelang ihm, sie festzuhalten, doch er selbst prallte gegen den Vordersitz.

»Scheiße«, fluchte der Fahrer leise, öffnete den Wagenschlag und warf einen Blick auf das linke Hinterrad, das im Schlamm feststeckte. »Wir müssen aussteigen und schieben.«

Froh über die Verzögerung, weil er sich jetzt ein wenig von der Fahrt erholen konnte, kletterte Keller aus dem Kübelwagen. Seine Brust schmerzte von dem Aufprall auf den Vordersitz; während er behutsam die wunde Stelle massierte, blickte er die Straße hinauf und hinunter. Kein Verkehr, in keiner Richtung. Neben der Straße erstreckte sich ein eisbedecktes Feld, auf dem hier und da knorrige Bäume ihre Äste gen Himmel reckten.

Wie missgestalte Finger, dachte er. Wäre er allein hier umhergestreift, wäre die öde Landschaft ihm wohl von einer seltsamen, kargen Schönheit erschienen.

Zuerst versuchte er zusammen mit dem Fahrer, den Wagen aus dem Schlagloch herauszuhieven, und stemmte sich mit seinem ganzen Gewicht gegen den hinteren Kotflügel. Nach kurzer Zeit ließ jedoch seine Konzentration nach, und seine Arme wurden schlaff. Er starrte auf das Feld, duckte sich bei jedem Windstoß und malte sich aus, welche Qualen ihn heute wohl erwarteten.

Dem Riesenkerl neben ihm machte das Ganze nichts aus; vielleicht wollte er sich auch nur nichts anmerken lassen. Immer wieder zerrte er an dem Kotflügel, immer breitbeiniger stemmte er die Füße in den Boden. Zwischendurch stocherte er mit einer Schaufel in dem halb gefrorenen Schlamm, rannte dann zum Fahrersitz und drückte aufs Gas; der Motor heulte auf, aber die Räder drehten durch, und Keller atmete einen Schwall Abgase ein. Nach mehreren vergeblichen Startversuchen blieb der Fahrer neben Keller, schob, trat ein paar Schritte zurück und rammte dann den Kotflügel mit aller Wucht. Der Kübelwagen schwankte vor und zurück. Ihre Köpfe waren so dicht beieinander, dass ihr Atem sich zu einer grauen Dunstwolke vermischte, die in seltsamem Gegensatz zu der dünnen, trockenen Luft stand. Nachdem der Fahrer den Schlamm von beiden Hinterrädern weggetreten und auf die Seite geschaufelt hatte, bekam er den Wagen endlich frei.

»Wurde auch Zeit«, grummelte er. »Jetzt werd ich ganz schön aufs Gas steigen müssen; der Kommandant wartet nicht gern.«

Keller hatte sich nicht warm genug angezogen; ihn fröstelte. Er kletterte wieder auf den Rücksitz, nahm den Geigenkasten und drückte ihn an sich, als könne er sich damit vor der Kälte schützen.

Seit er für die Wehrmacht spielte, glaubte er, dass

er sich keine Sorgen zu machen brauche. Doch warum beorderten sie ihn – wohin genau? Bis jetzt hatte er nur für Soldaten gespielt, nie für Häftlinge. Sein Spiel sollte die Patienten besänftigen, trösten. Was natürlich meistens misslang. Aber das war die Grundidee – eine menschliche Geste, immerhin.

Er wusste nicht genau, welche Leute in dem Lager gefangengehalten wurden – Juden, nahm er an, oder russische Kriegsgefangene. Oder deutsche Kommunisten, wenn es überhaupt noch welche gab. Aber eines war ihm klar: Häftlingen gegenüber waren menschliche Gesten nicht vorgesehen.

»Entschuldigen Sie, aber könnten Sie mir etwas über dieses Lager erzählen? Bis jetzt habe ich nur in Lazaretten gespielt.«

Er sah, wie der Fahrer ihn im Rückspiegel musterte. »Da gibt es nicht viel zu erzählen. Sie werden es bald genug zu sehen kriegen.«

»Wenn ich vorspielen soll, wäre es recht hilfreich, wenn ich mir eine Vorstellung von … von meinen Zuhörern machen könnte, damit ich mir ein Programm zusammenstellen kann.«

Der Fahrer drosselte das Tempo, drehte sich im Weiterfahren um und sah Keller lange an. Die kalten grauen Augen nagelten Keller auf seinem Sitz fest.

Vielleicht wollen sie … Aber er hatte nichts Auffälliges gesagt oder getan. Stets hielt er sich an die Anweisungen. Was wollten sie denn mehr?

Hatte er den Arzt letzte Woche falsch eingeschätzt? Doch wer könnte etwas gegen das einwenden, was er über den Mann mit dem bandagierten Kopf gesagt hatte? So war es doch: Heutzutage waren Irre besser dran als alle anderen, die der Realität ins Auge blicken mussten.

Sein Tagebuch. Er bewahrte es in einer verschlossenen Schublade seines Schreibtisches auf, auch wenn ihm klar war, wie leicht jemand, der unbedingt etwas finden wollte, das Schloss aufbrechen könnte. Doch er wäre nie auf die Idee gekommen, so wichtig zu sein, dass dies eine wirklich gründliche Suche rechtfertigte.

Er hatte sich seinen Abscheu vor den Lazarettkonzerten von der Seele geschrieben, doch weit öfter war es Abscheu vor sich selber, vor seinem musikalischen Niveau. Einmal hatte er bezweifelt, dass es einen Sinn hatte, für Soldaten zu spielen, die sich ihm gegenüber gleichgültig oder sogar feindselig verhielten. Jetzt erinnerte er sich, er hatte dies als sinnloses Herunterfiedeln von Melodien bezeichnet. Doch konnte man ihm das zum Vorwurf machen? Genügte dies, um ihn abholen zu lassen?

Er hatte sorgsam darauf geachtet, nur ja nichts Respektloses über die Offiziere und Ärzte zu schreiben, mit denen er zu tun hatte. Einmal hatte er sogar, als Vorsichtsmaßnahme, die Wehrmacht und die SS gepriesen. Wann immer er später das Tagebuch durchgeblättert hatte und auf diesen Eintrag gestoßen war, hatte er lachen müssen. Doch dann war es ihm meist kalt über den Rücken gelaufen: Die Unaufrichtigkeit war möglicherweise für fremde Augen genauso offensichtlich wie für seine. Das waren schließlich keine Dummköpfe, und je mehr er sich jetzt, auf dem Weg zu dem Lager, Gedanken darüber machte, desto sarkastischer erschien ihm nun sein übertriebenes Lob ihres Heldenmuts. Er wünschte jetzt, er hätte die Seite herausgerissen.

Um sich zu beruhigen, rief Keller sich in Erinnerung, dass es nie irgendwelche Anzeichen für eine Durchsuchung seiner Wohnung gegeben hatte. Gott sei Dank, es war immer alles so geblieben, wie er es verlassen hatte. Das Tagebuch konnte es also nicht sein, dann eben … Ernst oder Alina. Ein jüdischer Freund und eine jüdische Freundin. Aber das war Jahre her, war vor den Nürnberger Gesetzen gewesen. Mit keinem von beiden hatte er nach 1935 noch in Verbindung gestanden. Außerdem hatte das Regime doch bestimmt Wichtigeres zu tun, als über ihn und seine Vergangenheit Nachforschungen anzustellen.

Hatte jemand in dem Haus, in dem er wohnte, ihn ausspioniert?

Herr Maier, der ein Stockwerk tiefer wohnte, hatte ihn vielleicht manchmal üben hören, wenn er bei einem Stück von Bach oder Paganini immer wieder an der gleichen Stelle hängenblieb. Darüber trösteten ihn dann die schroffen Dissonanzen von Hindemith, Bartók hinweg, ließen ihn seine Unzufriedenheit mit seinem Spiel vergessen. Er hatte dann das Gefühl, wirklich etwas zu leisten, denn es waren neue, klar umrissene Herausforderungen, die er bewältigen musste – die Stücke auswendig lernen, sich Gedanken über Fingersatz und Bogeneinteilung machen. Außerdem hatte es einen gewissen Reiz des Verbotenen, wenn er alle Fenster und Türen in seiner Wohnung schließen und einen massiven Dämpfer aufstecken musste, um dann »entartete« Musik, die aus den Konzertsälen verbannt worden war, zu spielen. Das machte er aber nur, wenn alle Nachbarn in der Arbeit waren; letzte Woche hatte er jedoch erfahren, dass Herr Maier, der direkt unter ihm wohnte, ein paar Tage mit Grippe im Bett gelegen hatte. Er war fast durch mit Bartóks Rumänischer Rhapsodie und konnte einfach nicht warten, bis Maiers Fieber nachließ, um sich endlich mit den wundervoll grotesken Klangmustern befassen und an den temperamentvollen schrägen Rhythmen ergötzen zu können. Volksmusik der »Untermenschen«, aus den Ländern im Osten, die sie besetzt hatten.

Er bezweifelte jedoch, dass der feiste, grobgesichtige Maier, der in irgendeiner Fabrik am Stadtrand arbeitete, in der Lage wäre, einen Bartók von einem Beethoven zu unterscheiden. Wenn der also völlig unmusikalisch und die Sache mit Ernst und Alina zu lange her war, warum machte er sich dann Sorgen?

Keller fiel das atonale Stück für Violine solo ein, das er komponiert hatte. Zwar hatte es nichts mit der Volksmusik des Ostens zu tun, doch es würde wohl trotzdem als entartet gebrandmarkt. Allerdings hatte er nie einen Versuch unternommen, es zu veröffentlichen, und in den letzten paar Monaten hatte er es nie geübt; das Manuskript lag in derselben verschlossenen Schublade wie sein Tagebuch.

Mit den meisten Nachbarn kam er recht gut aus, aber Herrn Maier mochte er nicht besonders – was auf Gegenseitigkeit beruhte. Könnte es doch der gewesen sein? Selbst wenn er nicht wusste, welche Stücke Keller übte? Wann immer er dem Geiger an der Haustür oder auf dem Treppenabsatz vor seiner Wohnung begegnete, beäugte er ihn argwöhnisch; fast fielen ihm die Augen aus dem Kopf, wenn er dann den Geigenkasten anstarrte. Auf Kellers Bemerkungen zum Wetter reagierte er kaum, sondern wandte ihm den feisten Rücken zu und steckte den Schlüssel ins Schloss seiner Wohnungstür. Keller dachte natürlich gar nicht daran, mit Maier beiläufig über die neuesten Meldungen von der Front zu sprechen. Vermutlich wunderte der sich, dass Keller nicht im Feld war und fürs Vaterland kämpfte. Und die Geige war in seinen Augen offenbar der Inbegriff von Künstlerleben, etwas, das seinen Vorstellungen von Ordnung völlig zuwiderlief. Keller war jedoch klar, dass er im Grunde gar nicht wissen konnte, was in Maiers Kopf vorging; normalerweise fiel es ihm auch nicht sonderlich schwer, einfach auf den Mann zu vergessen.

Der Wagen geriet ins Schleudern, und das riss ihn aus seinen Gedanken. Es gelang dem Fahrer, die Kontrolle über das Auto wiederzugewinnen, ohne langsamer zu werden. Nach einer Biegung kam in der Ferne eine Ansammlung geduckter Gebäude in Sicht. Ihre Umrisse waren verschwommen, wie von Nebel verhüllt – ein merkwürdiger Anblick an diesem kalten, klaren Tag. Als sie nicht mehr weit entfernt waren, fiel ihm ein Bauwerk auf, das größer war und aus dessen Schornsteinen dunkler Rauch quoll. Ein beißender Gestank lag in der Luft, der, als sie näher kamen, noch stechender wurde.

Er war schon vor und auch jetzt während des Kriegs durch Industriegebiete gefahren, hatte eine Menge schädlicher Dämpfe eingeatmet. Erst kürzlich war er auf dem Weg zu einem Lazarett an einer Munitionsfabrik vorbeigekommen, die ein paar Stunden zuvor von Bomben der Alliierten getroffen worden war. Überall auf dem zerstörten Fabrikgelände hatte noch Feuer geschwelt, waren schwarze und graue Rauchschwaden gen Himmel gestiegen. Beide, der Fahrer und Keller, hatten sich Taschentücher auf den Mund pressen müssen, als sie langsam durch den Dunst gefahren waren.

Aber hier gab es, trotz des Gestanks und des Rauchs, keinerlei Hinweise auf einen Angriff, keine Kranken- oder Feuerwehrwagen rasten zu dem Lager. Der SS-Chauffeur fuhr mit normaler Geschwindigkeit weiter und schien nichts zu bemerken, während Keller verwundert um sich blickte: Der Rauch war nicht die Folge eines Bombenangriffs. Er gehörte hier offenbar zum normalen Alltag, war vielleicht die Begleiterscheinung irgendeines neuen chemischen Verfahrens.

Vergeblich fingerte er nach einem Taschentuch, hielt sich statt dessen Nase und Mund zu und schloss die Augen, bis der stechende Gestank schwächer wurde. Nach einigen Minuten quoll kein Rauch mehr aus dem Kamin, aber ein Weilchen hing noch Qualm über dem Lager, eine dunkle Wolke, die allmählich zu grauen Schlieren zerfaserte, die in die Bläue des Himmels drifteten.

Das letzte Stück der Straße verlief parallel zu einigen Eisenbahngeleisen rechts davon; sie führten offenbar zu einer von etlichen Lagerhäusern umstandenen Plattform. Links sah er hinter einem doppelten Stacheldrahtzaun eine Reihe identischer Baracken, die hastig aus minderwertigen Brettern zusammengezimmert wirkten und offensichtlich nur ein Mindestmaß an Schutz boten. In der Mitte des Lagers erstreckte sich ein weitläufiger leerer Platz, der fast die Größe eines Fußballfeldes hatte.

Ein paar Minuten fuhren sie an dem Doppelzaun entlang und erreichten schließlich ein Tor aus massivem Eisen, über dem ein Wachturm aufragte. Nachdem der Fahrer sich ausgewiesen hatte, wuchteten zwei Wachposten das Tor auf. Beim Hineinfahren bemerkte Keller einen breiten Graben zwischen den beiden Zäunen, die sich nach rechts und links so weit erstreckten, wie das Auge reichte.

III

Der altmodische Bücherschrank schien fehl am Platz, passte einfach nicht zu den rein zweckbetonten Stühlen und einem ebensolchen Schreibtisch. Hinter den mit Holzgittern verzierten Glastüren reihten sich auf drei Borden in Leder gebundene Bücher aneinander: die gesammelten Werke Goethes, dessen Name in Goldprägung auf den Buchrücken stand. Andere Borde beherbergten ebenso dicke, wenn auch nicht so kunstvoll verzierte Bände.

»Warum, glauben Sie, sind Sie hier?«

Die Frage kam völlig unerwartet. »Ich bin davon ausgegangen, dass ich spielen soll.«

Der Kommandant nickte, schien auf mehr zu warten. Er war großgewachsen, schlank, vermutlich Anfang fünfzig; das stahlgraue Haar war streng zurückgekämmt. Er trug die schwarze Uniform der Allgemeinen SS. Das silberne Eichenblatt auf beiden Seiten des Revers gab seinen Rang an: Standartenführer.

»Für die Insassen …«, setzte Keller an – es war halb eine Frage, halb eine Antwort. Dann, nach ein paar Sekunden, fuhr er fort: »Ehrlich gesagt, habe ich mich das auch gefragt.«

»Warum haben Sie mich dann nicht direkt danach

gefragt. In dem Augenblick, in dem Sie hereingekommen sind?«

»Ich hielt es nicht für angebracht, Herr Kommandant. Anweisungen stelle ich nie in Frage.«

Ein Lächeln huschte über das Gesicht des Kommandanten, der sich jetzt vorbeugte und die Hände auf dem Schreibtisch faltete. So steif wie die meisten Offiziere, die Keller kennengelernt hatte, schien er nicht zu sein. Er wirkte entspannt, lässig fast. »Technisch gesehen, ist das korrekt, da Sie für die Wehrmacht arbeiten. Man kann jedoch kaum erwarten, dass Sie als Künstler Ihr Bestes geben, wenn Sie nur Befehle ausführen.«

Keller hatte damit gerechnet, irgendwelche Anweisungen, Befehle zu erhalten, hin und her geschoben zu werden wie ein Bauer in einem Schachspiel, um ihren Wünschen zu entsprechen, doch das hatte er nicht erwartet: dass jemand ihm sagte, was und wie er *als Künstler* zu denken und zu fühlen habe.

»Und es ist wichtig für mich, dass Sie tatsächlich Ihr Bestes tun«, fuhr der Kommandant fort. »Sehen Sie, man hat Sie für den letzten Abschnitt eines Experiments hierherbestellt. Aber ehe ich näher darauf eingehe, lassen Sie mich Ihnen noch eine weitere Frage stellen. Das Publikum, vor dem Sie spielen werden – die hiesigen Insassen –, was wissen Sie über die? Was für Leute sind das Ihrer Ansicht nach?«

Es war wohl besser, sich nicht den Anschein zu geben, allzuviel zu wissen.

»Juden?«, mutmaßte Keller nach kurzem Zögern. Das war unverfänglich. Schließlich war doch wohl niemandem verborgen geblieben, dass alle Juden verschwunden waren.

Der Kommandant runzelte leicht die Stirn und musterte Keller eindringlich.

»Ich weiß nicht viel über das Lager hier, Herr Kommandant. Ich meine, ich habe gewusst, dass sich nicht weit von der Stadt ein … ein Arbeitslager befindet, aber weder habe ich gewusst, wo genau es ist, noch wie es organisiert ist. Oder wer die Insassen sind.«

Der Kommandant stieß einen leisen Seufzer aus. »Zumindest das sollten Sie über das System der Lager hier und im Osten wissen: Ziel ist die Aussonderung von Juden und anderen Untermenschen, etwa Zigeunern, um die Reinheit unserer deutschen Rasse zu bewahren und der rassischen und moralischen Verseuchung ein Ende zu setzen, die jahrhundertelang unser Blut verunreinigt hat.«

Seine Augen hatten einen leicht glasigen Ausdruck angenommen, als verschließe er die Ohren vor seinen eigenen Worten, da er schon zu oft das Gleiche gesagt und gehört hatte. Stellte er ihn auf die Probe? Keller vermied es sorgsam, irgendeine Reaktion zu zeigen; sein Gesichtsausdruck verriet nichts weiter als höfliche Aufmerksamkeit. Doch er fragte sich, wie sehr er wohl schauspielern müsste. Sollte er irgendwie zum Ausdruck bringen, wie eifrig er darauf bedacht wäre, die Aufgaben, die der Kommandant ihm zuwiese, zu erfüllen?

»Es trifft zu, wir sind auf die Arbeitsleistung der Lagerinsassen angewiesen. In der Fabrik hier in der

Nähe werden Granaten und Ersatzteile für Panzer hergestellt. Im Lager selbst befindet sich eine Fabrikanlage, in der mittels eines speziellen neuen Verfahrens Gummi künstlich hergestellt wird. Vermutlich haben Sie, als Sie hier angekommen sind, den Rauch bemerkt. Ja, das ist der einzige Nachteil – der Geruch. Er setzt sich in Kleidung und Haaren fest, ›würzt‹ sogar das Essen.« Er lächelte und schüttelte kaum merklich den Kopf. »Das ist der Preis des Fortschritts.«

Durch das Bürofenster sah Keller hinter etlichen Reihen Holzbaracken das langgestreckte, flache Gebäude mit den Schloten. Es war aus Steinen gebaut und hatte keine Fenster, zumindest sah man keine.

»Übrigens, rechnen Sie nicht damit, gewöhnliche Arbeiter zu sehen – hier herrschen einigermaßen raue Bedingungen. Wir treffen so viele Vorsichtsmaßnahmen hinsichtlich der Hygiene wie möglich, so dass es hier noch keine Fälle von Typhus gegeben hat. Aber die Rationen sind äußerst bescheiden. Sie werden also viele sehr abgemagerte, erschöpfte Leute sehen. Das sollte jedoch Ihr Spiel nicht beeinträchtigen.«

Keller war froh, dass weder Ernst noch Alina an einem solchen Ort gelandet waren. Aber er hätte gern gewusst, was mit den anderen Juden unter seinen Bekannten geschehen war: Pultnachbarn in verschiedenen Orchestern, in denen er gespielt hatte, ein paar Professoren für Musiktheorie und Musikgeschichte aus den ersten zwei Jahren seines Studiums an der Musikhochschule. Anständige Leute, so deutsch wie wir anderen auch, dachte er. War es möglich, dass einer von ihnen hier war? Und die jüdischen Kinder, die er in den Jahren vor Kriegsausbruch und sogar noch in den ersten Kriegsmonaten gesehen hatte – Nachbarskinder in den Treppenhäusern, dort, wo er gewohnt hatte, junge Leute mit ernstem Gesicht, auf deren Jacken der gelbe Stern aufgenäht war und die auf dem Weg zur Schule waren. Was war mit all den Kindern geschehen?

»Zigarette?«

»Nein, danke, Herr Kommandant.«

Der Kommandant nahm ein silbernes Zigarettenetui aus der Schreibtischschublade, ohne Keller aus den Augen zu lassen. Mit abgezirkelten Bewegungen öffneten seine langen, knochigen Finger den Verschluss und nahmen eine Zigarette heraus, die er sich zwischen die Lippen steckte. Aus einer Jackentasche holte er ein goldenes Feuerzeug und zündete gemächlich die Zigarette an.

»Mich interessieren vor allem die Möglichkeiten, die Lager wie dieses für wissenschaftliche Untersuchungen eröffnen.« Er atmete den Rauch tief ein, und sein Blick wanderte zum Fenster. Dann drehte er sich wieder zu seinem Gast um und fügte hastig, jedoch leise, durch einen Rauchschleier hindurch, an: »Denken Sie doch nur, wie veraltet uns heutzutage Tierexperimente erscheinen.«

Ein Anflug von Abscheu malte sich, sehr zur Genugtuung des Kommandanten, auf Kellers Gesicht. Kaum merklich schürzte er den Mund, zog die Mundwinkel hoch. Hinter der Brille mit Metallfassung verengten seine Augen sich wie die einer schnurrenden Katze.

»Man hat amtlicherseits Personen aus der Ärzteschaft und Wissenschaftler bestellt, die in einigen dieser Lager Forschung betreiben sollen. Ich hatte das Glück, für diese Art Beschäftigung ausgewählt worden zu sein.«

Ein wenig Stolz klang in dieser Aussage an, so als läge ihm daran, sich von den Soldaten und Offizieren abzuheben, mit denen Keller in letzter Zeit zu tun gehabt hatte. Dieser versuchte, gebührlich beeindruckt zu erscheinen.

»Das Lager hier ist relativ klein«, fuhr der Kommandant fort. »Und natürlich müssen Quoten und Produktionsvorgaben erfüllt werden, doch allzu oft kommen die Inspektoren aus Oranienburg nicht hierher. Ich kann also durchaus meine eigenen wissenschaftlichen Interessen verfolgen.«

Er stand auf, ging im Raum auf und ab und setzte sich dann auf eine Ecke des Mahagonischreibtisches. Mit einer Hand stützte er sich ab, streckte die Füße aus und zog genüsslich an seiner Zigarette.

»Seinem ganzen Wesen nach ist ein solches Lager ein einziges Experiment, wie viel der Mensch ertragen kann. Stellen Sie sich das einmal vor. Wenn man mit so vielen anderen zusammengepfercht ist, ändert sich die ganze Einstellung. Privatheit existiert nicht mehr. Persönlicher Besitz nimmt eine ganz andere Bedeutung an: Die wenigen Dinge, die zu behalten einem gelungen ist – eine Tasse, ein Löffel –, werden möglicherweise zum einzigen Mittel, um von einem Tag auf den anderen zu überleben. Die ganze Zeit über quält einen Hunger, man muss bis zur völligen

Erschöpfung arbeiten, und die Wachen ... nun ja, wir können sie nicht ständig unter Kontrolle halten, Sie verstehen.«

Keller wollte sich die Lebensbedingungen oder die Menschen, die der Kommandant beschrieb, gar nicht vorstellen. Er wollte nichts weiter als nach Hause. Ein paar Stunden zuvor hatte er in seinem Bett gelegen und den Regentropfen gelauscht, die auf das Dachfenster trommelten. Es kostete ihn einige Mühe, dass ihm bei diesem Gedanken nicht die Tränen kamen.

Warum sagt er mir nicht einfach, was ich für ihn tun soll? Dann könnte ich mir überlegen, wie ich das erledige und dann hier rauskomme.

»All dies saugt einem nicht nur alle Kraft aus, sondern raubt einem auch jeglichen Überlebenswillen. Genau das habe ich in den letzten drei Jahren untersucht, und genau das interessiert mich an diesen Leuten – der Überlebensinstinkt mit all seinen Strategien und jeweils unterschiedlicher Stärke. Gewinner und Verlierer werden hier ziemlich schnell voneinander gesondert.«

Er lächelte, sah kurz aus dem Fenster und heftete dann seine Augen erneut auf Keller. »Im Grunde genommen ist das Lager ein menschliches Laboratorium, in dem laufend Darwins großartige Theorie unter Beweis gestellt wird. Sie verstehen, was ich meine, nicht wahr? Das Überleben des Tüchtigsten oder in diesem Fall derjenigen, die sich am besten an eine radikal veränderte Umgebung anpassen.«

In einer Ecke des Raums war ein Waschbecken angebracht, das aus makellos glänzendem weißen

Porzellan bestand. Keller starrte darauf und stellte sich rote Spritzer auf dem Rand, im Becken und an der Wand dahinter vor. Plötzlich sah er, wie blutige Hände den Hahn aufdrehten und die Flecken in einem bräunlichen Strudel verschwanden.

»Gab es viele Todesfälle, Herr Kommandant?«, fragte er, obwohl die Antwort nach dem, was er bereits gehört hatte, klar war. Doch er fühlte sich verpflichtet, gelegentlich auch etwas zu sagen.

»Ja, unglücklicherweise.« Das Gesicht des Kommandanten nahm einen betrübten Ausdruck an, der im Gegensatz zu seinem lebhaften Sprechen stand. »Die Bedingungen hier sind so anormal, so ... weit jenseits dessen, was wir als menschliches Dasein in einer Gemeinschaft betrachten, dass man selbst diejenigen, die überleben, nicht mehr als wirklich lebendig bezeichnen kann. Die Frage ist, kann man sie aus diesem Tod im Leben in ein echtes Leben zurückholen?«

Seltsam, dass er von den Juden und wer auch immer sonst noch hier war, in Begriffen wie *menschlich* und *Gemeinschaft* sprach und sich nicht der üblichen Schmähworte bediente.

Keller erinnerte sich an eine Parteiversammlung kurz vor Kriegsausbruch, an der teilzunehmen er sich gezwungen hatte, weil er verstehen wollte, was in seinem Land vor sich ging. Die Veranstaltung hatte auf einem riesigen ovalförmigen Sportplatz in einem Vorort stattgefunden. Die Stimmen der Redner waren grotesk verstärkt; als sie ihre Tiraden gegen Juden, Zigeuner und Kommunisten losließen, brüllten sie immer lauter ins Mikrophon. Wie Donner hallten die Stimmen im ganzen Stadion wider, unterbrochen von noch lauterem Applaus und Rufen aus den Reihen der Tausende treuer Parteianhänger, die hier zusammengekommen waren.

Das Lautsprechersystem ächzte und kreischte unter dem Dezibelansturm. Um Keller herum sprangen die Leute wie auf Kommando auf, wann immer ein Redner vehement die Feinde des Reichs anprangerte. Nach einer Weile spürte er, wie sie ihn anstarrten, weil er sitzen blieb, also raffte er sich auf und schnellte gleichzeitig mit ihnen von seinem Sitz; allerdings konnte er sich nicht überwinden, in ihr hysterisches Gebrüll einzustimmen. Natürlich hatte er längst begriffen, was mit Deutschland geschah, aber jetzt *spürte* er es, als er gnadenlos mit Schallwellen bombardiert wurde.

Die Redner machten ihre Standpunkte klar, durchschnitten mit übertriebenen Gesten – abwechselnd Zeigefingerrecken und Fäusteschütteln – die Luft. Selbst aus der großen Entfernung konnte er sehen, wie sie im Gesicht immer röter, ihre Stimmen immer schriller und lauter wurden, wenn sie Worte wie *Jude, Schwein, Fluch, Blutsauger* ausspuckten, die im Stadion widerhallten. Doch vor dem Hintergrund zweier riesiger Fahnen mit Hakenkreuzen erschienen die Redner und ihr Gestikulieren klein.

Nach einer Stunde konnte er sich nicht mehr auf die Reden konzentrieren; die Lautsprecher am anderen Ende des Stadions leiteten ihre Worte ein, zwei Sekunden, nachdem sie ausgesprochen worden waren, zu dem Abschnitt der nicht überdachten Tribünen, wo er saß, so dass die gerade vom nächststehenden Lautsprecher ausgespuckten Worte unverständlich wurden. Er versuchte, sich an alle Juden zu erinnern, die er gekannt hatte. Ernst und Alina natürlich, aber auch Nachbarn, Bekannte, Kollegen. Nicht einer von ihnen sah auch nur im Geringsten den Teufeln ähnlich, welche die Redner beschrieben. Doch wenn an dem Tag einer von ihnen irgendwo in dem Stadion gesehen worden wäre, man hätte ihn oder sie in Stücke gerissen.

Keller hatte nach rechts und links geschaut, die ganze Tribüne entlang, hatte sich dann umgedreht und auf die Reihen hinter ihm geblickt. Noch nie hatte er so viele Menschen in einem solchen Zustand gesehen. SA-Braunhemden auf den Ehrenplätzen: Ihr Gebrüll, ihr Fäusteschütteln waren nicht überraschend. Ein paar Minuten starrte er ihre Bürstenhaarschnitt-Hinterköpfe, die wulstigen Nacken an. Neben ihm saß eine Abordnung von Fabrikarbeitern aus den nahe gelegenen Stahl- und Munitionsfabriken; ihre Gesichter verzerrten sich, wenn die Redner *Juden, Zigeuner, Schweine* wie Schleimklumpen ausspuckten. Über sich auf der Tribüne sah er eine Gruppe Hitlerjungen – rosige Wangen, glänzende Augen, die engelhaften Gesichter von Idealismus befeuert, als sie hörten, wie die Redner die heroischen Ziele des Reichs aufzählten, Gesichter, die dann vor Wut rot und aufgedunsen wurden, als die Namen der Feinde, die den Weg zu diesen Zielen versperrten, zum tausendsten Mal in ihre Gehirne gehämmert wurden.

Und jetzt saß er hier diesem Kommandanten gegenüber, einem wichtigen Rädchen in der Maschine, die geschaffen worden war, um sich die Juden vom Hals zu schaffen, der von einem Experiment sprach, sie dem Leben zurückzugeben. Möglicherweise will er mir eine Falle stellen, damit ich etwas Unkluges sage, dachte Keller. Wusste der Kommandant über seine Vergangenheit Bescheid? Über seine Freundschaft mit Ernst? Aber Ernst war im Sommer 1933 nach England gegangen. Oder Alina? Doch auch das war lange her, rief er sich zum wiederholten Mal ins Gedächtnis, und es war von so kurzer Dauer gewesen. Natürlich hatte er sie in seinen Tagebüchern mit keinem Wort erwähnt. Und andere jüdische Mädchen hatten nicht zu seinem Freundes- oder Bekanntenkreis gezählt. Er hatte nie irgendwelche Schwierigkeiten gemacht, hatte nie etwas gesagt, das gegen ihn verwandt werden könnte.

»Vor zwei Monaten«, fuhr der Kommandant fort, während ihn selber bei der Erinnerung an jene Versammlung immer noch schauderte. »Vor zwei Monaten habe ich die schwächsten Insassen des Lagers ausgesucht – Männer und Frauen, ungefähr dreißig. Sie wurden so normal wie möglich verköstigt und getrennt von den anderen Insassen untergebracht, anders eingekleidet. Wir forderten sie außerdem auf, sich freier auf dem Lagergelände zu bewegen. Und wir ließen sie zweimal in der Woche baden.«

Er zog die Augenbrauen hoch, als sei er von seiner Großmütigkeit selber beeindruckt.

»Man gab ihnen Lederschuhe statt der Ungetüme

aus Holz und Stoff, die sie sich normalerweise zusammenbasteln. Oh, tut mir leid, wenn Sie das schockiert. Aber wir haben einfach nicht genügend Nahrung und Kleidung, um das ganze Lager angemessen zu versorgen.

Sie mussten kein so großes Arbeitspensum mehr bewältigen. Den Männern und Frauen wurde gestattet, öfter miteinander Kontakt zu haben als sonst üblich; schließlich wurden sie alle in einer Baracke untergebracht. Ich wollte sehen, welche Auswirkungen die neuen Umstände auf ihr Verhalten hätten.«

Er hielt inne und blickte Keller an, als wolle er unbedingt sichergehen, dass der Geiger jede einzelne Maßnahme im Rahmen seines Experiments mit ungeteilter Aufmerksamkeit verfolgte.

Wahrscheinlich hat er meine Geistesabwesenheit vor ein paar Minuten bemerkt, dachte Keller. Wie ein Schullehrer. Das war er vielleicht sogar vor dem Krieg – ein Lehrer oder Professor, irgendwo, und ihm geht das Klassenzimmer, der Hörsaal als Forum, um seine brillanten Ideen darzulegen, ab.

Wieder hatte Keller das Gefühl, er müsse zumindest eine Spur von Interesse an den Tag legen. »Welche Veränderungen konnten Sie feststellen, Herr Kommandant?«

»Nach zwei Wochen hatten sie eine etwas gesündere Gesichtsfarbe, und sie schienen nicht mehr so benommen vor Hunger. Aber sie waren nach wie vor verschlossen, teilnahmslos … selbst wenn die Wachen sie untertags bei der Arbeit ein wenig herumstießen.«

In einem massiven Aschenbecher aus Glas drückte

er die Zigarette aus, schob sich dann von der Kante des Schreibtischs, umrundete ihn und setzte sich wieder auf seinen Stuhl.

Keller warf einen Blick auf die Borde mit den Werken von Goethe. *Können sie je aus diesem Tod im Leben ins Dasein zurückkehren?* Versuchte er etwa, es den Dichtern gleichzutun? Ein Anklang an Goethe oder Schiller, an Shakespeare gar? Ja, bestimmt war er vor dem Krieg Lehrer oder Professor gewesen. Ein Mann wie er hatte mit Sicherheit der anregenden Atmosphäre einer Universität mit all ihren verschiedenen Disziplinen bedurft, und bestimmt hatte es dort auch ein Labor gegeben, in dem er seine Forschungen durchführen konnte.

Und jetzt hatte das Reich ihm den perfekten Ort für diese Forschungsarbeit zur Verfügung gestellt – weit besser als jegliches Labor an einer Universität.

»Nach einem Monat wurden sie jedoch lebhafter, wenn auch nur in Maßen, das gebe ich zu. Sie hatten immer noch Phasen der Niedergeschlagenheit und kommunizierten nicht oft miteinander. Doch irgendwie schienen sie allmählich Hoffnung zu schöpfen. Ihre Bewegungen waren nicht mehr so schwerfällig wie sonst. Als ich mit der Gruppe sprach, bemerkte ich – wie soll ich sagen – eine gewisse Empfänglichkeit bei ihnen. Nichts Bestimmtes, nur ein gewisses Maß an Aufmerksamkeit oder Erwartung, ganz anders als früher. Ich bin sicher, sie hätten weiterhin Fortschritte gemacht, wenn nicht … Einer von ihnen hat zu entkommen versucht. Sie waren auf dem Rückweg von der Fabrik, und es wurde schon dunkel.

Die Straße führt an einem Wald vorbei – er hat wohl gedacht, er könnte ihn binnen weniger Sekunden erreichen. Offenbar hat er nicht gewusst, dass neben der Straße ein Graben verläuft.«

Wie um dem Ganzen eine gewisse Dramatik zu verleihen, hielt er inne. Als er weitersprach, klang seine Stimme tiefer, leiser. »Er fiel in den Graben, und die Wachen erschossen ihn, als er herauskroch. Wenn ich an Ort und Stelle gewesen wäre, hätte ich ihnen das natürlich untersagt. Meine Erwählten zeigten damals keine nennenswerte Reaktion, aber dieser eine Tod machte die Hoffnung, die ich ihnen eingeflößt hatte, zunichte. Im Verlauf des darauffolgenden Monats wurden sie in sich gekehrter denn je; sie aßen auch weniger.«

Er seufzte und schüttelte den Kopf.

»Das Experiment war ins Stocken geraten. Ein paar Tage lang habe ich hin und her überlegt, was ich tun könnte, um den Schaden wiedergutzumachen. Dann fiel mir ein, diejenigen, die hier in Deutschland gelebt hatten, mussten doch in gewissem Maße am kulturellen Leben teilgenommen haben. Bis vor ein paar Jahren stand ihnen alles offen – Theateraufführungen, Lesungen, Konzerte. Sie hatten ihren eigenen Kulturbund, müssen Sie wissen.«

Keller bemühte sich, den Anschein zu erwecken, als sei ihm der Name des Verbandes nicht bekannt.

»Ich beschloss also, es mit Musik zu versuchen. Es gibt wohl keine bessere Möglichkeit, sie an ihr früheres Leben zu erinnern, wieder Hoffnung in ihnen keimen zu lassen. Natürlich hätte ich lieber ein ganzes

Orchester oder ein Streichquartett oder einen Pianisten engagiert. Aber wir haben hier keinen Flügel, nicht einmal ein Klavier; ich hätte eines aus der Stadt herschaffen lassen müssen. Das hätte einen regelrechten Papierkrieg bedeutet, und das schien mir zu aufwendig. Und bei größeren Gruppen wären es zu viele gewesen, um sie effektiv unter Kontrolle zu halten. Also musste ich mich mit einem Soloviolinisten begnügen.«

Keller lehnte sich zurück; die Worte *effektiv unter Kontrolle zu halten* dröhnten in seinen Ohren.

»Das Repertoire ist klein, doch es umfasst einige der schönsten Musikstücke, die je komponiert wurden. Ich spreche natürlich von den Partiten und Sonaten Bachs. Ah, ich verstehe. Sie sind überrascht, dass ein kultivierter Mensch Leiter eines solchen Lagers ist. Nun, schließlich haben Sie ja auch keine Vorstellung davon, in welch engem Zusammenhang mit dem Kern unserer Kultur diese Lager stehen.«

Er musterte den Geiger, wie dieser wohl auf seine ziemlich gewagte Feststellung reagierte. Keller konnte nichts weiter tun, als die Schultern zucken und versuchen, einigermaßen interessiert dreinzuschauen.

Der Kommandant lächelte herablassend. »Ich kenne die Bedürfnisse von Künstlern. Was würden Sie sagen, wenn ich Ihnen erkläre, dass die Gummifabrik ihren Betrieb aussetzt, solange Sie hier sind, einfach weil der Gestank derart überwältigend ist und Sie nicht daran gewöhnt sind? Ich will, dass nichts Sie von Ihrer Musik ablenkt. Sie sehen also, wie sehr ich die Kunst schätze.«

»Ja, Herr Kommandant.« Keller tat sein Bestes, um seinen Abscheu angesichts der Selbstgefälligkeit des Mannes zu verbergen. Seine Hochschätzung der Kunst schien genauso abstrakt wie seine Theorien, und Keller konnte dem nichts Schmeichelhaftes abgewinnen. Er war nicht hierher beordert worden, um sich anzuhören, wie sehr irgendjemand irgendetwas schätzte, dessen war er sicher. Er hatte keine Ahnung, warum ein Kommandant den normalen Betrieb eines Lagers aussetzen sollte, und konnte sich nicht im Geringsten den eigentlichen Grund dafür vorstellen, warum er hier in diesem Büro saß und sich Reden anhörte.

»Die Produktion liegt mir sehr am Herzen, aber nicht so sehr wie der Erfolg meines Experiments. Wie viele Stücke von Bach beherrschen Sie?«

»Drei oder vier.«

»Und was sonst noch?«

»Einige Capricen von Paganini, zwei Sonaten von Ysaÿe, ein paar Stücke von Reger …« Keller merkte, wie er alles Mögliche aufzählte, aber irgendwie nicht in der Lage war, auf das einzugehen, was der Kommandant gesagt hatte. Es kam ihm vor, als beantworte er dessen Fragen gerade so, als stelle er mit einem Konzertagenten Programme zusammen.

»Haben Sie auch etwas Modernes, Hindemith zum Beispiel?« Der Kommandant sah ihn durchdringend an. »Ja, schon gut, ich weiß, die Regierung bezeichnet das als entartete Musik. Aber ich nehme es nicht so genau. Glauben Sie etwa, das, was ich hier mache, geschehe in völliger Übereinstimmung mit den Richtlinien? Nein – dazu bedarf es einer viel aufgeschlosseneren Einstellung der Wissenschaft und dem Leben gegenüber als bei den üblichen Experimenten, die eher ... anatomischer Natur sind. Also, können Sie etwas von Hindemith?«

»Ich beherrsche eine von den Solosonaten«, gestand Keller ein.

»Gut. Also, das dürfte für etwa eine Stunde Spieldauer pro Tag reichen. Dieser Teil des Experiments wird vier Tage dauern, und so lange werden Sie hier im Lager wohnen. Oh, keine Sorge, Sie erfahren eine andere Behandlung als die Häftlinge. Sie werden ein eigenes Zimmer und ein Bad für sich haben, gutes Essen serviert bekommen und so weiter. Ihnen ist es gestattet, sich frei auf dem Lagergelände zu bewegen. Aber es wäre töricht, Sie jeden Tag in die Stadt zurückkehren zu lassen – ein zu großes Sicherheitsrisiko.«

Sicherheitsrisiko? Wegen dem, was er sich angehört hatte?

»Was ist nach dem Experiment, Herr Kommandant?«

»Nach dem Experiment werden Sie all das weit besser verstehen.« Mit der einen Hand vollführte er eine allumfassende Geste, wie um damit das Lager und das, wofür es stand, zu bezeichnen. »Sie werden sich verändert haben; und Sie werden kein Sicherheitsrisiko mehr sein.«

Er sagte nicht ausdrücklich, Keller könne nach vier Tagen wieder gehen, aber es hatte keinen Sinn, auf diesem Punkt zu beharren; so viel war klar: Der Kommandant hatte durchaus nicht die Absicht, ihm dies bindend zuzusichern. Er stand vielmehr auf, warf einen Blick auf seine Armbanduhr und dann auf die Tür im Rücken seines Besuchers.

Doch eine Frage hatte Keller noch. »Entschuldigen Sie, Herr Kommandant. Ich nehme an, Sie haben hier möglicherweise einige Experimente durchgeführt, bei denen ein Außenstehender sich vielleicht etwas unbehaglich fühlen könnte, aber dieses spezielle scheint nicht so …« er suchte nach einem neutralen Wort, »… befremdlich. Sie hoffen anscheinend …«

»Ja, ich hoffe, den Verfallsprozess umkehren zu können.« In der nüchternen Aussage schwang eine Spur Ungeduld mit. »Zu beweisen, dass dies möglich ist. Doch Sie täten besser daran, über Ihre Beweggründe dafür nachzudenken, dass Sie hier sind, statt sich zu fragen, welches meine Motive sind.«

»Meine Beweggründe …« Der einzige Grund, den Keller sich vorstellen konnte, war, dass er keine andere Wahl hatte.

»Sie sind ausübender Künstler: Sie brauchen ein Publikum ebensosehr, wie ich Personen für meine Experimente brauche. Die Soldaten, für die Sie gespielt haben – nun, eine nette Geste, aber worauf läuft es im Grunde hinaus?«

»Das habe ich mich gelegentlich auch gefragt.«

»Die meisten von denen können doch unmöglich etwas mit Bach anfangen. Soldaten hören vielleicht ganz gern Beethovens Neunte mit ihrem überwältigenden Furor, und ein paar von ihnen glauben möglicherweise sogar, dass sie diese Musik verstehen. Doch ein Geiger, noch dazu ein Sologeiger, der versucht, sie in die innerste Welt von Bach zu locken?«

Langsam breitete sich ein Lächeln über sein Gesicht. Er schüttelte den Kopf.

»Für Feinheiten sind die bestimmt nicht zu haben. Für sie muss Musik bombastisch sein. Nun, die Juden, zumindest diejenigen, die in Deutschland gelebt haben, behaupteten, sie seien mit einigen unserer größten musikalischen Schätze innigst vertraut. Es sind Untermenschen, doch sie haben immer geglaubt, an unserem Erbe Anteil zu haben. Das ist einer der Gründe, warum sie so gefährlich sind: Sehen Sie sich beispielsweise die Überheblichkeit eines Mendelssohn an, der von sich behauptet, er sei derjenige gewesen, der Bachs heilige Werke vor dem Vergessen bewahrt habe. Doch für den Augenblick wird es von Vorteil für Sie sein, wenn es Ihnen gelingt, diesen Wahn einer Gleichwertigkeit wieder aufleben zu lassen.«

»Ich verstehe immer noch nicht, was meine Beweggründe sein sollen, hierher …«

»Der Krieg hat Ihrer normalen Konzerttätigkeit mehr oder weniger ein Ende gesetzt, nicht wahr? Sie spielen nun nicht mehr für ein kultiviertes deutsches Publikum, aber als Solist müssen Sie trotzdem in Form bleiben. Folglich haben Sie es durchaus nötig, Ihre Standardstücke bei den Juden auszuprobieren.«

»Ich habe noch nie für Häftlinge gespielt, ich meine, für Leute … wie die Juden, von denen Sie gesprochen haben. Ich bin mir nicht sicher, ob ich Ihren Erwartungen gerecht werden kann.«

»Einfach wird es bestimmt nicht werden, aber es ist wohl die einzige Möglichkeit, sie zurückzuholen.« Er ging auf die Tür zu. Die Hand bereits auf der Klinke, schaute er nochmals zu Keller, als sei ihm gerade etwas eingefallen. »Sie müssen ihr Orpheus sein und ihre gefrorenen Seelen vom Eis befreien.«

Offensichtlich selbst beeindruckt vom Klang seiner Worte, drückte er langsam die Klinke nieder.

»Ich werde mein Bestes tun, Herr Kommandant«, stammelte Keller. Erst als er draußen war und hörte, wie die Tür hinter ihm ins Schloss fiel, wurde ihm klar, dass er die letzte halbe Stunde nicht normal geatmet hatte. Er versuchte, die Arme zu lockern und die Schultern hängen zu lassen. So wie er sich im Augenblick fühlte, könnte er unmöglich spielen.

Oben auf der Treppe zögerte er, betrachtete die Straße und die sanft abfallenden Felder hinter der Stacheldrahteinfassung des Lagers. Hier war es nicht ganz so morastig wie neun, zehn Kilometer weiter in Richtung Stadt. Hier und da lagen letzte Schneepolster, die der nächtliche Regen nicht weggespült hatte. Und da und dort glitzerte verharschtes Eis in der Spätvormittagssonne.

Unvermittelt kam ihm eine längst vergessene Episode aus seiner Kindheit in den Sinn. Er war mit seinen Eltern auf dem Land; sie machten einen Spaziergang. Spätfrühling war es wohl gewesen: Es war schon recht warm und duftete nach ersten Blumen. Im Boden sah er ein winziges Loch, aus dem unablässig große schwarze Ameisen auftauchten, eine nach der anderen, in vollkommen regelmäßigen Abständen. Seine Eltern gingen weiter, während er stehenblieb, um die Insekten zu beobachten. Sie hatten offenbar ein bestimmtes Ziel, dem sie zumindest instinktiv zustrebten. Das kam ihm seltsam vor, beinahe komisch; er konnte sich einfach nicht vorstellen, warum sie so geordnet und gleichmäßig dahinkrochen. Nach einer Weile hob er den Fuß und zertrat eine der Ameisen, dann noch eine und noch eine. Aber immer wieder kamen welche aus dem Loch. Nachdem er sieben oder acht zertrampelt hatte, wurde es ihm zuviel und er rannte los, um seine Eltern einzuholen.

»Warum sind immer wieder welche rausgekommen?«, fragte er unter Tränen. »Warum haben sie sich nicht vor mir versteckt?«

IV

»Es übersteigt unser Begriffsvermögen, wie man das unsterbliche deutsche Violinkonzert von Brahms einem Juden ausliefern konnte.«

Mit diesem vernichtenden Satz endete die kurze Konzertkritik; der eigentliche Vortrag wurde nicht kommentiert. Er schob die Zeitung über den Tisch wieder zu Ernst. Der junge Mann biss sich auf die Unterlippe; seine himmelblauen Augen bohrten sich in die von Burkhard, suchten eine Bestätigung seiner Entrüstung. Schließlich sagte er: »Hast du eine Ahnung, wie mir dabei zumute ist?«

»Ich kann es mir vorstellen. Eine Schweinerei!« Burkhard wandte kurz den Blick ab und bemerkte einen älteren Herrn, der in einer Ecke des Lokals allein dinierte. Er trug einen altmodischen grauen Tweedanzug mit Weste und eine goldene Uhrkette. Der hohe Kragen war gestärkt; Hut und Spazierstock lagen auf dem Tisch, teilweise verdeckt von der Zeitung, die er gerade hatte sinken lassen. Die grauen Haare waren kurz geschoren, der Haaransatz ausgedünnt, der Schnurrbart etwas zerzaust.

»Aber es gibt ja auch noch andere Zeitungen, und die haben gute Kritiken gebracht«, erklärte Burkhard und sah erneut Ernst an, der ihn prüfend musterte.

»Das ist doch nur so ein Schmierblatt dieser Nazi-Emporkömmlinge. Glaubst du etwa, eine Besprechung da drin bedeutet im Vergleich mit einer im *Kölner Stadt-Anzeiger* auch nur so viel?«

»Mir geht es nicht darum, was die Kritik für meine Karriere bedeutet.« Ernst schüttelte den Kopf und schürzte die Lippen. »Mir geht es darum, was das für Deutschland bedeutet.«

»Kellner!«, rief der alte Mann in der Ecke. In seiner Stimme schwang ein fast natürlich anmutender Befehlston mit. »Die Rechnung, bitte!« Der Ober hastete zu dem Tisch und zog seinen Block hervor, um die Rechnung zu schreiben.

Sie saßen im »Goldenen Adler«, dem Lokal, in dem Ernst als Kapellmeister angestellt war und, begleitet von einem kleinen Streichorchester, den Solopart von Unterhaltungsklassikern wie Lehár und Johann Strauß sowie die neuesten Gesellschaftstänze und Schlager spielte. Er hatte keine andere Wahl, da er seine Familie unterstützen musste; oft machte er sich über die Albernheit der seichten Musik lustig, die er zu spielen hatte. Mindestens einmal in der Woche ging Burkhard in das Lokal, und zwar nicht nur, weil sein Freund dort seine »Auftritte« hatte. Ihm behagte es einfach, an einem kalten, regnerischen Abend oder Mittag hereinzukommen und vom Geruch nach Schmorfleisch, Bratkartoffeln mit Spiegeleiern und dem Summen gedämpfter Unterhaltungen begrüßt zu werden.

Außer der Küche verfügte das Lokal noch über zwei weitere Räume. In dem hinteren befand sich eine kleine Bühne, doch dort hielt Burkhard sich nur selten auf, da Unterhaltungsmusik ihn nicht interessierte. Im vorderen war der Gastraum; Tische und Stühle waren aus solider Eiche und Mahagoni; die Wände schmückten einfache Wandmalereien in verblassten Farben, die ländliche Szenen darstellten: Illustrationen zu altvertrauten Sprichwörtern, die in kunstvollen gotischen Lettern unter jede einzelne Szene geschrieben waren.

An jenem Nachmittag im Juli 1933 war das Lokal nahezu leer – es war 4 Uhr nachmittags, nicht gerade die günstigste Zeit für einen Restaurantbesuch. Die anderen Gäste saßen alle auf der gegenüberliegenden Seite des Raums. Burkhard nahm sie nur nebenbei aus den Augenwinkeln wahr. Doch als ihr Gespräch sich politischen Dingen und Ernsts Judentum zuwandte, merkte Burkhard, dass er hoffte, sie würden sich weiterhin nur einigermaßen leise unterhalten. Die Partei war bereits seit fünf Monaten an der Macht, aber er betrachtete es als hoffnungsvolles Zeichen, dass sie nach wie vor in aller Öffentlichkeit über politische Angelegenheiten sprechen konnten, sich nicht irgendwo privat verkriechen mussten.

Er warf erneut einen Blick auf die Besprechung im *Völkischen Beobachter*. »Und was willst du dagegen unternehmen?«, fragte er.

»Ich werde einen Brief an die Redaktion schreiben und sie darauf hinweisen, dass Brahms sein unsterbliches Konzert dem Juden Joseph Joachim gewidmet hat, der ihm beim Geigenpart half.«

»Das kannst du doch nicht machen!«

Ernst nickte und zog voll grimmiger Genugtuung die Mundwinkel hoch; mit den langen, schmalen Fingern trommelte er leicht auf den Tisch. Er wirkte elegant, selbst wenn er, wie an diesem Tag, lässig gekleidet war. Der oberste Knopf seines blauen Seidenhemds war offen, und der breite Kragen lag fächerartig auf seinem Jackenrevers auf. Er hatte volle Lippen, eine gerade Nase und braun glänzendes Haar. Kein Mensch wäre auf die Idee gekommen, dass er Jude war. Er sah arischer aus als viele Deutsche, und er war vollständig assimiliert. Soweit Burkhard wusste, sprach Ernst kein Jiddisch. Sein Familienname, Schneider, war neutral, sagte nichts über seine Abstammung aus. Irgendjemand hatte Burkhard, als sie sich erst seit kurzem kannten, erzählt, dass Ernst Jude war; ansonsten wäre es ihm gar nicht in den Sinn gekommen.

Erst vor kurzem hatte er sein Studium an der Hochschule abgeschlossen, an der er einer der Lieblingsschüler von Professor Kerner gewesen war, der Burkhard gegenüber einmal geäußert hatte: »Ernst ist nicht nur einer der von Natur aus begabtesten Schüler, die ich je gehabt habe; er hat zudem das Beste aus seinem Talent gemacht. Er arbeitet hart, und er hat Phantasie. Wie ein Schwamm saugt er alles auf, was ich ihm sage, und wartet dann mit etwas Neuem auf, das ganz von ihm selber stammt.« Burkhard war manchmal regelrecht eifersüchtig darauf, wie sehr Ernst immer im Mittelpunkt stand, doch dann rief er sich ins Gedächtnis, dass Ernst schließlich drei Jahre älter und weiter fortgeschritten war. Außerdem hatte Ernst ihn hinsichtlich seines Spiels immer ermutigt, war sogar sehr angetan davon gewesen, und zwar vor allem dann, wenn er am dringendsten ein Lob gebraucht hatte. Daher freute Burkhard sich, wenn Ernst Erfolg hatte.

Bei seinem Abschlusskonzert sollte Ernst mit dem Hochschulorchester das Brahms-Konzert spielen. Im April 1933 war ein Nationalsozialist zum Verwaltungsdirektor der Hochschule bestellt worden, aber alle waren der Ansicht, dass er ein reiner Bürokrat war, eine vom Kulturministerium eingesetzte gegebene Größe. Das eigentliche Sagen an der Schule schien der künstlerische Direktor Dr. Knapp zu haben, ein Dirigent mit keiner erkennbaren politischen Vorliebe.

Das Programm für das Abschlusskonzert hing an gut sichtbarer Stelle in einem Glaskasten in der Nähe des Eingangs aus. Als Ernst eines Tages in die Schule kam, stellte er fest, sein Name war mit etlichen dicken Bleistiftstrichen durchgestrichen worden; er nahm an, hoffte im Grunde, dass dies das Werk eines eifersüchtigen Mitschülers war. Doch schon bald erfuhr er, der Ausschluss von dem Konzert war offiziell. Daraufhin ging Professor Kerner mit ihm zum Büro des Verwaltungsdirektors und drohte mit Rücktritt, falls die Entscheidung nicht rückgängig gemacht würde. Kerner war für die Schule so wichtig, dass diese Drohung einiges Gewicht hatte, und unter Vermittlung Dr. Knapps fand man schließlich zu einem Kompromiss: Ernst sollte lediglich den ersten Satz des Brahms-Konzerts spielen.

»Ernst«, sagte Burkhard beschwichtigend, »übertreibst du nicht ein wenig? Die anderen Zeitungen habe ich nicht erwähnt, weil ich an deine Karriere dachte. Ich habe an das gedacht, was in unserer Gesellschaft immer noch gut und anständig ist, wie viele Leute immer noch klar denken können. Kein Mensch glaubt den Mist, der im *Völkischen Beobachter* steht. Hör zu, in Köln gibt es vier angesehene Zeitungen; in zweien hast du gute Kritiken gekriegt, und zwei haben sich fast überschlagen vor Begeisterung, aber du kaprizierst dich jetzt auf das, was so ein tollwütiger Hetzer schreibt.«

Der alte Herr stand auf, und Burkhard bemerkte, dass er etwas schwankte, als er seinen Mantel anzog. Es schien ihm einige Mühe zu bereiten, die Arme hoch genug zu heben, um in die Ärmel zu schlüpfen. Der Kellner kam und half ihm, wofür der alte Herr sich mit einem knappen Nicken bedankte und dann Richtung Tür ging. Burkhard sah mit Genugtuung, dass die kurze Unsicherheit vorbei war und er recht gleichmäßig ausschritt, sobald er einmal in Bewegung war. Der Stock war also immer noch dekoratives Beiwerk; der alte Herr hatte nichts von seiner Unabhängigkeit und Würde eingebüßt.

Irgendwie hatte sie etwas Tröstliches, die seit langem eingespielte Gewohnheit und auch Pedanterie des alten Herrn. War es, weil er Burkhard ein wenig an seinen Vater erinnerte? Nein, es war mehr als das. Dieser Herr, möglicherweise ein pensionierter Anwalt oder Arzt, war eine vertraute Gestalt, wie er so viele schon gesehen hatte, in Cafés und Restaurants, an Straßenbahnhaltestellen, in der Eisenbahn. In Konzerten. Aus diesem Grund fühlte Burkhard sich angesichts dieser Gewohnheiten, dem Bier und der Zigarre im Stammlokal am späten Nachmittag, dazu eine Zeitung, wohl, auch wenn er wusste, er selbst würde nie so werden. Solch feste Gewohnheiten waren bei einem Musiker auf Tournee einfach nicht denkbar. Doch er hatte gern solche Leute um sich.

»Ich weiß nur, dass dieser Fanatiker und sein Schmierblatt nicht die einzigen sind«, erklärte Ernst. »Jemand muss diesen Leuten die Meinung sagen – und zwar nicht nur denen, die solchen Mist schreiben, sondern auch denen, die das lesen. Mag sein, dass du persönlich niemand kennst, der das liest, aber der *Beobachter* hat eine ziemlich hohe Auflage.«

»Und du glaubst, dass die das drucken? Vielleicht sogar neben dem Leitartikel?« Burkhard lachte, doch beim Weitersprechen stellte er fest, seine Stimme bebte leicht. »Bitte, schick keinen solchen Brief los, Ernst. Das wäre keine gute Idee. Man kann nie wissen, was bei so etwas herauskommt; es könnte auf dich zurückfallen.«

»Bemerke ich da einen Widerspruch? Die Guten und Anständigen sind immer noch bei weitem in der Mehrheit. Ich mache aus einer Mücke einen Elefanten, weil ich diesen Nazi-Spinnern zu viel Bedeutung beimesse. Es ist ja auch nicht weiter wichtig, dass einer von denen jetzt unser Reichskanzler ist. Der ganze Spuk wird bald vorbei sein – das willst du doch damit sagen, oder?«

Burkhard zuckte die Schultern und sah erneut zu dem Ecktisch, an dem der alte Herr gesessen hatte.

Mit einem Lappen in der rechten Hand lehnte der Kellner sich darüber; in der Beuge des linken Arms hielt er die gebrauchten Teller und den Bierkrug.

»Ich soll diesen Brief also nicht schreiben, weil das Ganze nicht so wichtig ist, als dass man sich darüber aufregen müsste. Gleichzeitig erzählst du mir aber, ich soll den Brief nicht schreiben, weil mir sonst etwas Unangenehmes zustoßen könnte. Glaubst du, die Zeitung schickt ein paar Schläger los, damit die mir eine Abreibung verpassen? Oder dass die Nazi-Regierung, die wir jetzt haben, sich um mich kümmern wird, wenn sie erst einmal fest im Sattel sitzt?«

»Ich … ich weiß es nicht, Ernst, es scheint mir nur keine gute Idee zu sein.«

»Wie auch immer, es verheißt nichts Gutes für unsere gute, anständige Gesellschaft, nicht wahr? Es könnte also doch der Mühe wert sein, sich darüber aufzuregen. Und vergiss nicht, bei dem Konzert saßen in den ersten drei Reihen nur SA-Leute in ihren scheißbraunen Hemden. Was glaubst du, wie einem zumute ist, wenn man vor dem Orchester steht und da unten diese kantigen, stahlharten Gesichter sieht? Sie konnten es nicht fassen, dass ein Jude es wagt, ihre Musik zu spielen.«

»Du hast trotzdem großartig gespielt.«

»Mag sein. Aber wie soll ich weiterhin so gut spielen, wie ich kann, wenn ich weiß, dass jedes Mal, wenn ich auftrete, diese Scheißkerle da sind? Ich kann von Glück reden, dass sie das Konzert nicht platzen ließen. Aber das kommt schon noch, glaub mir. Wie du weißt, unterrichte ich gelegentlich.«

Ernst hatte so eine Art, das Thema zu wechseln, wenn man es am wenigsten erwartete und ohne einem auch nur Zeit zum Atemholen zu lassen. Doch es gab immer einen Zusammenhang.

»Vor ein paar Monaten ist einer meiner Schüler mit einer Armbinde, auf der das Hakenkreuz war, zum Unterricht gekommen. Das war kurz bevor Hitler gewählt wurde. Ich habe die ganze Stunde versucht herauszukriegen, ob er wohl gewusst hat, dass ich Jude bin, ob es eine bewusste Beleidigung war, oder ob er mich für einen ›guten Arier‹ hielt, der wahrscheinlich seine Ansichten teilt. Dabei ist mir eingefallen, einige Idioten wissen nicht einmal, dass das Hakenkreuz nicht nur für Judenhass, sondern auch für die wirtschaftliche Erholung steht, von der sie ständig reden. Jedenfalls, er ist noch ein Bub, sechzehn oder so, und was er glaubt, ist wahrscheinlich ein Echo der Einstellung seiner Eltern. Was das Ganze nicht besser, nicht weniger bedrohlich macht.«

»Und was hast du gemacht?«

»Gar nichts. Zunächst. Genau das hat mir ja so zu schaffen gemacht. Die ganze Woche war ich wütend, bis er wieder zum Unterricht gekommen ist. Als er mit diesem ekligen Abzeichen auf dem Ärmel hereinspaziert ist, habe ich ihn gebeten, es abzunehmen. Er hat mich lange angeschaut, ohne ein Wort zu sagen. Ich habe gedacht, es habe ihm die Sprache verschlagen. Doch dann hat er gefragt: ›Wollen Sie mir etwa das Recht streitig machen, meine politische Einstellung zum Ausdruck zu bringen?‹ Wahrscheinlich hat er geglaubt, ich gäbe nach dieser hochtrabenden Äußerung klein bei.«

Burkhard lachte. »Er ist also der Herold der freien Meinungsäußerung und trägt so eine Armbinde! Ich schätze, du hast nicht nachgegeben.«

»O nein. Ich habe es so formuliert: ›Normalerweise würde ich dir nie irgendein Recht streitig machen. Nur ist es so, dass das für mich eine persönliche Beleidigung ist.‹ Er hat mich unverwandt angestarrt, und ich hatte das Gefühl, er hat mich zum ersten Mal wirklich gesehen, und zwar nicht nur als seinen Geigenlehrer, sondern als Person. Dann hat er geschluckt und dann regelrecht ausgespuckt: ›Sie sind also … ein Judenfreund?‹«

Bei diesen Worten ging Ernsts Nachahmung der Stimme seines Schülers in ein schrilles Singsangwinseln über. Burkhard war froh, dass sein Freund den Jungen nicht allzu laut imitierte; er wollte nicht, dass irgendjemand auf sie aufmerksam würde. Nicht solange sie über dieses Thema sprachen.

»Na ja, zu diesem Zeitpunkt war das wohl kaum mehr eine Überraschung für dich«, meinte er. »Aber es war bestimmt widerlich, von einem Jungen, von dem du geglaubt hast, du kennst ihn, so einen Schwachsinn zu hören. Wie soll man denn eine solche Frage beantworten?«

»Ich bin einfach zur Tür gegangen. Meine Hand lag schon auf der Klinke, da habe ich mich umgedreht und ihn angeschaut. In dem Augenblick habe ich ihn gehasst, verstehst du, richtig gehasst: mit seinen ordentlich zurückgekämmten, wie angeklebten blonden Haaren. Das ganze Jahr, in dem ich ihn unterrichtet habe, ist an mir vorbeigezogen. Ich habe es gehasst, wie er den Kopf schief hielt, wie das Kinn fett auf dem Kinnhalter auflag, wenn er spielte. Ich habe seine Pedanterie gehasst, habe es sogar gehasst, wenn er Fortschritte gemacht hat, weil sie nur technischer Art waren. Sein Phrasieren ist gleich schlecht geblieben, egal, was ich gesagt habe.«

Ernst verzog das Gesicht und schüttelte den Kopf, als höre er in dem Augenblick, wie der Junge auf der Geige herumkratzte. »Wenn man es wenigstens ›Phrasieren‹ nennen könnte. Stocksteif. Aber am meisten habe ich den hölzernen Ton gehasst, den ich ihm einfach nicht austreiben konnte. Vibrato-Übungen, Übungen für glatte Bogenwechsel; dann habe ich ihm gesagt, er soll sich Sänger anhören – alles verlor'ne Liebesmüh.«

Ernst hatte immer einen so gelassenen, bei aller Bescheidenheit selbstsicheren Eindruck gemacht – er hatte es nicht nötig, andere zu kritisieren. Das war eine seiner positiven Eigenschaften, die ihn Burkhard von Anfang an sympathisch gemacht hatten. Er stand über dem Gerede und dem gelegentlichen Schlechtmachen von anderen hinter deren Rücken, was sonst die Unterhaltungen der Studenten würzte. Es verstörte Burkhard irgendwie, sich jetzt anhören zu müssen, wie Ernst seinen Schüler derart heruntermachte. Plötzlich hatte er das Gefühl, er müsse den Jungen verteidigen, obwohl er seine politische Einstellung abscheulich fand.

»Sein Verständnis von Musizieren passt eher zu

Marschmusik als zu Geigenspiel«, fügte Ernst hinzu. »Aus irgendeinem Grund habe ich das nicht deutlich gemacht, nicht einmal in dieser Situation.«

Burkhard hatte das Gefühl, als sei sein Mund ausgedörrt; er brauchte noch ein Bier, aber der Kellner war nirgends zu sehen. Er drehte sich auf seinem Stuhl um und wandte Ernst den Rücken zu, der es gar nicht bemerkte, sondern fortfuhr:

»Warum ich auf seine Gefühle Rücksicht genommen habe, ist mir schleierhaft. Ich habe lediglich gesagt: ›Wenn ich nur ein Quäntchen Selbstachtung habe, muss ich ein Judenfreund sein.‹ Dann habe ich die Tür so heftig aufgerissen, dass er zusammengezuckt ist. Ohne noch ein Wort zu sagen, ist er gegangen.«

Burkhard gab es auf, nach dem Kellner Ausschau zu halten, drehte sich wieder um und sah Ernst an: »Du hast dich völlig richtig verhalten.«

»Finde ich nicht. Nicht ganz. Ich hätte gleich beim ersten Mal etwas unternehmen sollen.«

»Aber das kam doch völlig überraschend für dich. Du hast Zeit gebraucht, um zu überlegen, was du antworten sollst.«

»Ich glaube, in den kommenden Jahren werden die Leute selten lange Zeit zum Überlegen haben. Wie dem auch sei, ich habe über den Vorfall nachgedacht, und am meisten irritiert mich, was diese kleine Geschichte mir über mich selbst gezeigt hat. Wie passiv ich offenbar bin, wenn ich nicht einmal entschieden dem Fanatismus eines Schülers entgegentreten kann, in einer Situation, in der ich das Sagen habe.

Ich bin auch nicht anders als all die braven, anständigen Leute, die nicht Stellung beziehen, nichts unternehmen, solange noch Zeit ist.«

»Du bist zu streng mit dir selber, Ernst.«

»Als dieser Clown zum ersten Mal das Armband getragen hat, wusste ich nicht, ob ich ihm sagen soll, dass ich Jude bin. Nicht einmal, als ich ihn rausgeworfen habe, konnte ich es klar und deutlich aussprechen. Ich habe mich an mein Deutschsein geklammert, die Wahrheit über mich verschwiegen. Vor einem unbegabten Schüler! Mein Gott, wie würde ich mich erst verhalten, wenn ich es mit irgendwelchen Amtspersonen zu tun hätte? Vor allem, wenn sie mir mein Recht, ein Deutscher zu sein, nehmen wollen?«

Bisher hatte er es fertiggebracht, einigermaßen gedämpft zu sprechen, doch bei den letzten Worten schleuderte er die Nazi-Zeitung auf den Boden und ballte eine Faust, als wolle er auf den Tisch schlagen. Burkhard sah zu den Leuten hin, die an einigen Tischen an der gegenüberliegenden Wand tranken und plauderten. Noch hatten sie nichts gemerkt.

Ernst schien zu spüren, wie unbehaglich Burkhard zumute war. Er spreizte die Finger und erklärte mit ruhiger Stimme: »Keine Angst. Ich werde keine Szene machen. Das könnte später auf mich zurückfallen.«

»Bitte, Ernst. Ich bin dein Freund – hoffentlich einer deiner besten Freunde. Werd jetzt nicht allen Deutschen gegenüber bitter.«

»Tut mir leid. Nein, das werde ich nicht. Wie denn, wenn ich doch genauso ein Deutscher bin wie ihr alle?«

Burkhard wollte protestieren; er dachte, Ernst habe ihn missverstanden, als er *alle Deutschen* gesagt hatte – natürlich hatte er ihn nicht ausschließen wollen –, aber Ernst hob die Hand. »Ich weiß, das hast du nicht böse gemeint. Du bist mein Freund. Nimm es bitte nicht persönlich, wenn ich verärgert bin.«

Doch sein Gesichtsausdruck passte nicht zu diesen versöhnlichen Worten. Sein Mund war zu einem schmalen, harten Strich geworden, und seine Augen schienen sich auf einen imaginären Punkt irgendwo hinter seinem Freund zu richten. Burkhard hatte fast das Gefühl, als sei er für Ernst gar nicht vorhanden, sei nur eine Art Resonanzboden.

»Eines muss ich dir noch sagen. Du kennst doch meinen Bruder Gerhard, oder? Vor einem halben Jahr hat er in einer Maschinenbaufirma angefangen. Seit letzter Woche gibt es dort eine neue Richtlinie: Der offizielle Gruß am Telefon lautet jetzt: ›Heil Hitler!‹ Mein Bruder wird das nicht sagen, und ich schätze, er wird die Stelle nicht lange behalten. Er und ich hauen jedenfalls ab. Professor Kerner hat mir Empfehlungsschreiben für alle seine Bekannten in England gegeben. Ich will nicht mehr in die Lage kommen, passiv zu bleiben. Und ich werde nicht abwarten, was hier möglicherweise passiert.«

Trotzig kippte er sein Bier in sich hinein. Bestürzt stellte Burkhard fest, dass er Ernst zum ersten Mal abstoßend fand. Sein Zorn war von einer Kälte, die Burkhard das Gefühl des Ausgeschlossenseins gab, ausgeschlossen, nur weil er zufällig arisch war.

An den darauffolgenden Tagen grübelte Burkhard, ob Ernst so kalt ihm gegenüber gewesen war, weil er nicht angemessen empört auf die Kritik im *Völkischen Beobachter* reagiert hatte. Seiner Ansicht nach hatte er deutlich genug zum Ausdruck gebracht, was er von der Besprechung des Konzerts und der Zeitung überhaupt hielt. Oder hatte er zu optimistisch geklungen, was die Lage in Deutschland betraf? Er wusste nicht so recht, was Ernst von ihm erwartet hatte oder inwiefern er sich anders hätte verhalten sollen, doch eines war klar: An jenem Nachmittag hatte sich in ihrer Beziehung etwas Entscheidendes geändert.

Und in der nächsten Woche gehörte er zu einem kleinen Kreis von Freunden, die sich am Hauptbahnhof von Ernst verabschiedeten. Später trafen zwei Ansichtskarten und schließlich auch einige Briefe ein, in denen Ernst von seinem neuen Leben berichtete; die Spannung zwischen ihnen an jenem Nachmittag in dem Lokal erwähnte er jedoch mit keinem Wort. In London schien es ihm gutzugehen, aber jedes Mal wenn Burkhard an ihn dachte, wurde er traurig. Zwar konnten sie in ihren Briefen das Thema vermeiden; an der Oberfläche konnten sie ihre völlige Entfremdung überspielen, doch Tatsache war, an jenem letzten gemeinsamen Nachmittag war das Gefühl von Freundschaft zwischen ihnen erkaltet. Und es war gut möglich, dass sie sich, da Ernst jetzt in England war, nie mehr wiedersähen.

V

Gegen vier Uhr tauchte ein Wachmann an der Tür zu Kellers Zimmer auf, um ihn abzuholen. Er brachte ihn in den Bereich, der den Häftlingen zugewiesen und durch einen Stacheldrahtzaun vom Büro des Kommandanten und dem Quartier der Wachleute abgetrennt war. Sie traten in ein einstöckiges Ziegelsteingebäude, das aus einem einzigen großen Raum bestand, in dem man etliche Reihen niedriger Bänke ohne Rückenlehne aufgestellt hatte. Noch war niemand sonst anwesend. Die Fenster waren klein und schmutzig und ließen nur einen Bruchteil des ohnehin kärglichen Nachmittagslichts ein. Heizung gab es keine, und er fragte sich schon, wie er seine Finger wärmen, das Blut zum Zirkulieren bringen sollte. Als er seine Geige auspackte, kam der Kommandant herein und erklärte, er wolle ihn den Insassen vorstellen.

Die kamen kurz nach ihm, langsam, einer nach dem anderen, begleitet von acht oder zehn Wärtern, die an den Wänden Aufstellung nahmen.

Kaum noch Menschen zu nennen, so wie sie sich bewegen, wie sie schauen. Mein Gott, was ist ihnen nur geschehen?

Und das waren diejenigen, die in den letzten paar

Wochen »normale« Kost bekommen hatten. Er versuchte sich vorzustellen, wie sie vorher wohl ausgesehen hatten, versuchte, sie in ihrem jeweiligen *Leben* zu sehen, bevor man sie aus ihren Wohnungen gezerrt und hierher verschleppt hatte. Es gelang ihm nicht.

Aber er erinnerte sich an die muntere, mollige Frau Nierenberg, seine Wohnungsnachbarin, als er in Köln studiert hatte. Sie hatte ihn gelegentlich zu Kaffee und Kuchen eingeladen und gesagt, sie möge es, wenn er übe. Ihre Tochter Rachel, irgendwo zwischen zwölf und siebzehn, eine dünnere, blassere Ausgabe der Mutter, hatte ihm immer wieder Kaffee nachgeschenkt und Kuchen auf den Teller gehäuft, war jedoch stets ein wenig schüchtern gewesen.

Sie hatten nichts mit diesen Leuten gemein. Wo waren sie jetzt?

Er verspürte einen zunehmenden Druck hinter den Augen. Musste wegsehen.

Er hatte damit gerechnet, dass die Insassen in Schmutz und Elend lebten, doch auf den Gestank, der von ihnen ausging, sobald sie sich versammelt hatten, war er nicht vorbereitet gewesen – etwa so wie Käse, der zu lange herumgestanden hat, dachte er, oder ranzige Butter, untermischt mit diesem bittersüßen Geruch aus den Schloten.

Das ist der einzige Nachteil. Es hängt sich in Kleidung und Haaren fest, »würzt« sogar das Essen.

Vielleicht würde er in ein paar Tagen auch so riechen.

Das ist der Preis des Fortschritts.

Er schluckte ein paarmal mühsam, um den sauren Speichel in seinem Mund loszuwerden. Er starrte zur Tür, fragte sich, ob sie ihn je wieder hinauslassen würden, sah den Kommandanten an, der ihn forschend betrachtete; die Schreckensgestalten schien er gar nicht wahrzunehmen.

»Setzt euch«, ordnete er trocken, nüchtern an, den Häftlingen kaum einen flüchtigen Blick schenkend.

Die meisten ließen sich mit offenkundiger Erleichterung auf die Bänke fallen, doch zwei von ihnen blieben ziemlich nahe bei Keller stehen und schauten stier geradeaus. Die Aufforderung des Kommandanten hatten sie offenbar nicht gehört, oder die Einladung, sich zu setzen, hatte nicht genügend nach einem Befehl geklungen. Keller schienen sie gar nicht zu sehen, doch die schwärzlichen Höhlungen unter ihren Augen starrten ihn an.

Einer der Wachmänner kam herüber und führte sie zu einer Bank. Sie wandten leicht den Kopf, blickten ihn aber nicht direkt an, als er sie vor sich her schob, wobei er mit seinen behandschuhten Händen kaum ihre Ärmel berührte, so als befürchte er, sich durch zu unmittelbaren Kontakt mit diesen Untermenschen zu infizieren.

»Heute und an den folgenden drei Tagen habe ich ein ganz besonderes Programm für euch«, setzte der Kommandant, jetzt in etwas freundlicherem Ton, an. Langsam schritt er mit auf dem Rücken verschränkten Armen zwischen den Wärtern und den Häftlingen auf und ab. »Seit eurer Ankunft hier habt ihr derlei nicht mehr erlebt. Dieser junge Mann hier wird euch auf seiner Geige vorspielen.« Er deutete auf Keller, doch die meisten sahen diesen nicht an; einige starrten auf den Boden, andere auf die Wände.

Die Beengtheit in dem Raum, der Mangel an Luft schienen sie nicht zu stören.

Es wäre einfacher, einer Reihe Toter in einem Leichenschauhaus gegenüberzustehen, dachte Keller. Da bräuchte ich bloß zu schauen – müsste nicht spielen, sie rühren. Anschließend würde ich rausgehen und tief durchatmen. Und das wär's dann.

Er wandte den Blick ab und bemühte sich, seinen Griff um die Geige zu lockern. Er klammerte sich regelrecht an sein Instrument; so wäre er nie und nimmer in der Lage zu spielen, wenn der Kommandant mit seiner Einleitung fertig wäre. Und den Bogen hielt er wie einen Knüppel. Es gelang ihm, die Geige in die rechte Hand zu bugsieren, um dann hinter dem Rücken ein paarmal die linke Faust zu ballen und zu versuchen, die Steifheit und Kälte aus den Fingern zu vertreiben.

»Er spielt sehr gut«, fuhr der Kommandant fort, »hat bereits einigen Ruhm geerntet. In letzter Zeit hat er für unsere verwundeten Soldaten nahe der Front gespielt. Das ist sein Beitrag zu den Kriegsanstrengungen.«

Während der Kommandant sprach, kehrten Kellers Augen zu der grauen Masse vor ihm zurück – graue, leichenhemdenähnliche Gewänder, graue Gesichter, graue, geschorene Schädel. Einige sahen jetzt zu ihm hin. Er hätte genauso gut eine Wand sein können, ein Wachmann, es war ohne jegliche Bedeutung. Als ihre

Blicke sich trafen, wandte er sich ab. Am betroffensten machte ihn, wie ähnlich sie aussahen, zumindest auf den ersten Blick. Die ganze Gruppe schien das gleiche Alter zu haben, irgendwo zwischen zwanzig und fünfzig. Und in dem Dämmerlicht war kaum zu unterscheiden, ob es sich um Männer oder Frauen handelte. Jedenfalls konnte er keine weiblichen Formen erkennen.

»Er will euch helfen, euren Sinn für Schönheit, der euch abhanden gekommen ist, wiederaufleben zu lassen. Dass er hier ist, verdankt ihr dem Dritten Reich.«

Der Kommandant lächelte Keller wohlwollend zu. Für die Dauer einiger Sekunden fixierte er ihn, und das Lächeln schwand aus seinem Gesicht. Dann fiel ein Sonnenstrahl auf seine Brille – er stand neben einem Fenster –, und bei dem grellen Aufblitzen der Reflexion wandte der Geiger den Blick ab.

Keller hatte sich dafür entschieden, mit einigen Paganini-Capricen, den Stücken in seinem Repertoire, die schiere Virtuosität zelebrierten, zu beginnen. Fessle ihre Aufmerksamkeit, banne ihre Lustlosigkeit mit verblüffenden Effekten. Er hatte, als er sich vor ein paar Stunden eilig ein Programm für seinen ersten Auftritt überlegte, den Eindruck gehabt, dies sei besser als mit einem tiefgründigeren, verinnerlichteren Werk anzufangen – den Fehler hat er des Öfteren bei den Soldaten gemacht. Bachs Werke erforderten Zuhörer, die auf die subtilen Bedeutungsschattierungen eingestimmt und gewillt waren, sich ohne Übergang aus ihrer brutalen Existenz, die den Tod in sich barg, in eine Welt der Feinsinnigkeit entführen zu lassen.

Einen Fehler zu vermeiden war jedoch keine Garantie dafür, nicht einen anderen zu machen: Er war es nicht gewohnt, zu Beginn seines Programms virtuose Stücke zu spielen. Er wusste, ein Feuerwerk der Töne abzubrennen fiel ihm leichter, wenn er erst einmal seine Aufgeregtheit überwunden und seine Muskeln gelockert hatte. Da er die Capricen jedoch Dutzende Male in den Lazaretten gespielt hatte, glaubte er das Wagnis eingehen zu können, damit anzufangen.

Als Erstes spielte er die Caprice Nummer neun in E-Dur, ein sprühendes Stück, das mit seinen in Doppelgriffen gespielten Terzen, Quinten und Sexten den Klang von Jagdhörnern imitiert. Bei seinem Abschlusskonzert an der Hochschule hatte er mit diesem Stück großen Erfolg gehabt. Anschließend hatten andere Studenten ihm gesagt, wie sehr sie die perlenden Tonfolgen und die wie gemeißelten Doppelgriffe bewunderten, doch die Auftritte in letzter Zeit vor Soldaten, die seine Virtuosität eher kalt ließ, überschatteten zunehmend die Erinnerung an diesen Triumph.

Allerdings musste, um den Soldaten nicht Unrecht zu tun, doch gesagt werden, dass sein Spiel nicht mehr das gleiche war wie vor zehn Jahren. Es fiel ihm jetzt schwer, auch nur eine Spur von Begeisterung aufzubringen, wenn er allmorgendlich die Geige aus dem Kasten nahm und mit dem Üben begann. Seinem Spiel fehlte die Frische, der Glaube, dass sein Musizieren etwas brächte, zumindest irgendeinen Fortschritt. Doch ihm blieb nichts anderes übrig, als zu versuchen, sich das, was ihm verloren gegangen war, zurückzuerobern.

Das heitere Eröffnungsthema der Neunten Caprice wechselt mit dramatischeren Passagen in Moll. Akkorde, hitzige Tonleitern in den oberen Lagen und eine Passage mit Ricochets – eine Spezialtechnik in schnellem Tempo, auch Springbogen genannt, bei der man den Bogen kräftig auf die Saite wirft, um mehrere Töne auf einem Strich zu spielen – folgen aufeinander. Um diese schwierigen Stellen zu meistern, müssen die Hände vollkommen locker sein. Ehe er zu spielen begann, hoffte Keller gegen jede Vernunft, es werde dieses eine Mal wenigstens so gut klingen, dass er nach dem »Konzert« mit einem Minimum an Selbstachtung aus dem Raum gehen könnte.

Fehlgriffe, unreine Ricochets, kratzige Akkorde. Er sagte sich, es sei immer noch ganz anständig, wenn auch weit entfernt von seinem besten Spiel. Aber war es auch gut genug? Falls diese Leute tatsächlich in Konzerte gingen, wenn sie in Freiheit waren, wüssten sie, wie gutes Spiel sich anhörte. Er versuchte, vernünftig, optimistisch zu bleiben, sich selbst die Möglichkeit zu geben, sich auf die Situation einzustellen – wenn nicht heute, dann eben morgen. Aber tief drinnen war er schon bei den allerersten Tönen verstört, und dieses Gefühl hielt sich hartnäckig.

Seine Finger schmerzten; als er sich durch die Neunte Caprice hindurchgekämpft hatte und mit der nächsten begann, wurde jede Herausforderung zu einer schier unüberwindbaren Hürde. Nachdem er eine der tückischsten Passagen verpatzt hatte, musste er sich zwingen, nicht mitten im Stück aufzuhören. Zu viele Stunden seines Lebens hatte er damit verbracht, diese Läufe und Doppelgriffe zu üben, um ein solches Spiel zu ertragen. Er konnte sich fast sagen hören: *Zum Teufel damit!*, konnte sich das Schweigen vorstellen, das auf diese Worte folgen würde, während er seine Geige einpackte und den Raum verließe. Demütigend wäre das, doch durch sein Spielen hatte er bereits das Gesicht verloren. Es schien ihm unmöglich, sich noch mehr zu blamieren; außerdem, wen kümmerte es schon, was diese Leute von ihm hielten? In einer Woche wären sie vielleicht schon tot.

Was sie brauchten, war etwas zu essen, keine Musik, und es entwürdigte sein Spiel, so zu tun, als sei dies nicht so, vorzugeben, dieser Schweinestall, in dem die Leute an nichts anderes als an ihren knurrenden Magen denken konnten, sei ein »Konzertsaal«.

Alle saßen sie reglos da; sie hätten genauso gut schon tot sein können. Irgendetwas an ihren Schultern – er vermeinte die Knochen durch die Gewändern stechen zu sehen – ließ in ihm den Drang aufkommen, sie zu packen und zu schütteln. Doch dann erinnerte er sich, dass sein Publikum ja nicht sehen konnte, wie es in ihm aussah. Diese Leute sahen und hörten höchstwahrscheinlich gar nichts. Warum sollte er sich vor den Augen des Kommandanten geschlagen geben, der trotz all seines gebildeten und kultivierten Getues wahrscheinlich völlig unmusikalisch war?

Über seinem Kampf mit dem Paganini-Stück hatte

er eines fast vergessen: Hier stand mehr auf dem Spiel als seine Selbstachtung als Geiger. Er war hierher gebracht worden, um zu spielen, und er konnte sich nicht weigern, den Befehl des Kommandanten zu befolgen.

Er beendete also die zweite Caprice. Jetzt hatte er noch eine zu bewältigen: Nummer fünf in a-Moll, ein unter normalen Umständen hinreißendes Stück. Es beginnt mit einer Aufeinanderfolge von Arpeggien von tiefen hinauf in hohe Tonlagen, jedes gefolgt von einer nach unten rasenden Tonleiter. Darauf folgt das Moto perpetuo, das bei präziser Artikulation jeder Note so schnell wie möglich gespielt werden muss.

In den ersten Jahren nach seinem Abschluss an der Hochschule war dieses Stück ein Renner gewesen. Plötzlich erinnerte er sich an das Hochgefühl, das ihn überkommen hatte, wenn er diese Caprice mit dem richtigen Gespür dafür gespielt hatte, fühlte erneut die Freude beim Blick auf seine Finger, die sich präzise wie Kolben bewegten, wohl wissend, dass er das Tempo bis zum Äußersten vorantrieb. Wäre er auch nur einen Augenblick unkonzentriert oder zu selbstgewiss gewesen, wäre das Ganze außer Kontrolle geraten. Doch das war nie geschehen. Noch jetzt, nach all den Jahren, hörte er, wie das Publikum vor Verblüffung nach Luft schnappte, wenn er zum Schluss kam. Das hatte ihm noch mehr bedeutet als der donnernde Applaus, der dann folgte.

Er schloss die Augen, um das Elend vor sich nicht sehen zu müssen, und spielte dieses Stück besser als die beiden anderen. Jetzt zirkulierte auch das Blut in seinen Fingern kräftiger. Er riskierte mehr, vollführte nach dem letzten Akkord sogar die übliche Bravourgeste – er hielt einen Augenblick lang den Bogen in die Höhe; die Schnecke der Geige zeigte nach oben.

Stille. Vollkommene Stille.

Langsam ließ er den Bogen sinken und öffnete die Augen. Erst jetzt begann der Kommandant zu applaudieren: in dem Raum ohne Akustik ein einsames, papierenes Geräusch. Er räusperte sich und befahl: »Klatscht.« Seine Stimme klang entfernt, als seien seine Gedanken ganz woanders.

Vielleicht hatten sie es nicht gehört.

»Klatscht«, wiederholte er etwas lauter. »Der Mann hier hat für euch gespielt, zeigt ihm jetzt, dass ihr das zu schätzen wisst.«

Geräuschlos ahmten zwei oder drei die Gesten des Kommandanten nach.

»Klatscht!«, brüllte er.

Die Wärter gingen langsam auf die Häftlinge zu. Erst jetzt vollführten alle das Geräusch, das man von ihnen zu hören verlangte – vereinzelt, ungleichzeitig, kärglich. Die Wachen nahmen wieder ihren Platz entlang der Wand ein; sie hatten die Häftlinge nicht angerührt. Der Kommandant, anscheinend zufrieden mit der dürftigen Höflichkeitsgeste, die er den Zuhörern abgezwungen hatte, verließ das Gebäude, ohne ihn anzusehen.

Keller verbeugte sich. Mechanisch setzte der Applaus sich fort; es war offenbar genauso schwierig, ihn abzuschalten, wie ihn anzuschalten. Sie klatschten immer noch, als er für das nächste Stück nachstimmte – die Ovation war nicht so gewaltig, dass er dafür nicht mehr gut genug hörte. Als er so weit war, bewegten ihre Hände sich immer noch in grausigem Automatismus, und wie Automaten starrten sie geradeaus. Er ließ die Geige sinken und blickte sich um, wusste nicht, was er tun sollte. Schließlich stampfte einer der Wärter mit dem Fuß auf, nur einmal. Stille.

Als zweites wollte er eine Sonate von Eugène Ysaÿe spielen. Die Werke dieses großen belgischen Geigers verlangen eine virtuose Beherrschung des Instruments, die aber immer musikalischen Ideen und der Schaffung einer bestimmten Atmosphäre dienen muss. Die Fünfte Sonate hat zwei Sätze, »L'Aurore« und »Danse rustique«. In »L'Aurore« entspringen die zarten Farben des Frühlings dem Nachtdunkel; die aufgehende Sonne, durch ein in einen Klangteppich aus arpeggierten Akkorden verwobenes Thema verkörpert, leuchtet immer heller, bis ihr Flirren in einer Strahlenexplosion aufgeht.

Im Verlauf seines zweiten oder dritten Jahres an der Hochschule für Musik in Köln hatte er dieses Stück einmal anlässlich einer Ausstellung französischer Impressionisten gespielt. Damals war er noch unbekümmert genug gewesen, um vor dem Konzert in einige dieser zauberischen Malereien einzutauchen; die Pinselführung und die satten Farben, denen sich alles andere – Konturen, Perspektive, Komposition – unterordnete, hatten ihn fasziniert.

Beim Üben des Stücks hatte er gehofft, dies Farbenspiel könnte die wiedererweckten Sinne der Häftlinge sänftigen und entzücken. Doch als er nun zu spielen begann, hatte er nur den einen Wunsch: Die Sonate so schnell und mit so wenigen Fehlern wie möglich hinter sich zu bringen und für diesen Tag seinen Auftritt geschafft zu haben. Er wollte gar nicht mehr versuchen, diesen Leuten zu gefallen; so verrückt war er nicht, zu glauben, dass dies überhaupt möglich sei.

Erst bei der ›Danse rustique‹ wurde ihm klar, was nach dem Paganini passiert war; die Stille hatte ihn betäubt. Nie war sein Vorspielen mit Schweigen aufgenommen worden, nicht einmal, als er für die Soldaten gespielt hatte. Und dann dieser Applaus: ein Hohn, schlimmer als Stille! Die Wärter hätten dem früher Einhalt gebieten können, doch er war überzeugt, sie ließen es so lange wie nur möglich weitergehen, nur um ihn zu demütigen. Sie selber hatten nicht geklatscht; der Befehl des Kommandanten war nicht an sie gerichtet gewesen. Sie wollten verdammt sein, wenn *sie* zusammen mit den Juden klatschten.

Als er das Ysaÿe-Stück zu Ende gespielt hatte, rechnete er mit dem gleichen tumben Automatismus, diesmal möglicherweise auf Befehl eines Wärters. Doch der Beifall setzte sofort ein – auch jetzt ein eher teilnahmsloser, schwacher Applaus, doch sie hatten nicht dazu gezwungen werden müssen. Vielleicht hatten sie mehr Angst vor den Wärtern, jetzt, da der Kommandant nicht mehr hier war, um sie gegebenenfalls im Zaum zu halten; ein erneutes Ausbleiben einer Reaktion wäre möglicherweise als Ungehorsam gegenüber einem bereits erteilten Befehl ausgelegt worden.

Doch dann fiel ihm eine überzeugendere Erklärung ein: Mit dem gebrüllten Befehl: »Klatscht!« hatte der Kommandant seine mechanischen Puppen aufgezogen. Anfangs waren sie noch ein wenig eingerostet gewesen, doch jetzt brachten sie eine leidliche Imitation einer Spielart menschlichen Verhaltens zustande. Diesmal hörte der Applaus sogar nach einer angemessenen Zeit auf.

Keller spielte seine Rolle bei diesem mechanischen Ritual weiter; wie die Juden hatte auch er keine andere Wahl. Sein nächstes und letztes Stück war die E-Dur-Partita von Bach, das eingängigste Werk des Meisters für Violine solo. Sie setzt mit einem großartigen Präludium voller kreiselnder Tonkaskaden ein, gefolgt von fünf Tänzen. Wiewohl reich an Abstufungen in Tempo und Stimmung, vermittelt sie doch vor allem überbordende Freude.

Keller war jetzt klar, es kam wahrscheinlich gar nicht darauf an, wie er spielte oder wie sie reagierten. Allerdings bestand die winzige Möglichkeit, dass sein Spiel, wenn es gut genug war, einen Funken Leben in seinen Zuhörern weckte. Keine Freude, kein Verständnis, nur ... eine Reaktion auf einen Reiz. Er wusste nicht, was dies dem Kommandanten möglicherweise bedeutete, außer das Erreichen des unmittelbaren Ziels seines aberwitzigen Experiments. Als er die anmutige, in ihrer Schönheit überwältigende Loure spielte, nahm eine Idee in ihm Gestalt an: Falls Musik die Macht hatte, Menschen wieder zum Leben zu erwecken, würde der Kommandant diese Leute vielleicht nicht erneut zu einem »Tod im Leben« verurteilen, wenn das Experiment abgeschlossen war. Nicht dass ihm daran besonders gelegen wäre; dieser Illusion konnte Keller sich nicht einen Augenblick lang hingeben. Aber wäre er nicht doch stolz auf das Ergebnis? Wäre ihm nicht daran gelegen, dem erfolgreichen Experiment Dauer zu verleihen?

Doch wie sollte Keller das wissen? Seine Aufgabe bestand schlicht und einfach darin, die nächsten Tage durchzustehen, dem Kommandanten zu geben, was er verlangte, und dann heil hier herauszukommen. Wenn er dabei seine instinktiven Reaktionen unterdrücken, seinen Verstand und sein Gefühl abtöten müsste, um das tun zu können, was man von ihm erwartete, dann musste das eben sein.

Jedenfalls werde ich nicht so werden wie sie, dachte er, als er die Augen halb öffnete und die Reihen grauer, blockartiger Gestalten vor sich sah. Doch wenn er irgendetwas Außerplanmäßiges sagte oder tat – und er war sicher, die Wärter würden dem Kommandanten in allen Einzelheiten berichten, wie er sich verhielt –, könnte dieser ihn so lange hierbehalten, wie er wollte. Wer außerhalb des Lagers würde das schon erfahren?

Im Nachhinein hätte Keller kaum zu sagen gewusst, wie er den Bach gespielt hatte. War es ihm gelungen, die überbordende Freude zu vermitteln? Eher unwahrscheinlich. Ihm blieb nichts weiter übrig, als sich auf die Situation einzustellen; er konnte sich nicht darüber erheben. Und dass es ihm gelingen könnte, so gut zu spielen wie früher, das konnte er sich aus dem Kopf schlagen.

So sehr war er in seine Gedanken und Sorgen versunken, dass die Partita sich wie von selbst spielte, ohne dass er genau darauf hörte. Bei den letzten Tönen überkam ihn Erleichterung: Zumindest für diesen Tag war die Qual ausgestanden. Er verbeugte sich drei-, viermal und zwang sich in Erwiderung des dumpfen Beifalls ein Lächeln ab; dann drehte er sich um und verstaute die Geige in ihrem Kasten.

Als er sich wieder umwandte, saßen sie immer noch da, so als warteten sie auf weitere Befehle. Die Wachen rührten sich nicht. Keller räusperte sich und erklärte: »Das heutige Konzert ist hiermit beendet; vielen Dank für Ihre Aufmerksamkeit.« Er zögerte, blickte sie forschend an. »Falls Sie irgendwelche Fragen haben, bin ich gerne bereit, sie zu beantworten.« Derlei sagte er häufig zu Beginn seiner Auftritte in Lazaretten. Hier hatte er jedoch nur die einzelnen Stücke angekündigt. Eingehendere Erklärungen erschienen überflüssig, sinnlos. Im Grunde genommen rechnete er gar nicht damit, dass diese Leute irgendwelche Fragen stellten.

Nach kurzem Zögern nahm er seine Geige und ging ein paar Schritte Richtung Tür. Plötzlich durchbrach eine tonlose, brüchige Stimme die Stille.

»Warum sind Sie hierhergekommen?«

Keller blieb stehen und drehte sich um. Er konnte den Frager nicht erkennen; es dunkelte, und die Stimme war von irgendwo ganz hinten gekommen.

»Warum ich hierhergekommen bin?«, wiederholte er und blickte von einem ausdruckslosen Gesicht zum nächsten. War die Frage ein Ausdruck von Feindseligkeit oder lediglich von Neugierde? »Ich bin hier, um Sie an meiner Musik teilhaben zu lassen … um Ihnen eine Freude zu machen … um Ihnen zu helfen.« Die letzten Worte kamen immer leiser, kaum konnte er selbst sie hören.

»Ich …« Er hätte gehen sollen, ehe er noch einmal den Mund öffnete, doch wie angewurzelt stand er da, bis schließlich die ehrliche Antwort gestammelt aus ihm herausbrach: »Man … man hat mir befohlen, hierherzukommen.«

Kurz nachdem man Keller zu seinem Zimmer gebracht hatte, zwang er sich, den Geigenkasten aufzumachen, um das Programm für den nächsten Tag zu üben. Morgen musste er besser spielen, sonst könnte er es mit sich selber nicht mehr aushalten. Doch er war viel zu erschöpft, um sich wirklich darauf konzentrieren zu können. Er legte sich auf das schmale Bett und döste für eine halbe Stunde ein.

Als er aus dem Schlaf auftauchte, hatte er das Gefühl, er müsse sich aus einem tiefen Abgrund nach oben kämpfen. Er tastete nach dem Lichtschalter an der Wand, blinzelte, versuchte, sich zurechtzufinden. Er blickte um sich – blickte auf den einzigen Stuhl, einfach, ungepolstert, auf den Schreibtisch am Fußende des Bettes, aus ungefirnisstem Holz gezimmert, auf die gräuliche Wandfarbe, die oben an den Wänden abblätterte. Er schauderte, sah zum Fenster, ob es offen war, und sei es auch nur einen kleinen Spalt. Während des Konzerts hatte er sich nach nichts so sehr gesehnt wie nach frischer Luft. Doch jetzt, in seinem Zimmer, hatte er Angst, ein Luftzug könnte von irgendwoher einsickern, da er glaubte, den Gestank aus den Schloten zu riechen. Er schnüffelte ein paarmal, kam dann aber zu dem Schluss, dass er es sich nur einbildete.

Um sieben Uhr brachte eine Wache, die kein Wort sagte, sein Abendessen. Nachdem sich die Tür hinter ihr geschlossen hatte, schaute Keller auf das Tablett: Sauerbraten mit Blaukraut, eine kleine Schüssel Spätzle und eine Karaffe Rotwein. Nicht gerade ein Feinschmeckeressen – das Fleisch war zerkocht, trocken. Aber mit Sicherheit war es viel besser als das, was die Häftlinge und selbst die Auserwählten des Kommandanten bekamen.

Die Erinnerung an den Gestank aus der Gummifabrik raubte ihm zusätzlich den Appetit; dennoch zwang er sich, ein wenig zu essen. Anschließend wusste er nicht, womit er sich beschäftigen sollte. Bücher waren keine da, so dass er keine Möglichkeit hatte, sich von der düsteren Lageratmosphäre abzulenken.

In dieser Nacht träumte er, dass er in einem großen, nur schwach beleuchteten Saal ein Konzert gab. Lediglich dreißig oder vierzig Zuhörer waren auf die ersten paar Stuhlreihen verteilt; ansonsten konnte er kaum etwas sehen.

Er spürte keine Resonanz beim Publikum; die Leute hörten offenbar gar nicht zu. So dass er damit rechnete, sie würden anfangen, zu husten oder auf ihren Sitzen hin und her zu rutschen. Aber sie regten sich nicht. Und es war auch nicht so, als hätte er sie in seinen Bann geschlagen. Mein Gott, nein – so gut spielte er nicht.

Mitten in einer Phrase hörte er auf, da er wissen wollte, ob dies irgendeine Auswirkung hätte. »Seid ihr taub?«, brüllte er.

Keine Reaktion. Er verließ das Podium, ging auf eine Gruppe von Leuten zu, packte einen von ihnen an den Schultern und schüttelte ihn. Da nur die Bühne beleuchtet war, konnte er das Gesicht des Mannes nicht sehen. Als er sich bückte und vorbeugte, sah er in ein paar glanzlose Augen. Er berührte die Wange des Mannes. Sie war eiskalt.

»Der ist ja tot!«, flüsterte er. Er blickte um sich, sagte noch einmal, etwas lauter: »Der ist ja tot!« Wieder keine Reaktion.

Auf einem Sitz in der Nähe kauerte eine Frau, das Gesicht mit einem Schleier verhüllt. Er zog ihn beiseite – ein Schädel grinste ihm entgegen. Er machte einen Satz nach hinten, würgte an dem Staub, den er aufgewirbelt hatte, und rannte durch den Mittelgang. Nun begannen sie sich zu regen, mit eisigen Fingern griffen sie nach ihm. Hastig drehte er sich um und rannte zur Bühne zurück, die seitlichen Stufen hinauf, zog und zerrte an der Tür zu den Kulissen, hämmerte dagegen.

Er flüchtete zur Bühnenmitte zurück, sah dort seine Geige samt Bogen auf einem Stuhl liegen. Er nahm das Instrument, versuchte, wieder zu spielen, obwohl seine Hände unkontrollierbar zitterten. Bei den ersten Tönen wachte er auf.

Mein Gott, wo bin ich?

Er taumelte aus dem Bett, riss die Tür auf und schnappte nach Luft. Eine eisige Windbö raubte ihm den Atem.

Die Dämmerung verbreitete ein metallisch graues Licht, gerade hell genug, um die Reihen trübseliger niedriger Baracken auszumachen, die eine wie die andere aussahen; dazwischen erstreckte sich eine Art Niemandsland. Er sehnte sich nach den engen Gassen seiner Stadt, und fast kamen ihm die Tränen, als er sich seine kleine Wohnung in ihrer Vertrautheit und mit ihren kleinen Annehmlichkeiten vorstellte.

Nicht weit von seiner Tür entfernt zog sich Stacheldraht hin – der innere Zaun, der die Verwaltungsgebäude von den Gefangenenbaracken trennte. Der Wind peitschte ihm ins Gesicht, während er die zugefrorenen Lachen auf dem unebenen Grund anstarrte und sich fragte, wie es hier wohl ausgesehen hatte, ehe sie dieses grässliche Gitterwerk errichtet hatten.

Durch das Drahtgeflecht sah er eine Gruppe Insassen aus einer etwa hundert Meter entfernten Baracke auftauchen; ein paar Wachen stießen sie vor sich her. Dann spuckte eine weitere Baracke ihren menschlichen Inhalt aus, dann eine dritte und so weiter, bis das ganze Gelände ein Meer gestreifter Uniformen war, eine Flut von Automaten, die sich langsam auf das Haupttor zu bewegte.

Auf dem Appellplatz machte sie halt, und die Wärter zählten jede einzelne Reihe von Häftlingen einmal, zweimal durch. Ein stämmiger Oberscharführer stolzierte zwischen den Reihen auf und ab, kläffte eine halbe Stunde lang die sich duckenden Insassen an; weiß der Teufel, was er ihnen zu sagen hatte. Von Zeit zu Zeit unterbrach er sein Schwadronieren und trat oder schlug nach den Nächststehenden, stemmte die Hände in die Hüften, pflanzte sich breitbeinig auf und betrachtete triumphierend, wenn sie schwankten und Zahnstochern gleich umfielen. Sooft dieser Oberscharführer mit dem Gummiknüppel, den er in der Hand hielt, auf seinen Schenkel schlug, rannte einer seiner Handlanger zu dem Gestürzten und trat auf ihn ein, bis es diesem gelang, sich irgendwie aufzurappeln.

Keller fragte sich, ob er noch in den Abgründen seines Traums umherirrte.

Ein plötzlicher Lärm ließ ihn zusammenzucken, doch weder Wärter noch Häftlinge zeigten irgendeine Reaktion. Musik? Von woher? Er schaute nach oben und sah vier Lautsprecher, die über dem Appellplatz angebracht waren. War das ein Walzer, was da verzerrt losdröhnte? Eine schwungvolle Untermalung dieser Brutalität?

Während des schier endlosen Appells plärrten Walzer, Foxtrotts und Tangos aus den Lautsprechern. So laut hallte die Musik, dass die schlichten Melodien verschwommen und grob verzerrt ertönten: Alles vermengte sich zu einem Reigen greller Lustigkeit. Lediglich die schrillsten Töne durchschnitten die ohrenbetäubende Geräuschkulisse und das Gebrüll des Oberscharführers.

Plötzlich erkannte er eine Melodie wieder, die

Ernst oft im »Goldenen Adler« gespielt hatte. Lieber, hitziger Ernst, der 1933 alles so klar durchschaut hatte und Deutschland den Rücken gekehrt hatte. Gott sei Dank. Ansonsten wäre er an einem Ort wie diesem gelandet, hätte Beleidigungen, Schläge ertragen müssen, verzweifelt auf eine Erlösung aus diesem Alptraum hoffend.

Er war so vernünftig gewesen, das Land zu verlassen, und ich? Warum habe ich das nicht kommen sehen? Und warum, in Gottes Namen, bin ich jetzt hier, an einem Ort, der für Zigeuner und Juden gedacht ist?

Der Appell war vorbei, und die Schattenwesen waren durch das Tor getrieben worden. Er lehnte sich aus der Tür und atmete tief, um sich zu beruhigen. Der Rauch, der gestern über dem Lager gehangen hatte, war nicht mehr zu sehen, und aus den Schloten kam nichts, doch der Gestank lag immer noch in der Luft.

Unvermittelt wurde ihm klar: Hauptzweck dieses Lagers war es nicht, Arbeitsleistung aus diesen Elenden herauszupressen. Sie würden um vieles schneller und besser arbeiten, würden sie nicht so behandelt.

Eine dünne Schicht Ruß bedeckte die Scheibe des Fensters in seinem Zimmer. Er fuhr mit der Hand über das Glas und starrte dann lange auf seine geschwärzten Fingerkuppen.

VI

»Bei allem Respekt, Herr Kommandant …«

»Ich verstehe, Sie haben nicht gut geschlafen.«

Keller zögerte.

»Haben Sie schlecht geträumt?«

Er weiß Bescheid.

Hatte jemand durch das Fenster gespäht, während er schlief? Hatte er laut aufgeschrien? Oder gehörten Alpträume hier zum Alltag?

»Ich hatte eine unruhige Nacht.« Sein Kopf schmerzte, sein Mund war trocken. Der Kommandant wartete, dass er weitersprach, und schob auf seinem Schreibtisch Papiere hin und her.

Vielleicht war noch genügend Zeit, um sich irgendeinen Vorwand auszudenken, warum er in das Büro gekommen war.

»Sprechen Sie ruhig frei heraus«, forderte der Kommandant ihn auf und musterte ihn über den Brillenrand hinweg. Er kritzelte etwas auf den Rand eines Blatts Papier, das er vor sich liegen hatte.

Keller war versucht umzuschwenken – den Kommandanten um Rat zu fragen, was er an diesem Nachmittag spielen sollte, ihm zu danken und dann in sein Zimmer zurückzukehren. Doch seit dem Appell vor ein paar Stunden hatte er nur einen Gedanken gehabt: Wie er diesen Mann dazu bringen könnte, ihn gehen zu lassen. Er konnte diesen Leuten nicht noch einmal gegenübertreten.

»Darf ich fragen, Herr Kommandant ... ist das hier nur ein Arbeitslager?«

Abrupt blickte der Kommandant von seinen Unterlagen auf. Er starrte den Geiger an, bis dieser es nicht mehr aushielt und den Blick abwandte; ihm war klar, der Kommandant wusste, was sein eigentliches Anliegen war; sein Gesicht ließ weder Bestätigung noch Leugnung erkennen, weder Schuldgefühl noch Stolz. Nichts weiter als nüchterne, leicht gelangweilte Erwartung, als versuche er abzuwägen, was Keller als Nächstes tun könnte.

»Ich habe Ihnen alles gesagt, was Sie wissen müssen«, erklärte er schließlich. »Wir lassen sie hier für uns arbeiten.«

»Aber – ich verstehe nicht ... warum sie so aussehen.«

»Ich habe Ihnen bereits gestern gesagt, dass die Arbeitsbedingungen hier äußerst hart sind und nicht jeder überleben kann.«

»Schon. Zuerst habe ich gedacht, wenn einige sterben, dann aufgrund der rauen Bedingungen, die Sie beschrieben haben – Hunger und Kälte, die schwere Arbeit. So hatte ich mir das vorgestellt, bis ich sie gesehen habe.«

»Und dann?«

Ich habe diesen Weg eingeschlagen. Ich kann jetzt nicht mehr zurück.

»Dann ... habe ich mich an das erinnert, was Sie gesagt haben, dass es notwenig sei, die Juden von uns anderen abzusondern, um eine Verseuchung zu verhindern. Ich habe mich dann gefragt, was wohl mit ihnen geschieht, wenn sie eine Weile hier waren. Ich meine, wenn sie nicht mehr in der Lage sind zu arbeiten.«

Das Gesicht des Kommandanten verhärtete sich. »Und zu welchem Ergebnis sind Sie gekommen?«

»Stimmt es, Herr Kommandant, dass ein Zweck dieses Lagers darin besteht« – er hielt inne, suchte nach einer Möglichkeit der Umschreibung, gab den Versuch jedoch auf und setzte alles auf eine Karte – »sich dieser Menschen zu entledigen?«

»Wie sind Sie denn zu diesem Schluss gekommen?« Kaum dass die Lippen des Kommandanten sich beim Sprechen bewegten.

Keller wagte nicht, den endlosen Appell, das Gebrüll und die Misshandlungen des Oberscharführers, die grässliche Musik zu erwähnen.

»Sie würden sonst nicht so aussehen, sich nicht so *verhalten*, wenn sie auch nur einen Funken Hoffnung hätten.«

»Ich verstehe. Nun, Sie beobachten sehr genau.« Er legte die Papiere hin, die er in der Hand hielt, nahm die Brille ab und lehnte sich halb über den Schreibtisch. »Und was wollen Sie diesbezüglich unternehmen?«

Unter seinem starren Blick wich Keller zurück. Sein Herz raste. »Ich werde *diesbezüglich* gar nichts unternehmen. Es ist nur so, dass ich unter solchen Umständen wahrscheinlich nicht besonders gut spiele. Für derlei bin ich nicht ausgebildet worden, und ich glaube, ich bin unter diesen Bedingungen nicht in der Lage … Ihre Wünsche zu erfüllen.«

»Aha, eine Frage der Ästhetik also. Und auch der Moral, nehme ich an.«

»Herr Kommandant, Sie haben gestern selbst gesagt, dass ein Künstler nicht sein Bestes geben kann, wenn er nur einen Befehl ausführt.«

Einen Augenblick lang schien es den Kommandanten zu belustigen, seine eigenen Worte wiederholt zu hören. »Nun, ich muss zugeben, für das Experiment tut es mir leid. Ich hielt es für vielversprechend. Aber man wird Sie natürlich nicht gegen Ihren Willen hierbehalten.« Er schwieg. »Ich nehme an, Sie bitten um die Erlaubnis, gehen zu dürfen.«

Keller erwiderte nichts; den ganzen Nachmittag über hatte er sich Sorgen der Konsequenzen wegen gemacht, die eine solche Bitte nach sich ziehen könnte.

»Ich werde die Wachen anweisen, sofort das Tor für Sie zu öffnen. Nur sollten Sie bedenken, dass bei uns derzeit Kriegsrecht herrscht. Die Sicherheit des Dritten Reichs hat vor allem anderen Vorrang; und darum kümmert sich die Gestapo. Leute werden ohne ersichtlichen Grund verhaftet.«

Keller atmete tief ein und versuchte, seine Stimme nicht beben zu lassen. »Sie meinen, es könnte sein, dass man mich verhaftet, wenn ich gehe?«

Der Kommandant zuckte die Schultern.

»Aber ich stelle doch keine Bedrohung für das Dritte Reich dar.«

»Sie haben das Lager hier gesehen.«

»Nichts, das ich gesehen habe, stellt eine Gefährdung …«

»Hören Sie, offenbar ist Ihnen nicht klar, welch eine günstige Gelegenheit sich Ihnen hier bietet. In einem Lager wie diesem erbrachte patriotische Dienste könnten auf lange Sicht jeglichen Verdacht, den die Behörden hinsichtlich Ihrer Person hegen könnten, als unbegründet erweisen.«

»Verdacht? Warum sollte ich unter Verdacht stehen?«

»Oh, bei den meisten Leuten gibt es etwas in ihrer Vergangenheit, das, falls nötig, ans Tageslicht befördert werden könnte.«

Alina. Das musste es sein. Oder vielleicht doch Ernst mit seinem verfluchten Brief an den Herausgeber des *Völkischen Beobachters*.

Der Kommandant wandte sich wieder den Papieren auf seinem Schreibtisch zu. »Noch etwas«, fuhr er kurz darauf fort. »Ich bin verpflichtet, regelmäßig einen Bericht zu verfassen, wie es hier läuft, und darf natürlich außergewöhnliche Ereignisse wie Ihr Konzert hier nicht unerwähnt lassen. Es hat den Anschein, dass sie das Lager nicht gutheißen. Ich fürchte, ich muss das anführen.«

»Gutheißen, Herr Kommandant?«

Wieder fixierten ihn diese schrecklichen Augen.

»Es ist ja nicht so, dass ich gegen das bin, was hier geschieht«, hörte Keller sich sagen. »Nie würde ich mir anmaßen, die Entscheidungen unserer Führer in Frage zu stellen, oder besser zu wissen, was das Beste für das deutsche Volk ist.«

»Falls Sie es ablehnen, sich weiter an dem Experiment zu beteiligen, wird das, unabhängig von meiner Beurteilung dessen, als Ausdruck der Missbilligung aufgefasst werden. Vielleicht überdenken Sie Ihren Entschluss noch einmal und bleiben.«

Keller sackte in sich zusammen.

»Sie werden überrascht sein, wie schnell Sie sich daran gewöhnen. Außerdem habe ich den Eindruck, Sie haben selbst Ihre guten Gründe, hierzubleiben … unter Vorschützung der Missbilligung, versteht sich. Das Experiment kommt Ihnen in gewisser Hinsicht recht gelegen.«

»Gelegen?« Es kostete ihn einige Mühe, nicht laut zu werden.

»Sie werden zugeben müssen, dass es eine enorme Herausforderung darstellt. Sie zu töten, das ist nicht schwer. Doch sie ins Leben zurückzuholen … das ist etwas, das ich allein nicht schaffe. Folglich bin ich auf Ihr Talent angewiesen. Stellen Sie sich das nur einmal vor – die Macht über Leben und Tod ihrer Zuhörer. Nicht im üblichen Sinne des Wortes: Ich spreche von der Macht über Leben und Tod *in beiden Richtungen*. Dem Tod zu weihen oder zu neuem Leben zu erwecken. Das ist es, was ich Ihnen biete, auch wenn Sie für sich in Anspruch nehmen, mit Ersterem nichts zu tun haben zu wollen.«

Als der Kommandant dies sagte, musste Keller an die Automaten denken, für die er am Tag zuvor gespielt hatte, an ihre Blässe, ihre pergamentene Haut, die spröden Knochen darunter. Und dann die Toten in seinem Traum – die leeren Augenhöhlen, die knochigen Finger, die nach ihm gegriffen hatten.

Er stand auf und ging auf die Tür zu, dann zwang er sich zurückzublicken; er wollte wissen, ob der Kommandant noch mehr zu sagen hatte.

Dieser schwieg jedoch; er starrte die Wand hinter Keller an, der sich umdrehte und sich von Angesicht zu Angesicht einem Porträt von Hitler gegenübersah, der in voller Uniform, in einen sich bauschenden Umhang gehüllt, vor einem dramatischen Hintergrund dunkler, von Blitzen durchzuckter Wolken, in heroischer Pose auf einem Felsplateau stand. Neben dem Ölgemälde hing eine gerahmte Seite aus einem »Deutsche Kriegsweihnacht«-Band mit einer erhebenden Botschaft des Führers, die in gotischen Lettern unter einem Blumengebinde geschrieben stand: »Die gesamte Welt der Natur ist ein gewaltiger Kampf zwischen Stärke und Schwachheit – ein ewiger Sieg der Starken über die Schwachen.«

Als Keller die Tür öffnete, wandte der Wachmann, der am Ende des Gangs wartete, rasch den Kopf. Keller zwang sich, eine unbeteiligte Miene zu machen; nach einem Augenblick des Zögerns verließ er das Gebäude und ging den inneren Stacheldrahtzaun entlang zu seiner Zelle. Er wollte seine Geige holen und von hier verschwinden, doch er spürte seine Kraft und Entschlossenheit abflauen, als er daran dachte, was der Kommandant über die Gestapo gesagt hatte. Er ging langsamer, und als er bei seinem Zimmer anlangte, war er unendlich müde.

Er setzte sich aufs Bett, doch schon wenige Minuten später sprang er auf, nahm sein Instrument – und hielt an der grob gezimmerten Tür inne, starrte sie an. Langsam wich er zurück und setzte sich wieder auf das Bett, grübelte über das nach, was er gesehen und gehört hatte.

Die Botschaft des Kommandanten war eindeutig gewesen. Er sollte nicht nur Befehle ausführen, doch wenn er nicht blieb und tat, was man ihm sagte, würde dies gemeldet. Und zwar sollte er nicht einfach nur gehorchen, sondern gern und freudig mitwirken. Er, der Kommandant, wisse um die Bedürfnisse von Künstlern, doch er erwarte von Keller, sein Bestes zu tun – auf Befehl.

Wieder nahm Keller seine Geige auf, wieder blieb er an der Tür stehen. Es war gefährlich, vor Beendigung des Experiments zu gehen, aber möglicherweise war es genauso gefährlich zu bleiben. Diesmal drückte er die Klinke nach unten und steuerte, ohne eine klare Vorstellung zu haben, was er tun sollte, auf das Haupttor zu.

Als er näher kam, sah er den Kommandanten mit ein paar Wachen sprechen. Zu der Gruppe hatten sich auch zwei Männer in langen Ledermänteln gesellt. Als ihm einfiel, dass Gestapo-Leute nicht unbedingt Uniform trugen, schnürte es ihm die Kehle zu. Einer der Männer zog noch einmal an seiner Zigarette, warf sie dann auf den Boden und trat sie lässig aus, während er seinen Blick über das Lagergelände schweifen ließ. Der andere, der eine Aktentasche unter den Arm geklemmt hatte, nickte bejahend zu einer Äußerung des Kommandanten. Keller änderte die Richtung und ging so lautlos wie möglich auf eine Ansammlung von Lagerhäusern zu.

Hastig bog er um die Ecke eines Schuppens und wartete, dass sein Herzschlag sich beruhigte. Bestimmt hatten die über ihn gesprochen.

In der Erwartung, aufeinandergestapelte Kisten oder Säcke zu sehen, spähte er durch ein schmutziges Fenster. Doch in dem Lagerhaus befand sich nichts dergleichen – nur Schuhe, ein ganzer Haufen Schuhe – Hunderte, nein Tausende. Schuhe aus Leder. Männer-, Frauen, Kinderschuhe. Meistens ganz normale Schuhe, doch hier und da auch Sandalen, Stiefel und Pantoffel. Einige in gutem Zustand, die meisten aber ausgetrocknet, verstaubt, rissig, ein stummer Chor klaffender Münder.

Tut mir leid, wenn Sie das schockiert. Aber wir haben einfach nicht genügend Lebensmittel und Kleidung, um alle Lagerinsassen ausreichend zu versorgen.

Wie viele Schichten von Lügen und Halbwahrheiten müsste er noch abtragen, ehe er verstünde, was hier vorging? Er sah zu den anderen Lagerhäusern und fragte sich, was man diesen Leuten sonst noch alles weggenommen hatte.

Jenseits des Tors sah er eine Gruppe Insassen Säcke auf einen Zug hieven. Eine Pfeife schrillte. Türen wurden zugeschoben, und fünf, sechs Güterwaggons setzten sich in Bewegung. Allmählich dämmerte Keller, dass hier tagtäglich ein ungeheurer Warenumschlag stattfand, der das Lager mit der Außenwelt verband.

Entwurzelt sie, versklavt sie, ermordet sie, und

bringt ihren Besitz in den Wirtschaftprozess des Reiches ein. Schließlich und endlich ist Krieg; die Versorgungslage ist äußerst angespannt, wir brauchen alles, was wir kriegen können. Und nicht zu vergessen: Wir wollen noch ein paar Experimente an einigen von ihnen durchführen, ehe es zu spät ist.

Die Gestapoleute, die nach wie vor das Lagergelände betrachteten, während sie sich mit dem Kommandanten unterhielten, gingen schließlich zusammen mit ihm zu seinem Büro. Ehe einer von ihnen Keller sehen konnte, machte dieser kehrt und lief zu seinem Zimmer zurück. Er legte den Geigenkasten aufs Bett, öffnete ihn und starrte ein paar Minuten lang das Instrument an. Selbst in dem kalten Licht der nackten Glühbirne schimmerte der rötlich-orangefarbene Firnis verführerisch. Er nahm die Geige in die Hand. Sie war so wunderschön, das einzig Schöne, das er seit seiner Ankunft hier gesehen hatte. Er drehte das Instrument ein paarmal hin und her, und wie immer verschlug es ihm bei der Betrachtung der Unterseite, der herrlichen, dunkelrot flammenden Maserung den Atem. Dann sah er aus dem Fenster, konnte kaum fassen, dass die grässlichen Baracken jenseits des Zauns aus dem gleichen Material gemacht waren wie seine Geige.

Er musste viel üben, und der Tag verging wie im Flug. Zumindest in diesem Winkel des Lagers war es einigermaßen ruhig. Er hatte es dringend nötig, all die Tonleitern und Arpeggien zu üben, schwierige Passagen zuerst langsam und dann, ganz methodisch vorgehend, nach und nach immer schneller zu spielen. Er versuchte sich an all das zu erinnern, was seine Lehrer ihm beigebracht hatten, ehe dieser Wahnsinn begonnen hatte, versuchte sich ins Gedächtnis zu rufen, was er sich selber beigebracht hatte. Er wollte, musste vergessen, wo er war. Denn daran war nun mal nichts zu ändern.

VII

Das erste Mal war er ihr in einem Theorie- und Solfège-Kurs im Herbst 1934 begegnet. In der zweiten Stunde hatte er sie noch nicht einmal bemerkt – sie saß ganz hinten –, doch als der Professor sie bat, einen Bach-Choral vom Blatt zu singen, erklang eine glockenhelle Stimme. Nicht die geübte Stimme einer Gesangsschülerin. Sie hatte nicht die Fülle, die Sicherheit einer Stimme, die einen vollkommenen Ton hervorzubringen versucht, vermittelte auch nicht jene Befangenheit, die die meisten Instrumentalisten an den Tag legten, weil sie schlicht nicht singen konnten. Nein, eine von Natur aus schöne Stimme war es, hell, klar, vollkommen melodiös. Doch nicht nur der Klang war außergewöhnlich. Die einzelnen Töne schienen sich wie von selbst aneinanderzureihen, waren mittels einer inneren Logik innig miteinander verbunden.

Beim Klang ihrer Stimme drehte Burkhard – keineswegs als Einziger – sich um und blickte in ein ebenso eindrucksvolles Gesicht. Das Mädchen war nicht im herkömmlichen Sinn schön, zumindest nicht in dem Sinne, wie er es gewöhnt war. Sie war klein und blass, hatte dichte Augenbrauen, ausgeprägte Wangenknochen und dunkles, aus der hohen, breiten Stirn gekämmtes Lockenhaar. Schwarze Augen – schwarz von der Art, dass sie den Blick des Gegenübers in sich sogen, da es schier unmöglich war, die Iris von der Pupille zu unterscheiden.

Irgendjemand hatte ihm gesagt, sie sei Pianistin – zu seiner Freude, denn er suchte jemanden, der ihn in einem Kammermusikkurs bei den Sonaten begleitete. Als sie auf sein Angebot, gemeinsam zu musizieren, einging, war er überglücklich, wiewohl er immer noch keine Vorstellung davon hatte, wie sie spielte. Auf dem Konservatorium wurde ausnahmslos jeder binnen kurzem in eine Schublade eingeordnet, doch sie war noch im ersten Semester und offenbar kürzlich aus irgendeinem östlichen Land gekommen. Noch wusste keiner, wie sie spielte. Ihre Stimme ließ jedenfalls eine naturgegebene Musikalität erahnen.

Ein paar Tage später spielten sie zum ersten Mal zusammen; ihr Anschlag hatte die gleiche durchsichtige Klarheit wie ihre Stimme. Sie hatte nicht gerade übermäßig viel Kraft, was etwas problematisch war, da sie an einer Brahms-Sonate arbeiteten. Ihre Hände waren zu klein, zu zart für einige der Fingersätze und schwierigen Akkordfigurationen des Brahms'schen Klavierparts. Sie machte jede Menge Fehler, doch schließlich hatten sie noch nie zusammen gespielt. Bei den meisten Fehlern hatte sie einfach danebengegriffen, allerdings keineswegs aus Tollpatschigkeit; es war keine Frage einer falschen Rhythmik oder weil sie nicht auf den Geigenpart einging. O nein, er fand, sie hatte ein hervorragendes rhythmisches Gespür, und ihr Gefühl für die richtigen Tempi war weit ausgeprägter als seines. Sie hieb nie auf die Tasten ein, auch dann nicht, wenn sie nach den richtigen fingerte, und so klangen auch ihre Fehlgriffe nie unmusikalisch. Außerdem hatte er genug mit seinem Part zu tun, und schließlich und endlich spielte auch er nicht gerade vollendet.

Es wäre Burkhard schwergefallen, dies zu erklären, und vielleicht konnte er einfach nicht objektiv urteilen, wenn es um Alina ging, doch die Leichtigkeit ihres Tons erschien ihm nie oberflächlich, nicht einmal bei der Brahms-Sonate in d-Moll. Schon möglich, dass man nicht alles bis in die letzten Reihen eines großen Konzertsaals hören könnte, doch mit Sicherheit würde sie das Publikum in ihren Bann ziehen. In dieser kleinen Frau steckte ein ruhige, verborgene Kraft; wenn sie sich in der Cafeteria der Hochschule mit ihm unterhielt und dabei in ihrer rumänisch gefärbten Sprechweise auf lustige, ganz und gar undeutsche Weise Worte einfach ausließ, unterbrachen die Leute an den Tischen um sie herum oft ihr Gespräch, um ihr zuzuhören.

Nach ein paar Wochen des gemeinsamen Übens musste er für einen Monat als Konzertmeister eines Kammerorchesters auf Tournee gehen. Unendlich lang erschien ihm dieser Monat, doch zumindest gab es mehr als genug zu tun: Neben den Konzerten, die sie gaben, musste er noch einige wichtige Soloabende für das kommende Frühjahr vorbereiten. Er beschloss, sie zu bitten, diese gemeinsam mit ihm zu absolvieren. Allerdings nicht in einem Brief oder am Telephon, nein, er würde warten, bis er wieder an der

Hochschule wäre, und sie dann fragen. Er hätte ihr den Vorschlag sehr wohl ganz geschäftsmäßig in einem Telegramm unterbreiten können, doch ihr gemeinsames Spielen war für ihn mehr als eine vertragsähnliche Abmachung; und er wünschte sich, dass es ihr genauso ging.

Eigentlich waren sie nur befreundete Kollegen, doch er vermisste sie so sehr, dass es ihm Angst machte. So viel konnte innerhalb eines Monats passieren. Möglicherweise lernte sie jemand anderen kennen; was auch immer für Gefühle sie vielleicht für ihn zu hegen begann, sie könnten in der Zwischenzeit abflauen.

Er war nicht unerfahren im Umgang mit Frauen. Jeden Tag während dieser Tournee fragte er sich, warum er nicht einfach ihre Hand in die seine genommen und ihr gesagt hatte, was er für sie empfand. Doch er kannte die Antwort: Gelegentlich hatten Frauen ihm vorgeworfen, er dränge sie zu sehr; und jetzt hatte er Angst, er könnte zu hitzig sein. Ihre gegenseitige Zuneigung sollte allmählich, ganz natürlich wachsen, hatte er sich überlegt; außerdem hatte sich vor seiner Abreise keine Gelegenheit ergeben, mit ihr über irgendetwas anderes als Musik zu sprechen.

Am Tag, als er nach Köln zurückkehrte, musste er vor seiner Probe mit Alina noch einige Stunden irgendwie hinter sich bringen. Zu ungeduldig und aufgeregt, um zu üben, war er vom Hauptbahnhof aus in die Altstadt gegangen. Er musste sich von der quälenden Vorstellung ablenken, dass sie möglicherweise seine Gefühle nicht erwiderte.

Voller Ehrfurcht blickte er zu den Türmen des Doms auf. Er blieb kurz stehen und spürte, wie das majestätische Bauwerk Ruhe verströmte, das stille, überwältigende In-sich-Ruhen und die Größe von Dingen, die unveränderlich Jahrhunderte hindurch bestehen.

Plötzlich öffnete sich eine Seitentür und drei stämmige SA-Offiziere in schneidigen braunen Hemden traten heraus. Sie bauten sich vor den Portalen auf, standen unverrückbar treu da wie drei Säulen, ein dissonanter Kontrapunkt zu den aus Stein gemeißelten Heiligen und Propheten, die von den Giebeln herabblickten.

Was wollen denn die im Dom?, wunderte er sich. Zum Beten waren sie bestimmt nicht gekommen – für geistige und geistliche Führung war die Partei zuständig. Nahmen sie, aufgewachsen als gute Katholiken, gewohnheitsmäßig noch an Gottesdiensten teil? Nein, wahrscheinlich hatten sie sich die Predigt angehört, ob diese irgendwelche subversiven Aussagen enthielt.

Moderne Hirten, dachte er sich, die über ihre Herde wachen.

Eine kleine Gruppe Kirchgänger trippelte an ihnen vorbei. Es war kühl, und die Männer und Frauen, die aus der Geborgenheit der Kirche traten, versuchten sich vor den plötzlichen Windstößen zu schützen. Die Männer schlugen die Krägen ihrer Regenmäntel hoch, zogen sich den Hut tief ins Gesicht. Die Frauen knöpften eilig ihre Wollmäntel zu und gingen an den Braunhemden vorbei, ohne ihnen Beachtung zu schenken. Ja, sie waren bereits ein fester Bestandteil des Alltagslebens geworden. Oder hielt Schüchternheit diese Frauen davon ab, diese Musterexemplare deutscher Männlichkeit direkt anzublicken?

Sie hasteten nach Hause oder zum Einkaufen, und ihre hohen Absätze klickten auf das Pflaster; Burkhard schloss kurz die Augen, ehe er weiterging. Um ihn herum steigerte sich das Klappern der Schritte männlicher und weiblicher Kirchgänger zu einem Trommelwirbel, der ihn an klappernde Zähne gemahnte.

Er war erleichtert, als er in die Altstadt, einen seiner liebsten Zufluchtsorte, kam. Er wollte nicht an die Braunhemden denken, nicht wenn er in ein paar Stunden Alina wiedersehen würde. Sehr ruhig war es hier; die meisten Straßen waren zu schmal für Autos und Straßenbahnen. Nur wenige Leute waren unterwegs; es hatte gerade zwölf Uhr mittags geschlagen. In den Cafés und Restaurants ruhten Touristen sich aus, und in den Hinterzimmern ihrer Läden saßen die Inhaber bei belegten Broten und Bier mit Frau und Kindern zusammen. Wie ein Kind freute er sich, weil er diesen Teil der Stadt, der aus einem Bilderbuch zu stammen schien, ganz für sich hatte.

Er schlenderte durch die vertrauten winkeligen Gassen zum Rheinufer hinunter und wieder zurück, entdeckte sogar ein paar bezaubernde Sackgassen und Durchgänge, die er noch nie gesehen hatte. Er mochte, wie es sich anfühlte, auf Kopfsteinpflaster zu gehen. Der Wind hatte sich gelegt, aber es war auch so ein kühler Herbsttag. Die Sonne ließ das Rosa,

Hellblau und Grün der alten Häuser frischer strahlen. Vor jedem Laden, jeder Werkstatt hing ein hölzernes Schild, das verkündete, was dort zu haben war.

Nachdem er etwa eine halbe Stunde wunderbar ziellos umhergestreift war, wurde ihm schlagartig bewusst, dass er, seit er in der Altstadt war, nicht mehr an Alina gedacht hatte. So sehr hatte er sich schon daran gewöhnt, vor sich hin zu träumen, von ihr, wenn er Zeit für sich selber hatte – beim Üben, beim Essen, auf Spaziergängen durch die Straßen und Parks der Städte, in die er auf seiner Tournee kam –, dass es ihm seltsam vorkam, völlig in etwas anderes versunken gewesen zu sein. Diese zeitweilige Ablenkung vermittelte ihm ein angenehmes Gefühl, das wohl etwas mit Selbstschutz zu tun hatte: Es bewies ihm, seine Gefühle und Interessen konnten sich auch auf anderes richten.

Allmählich machte er sich Sorgen, weil er nicht so recht wusste, wie er ihr eine gemeinsame Konzerttournee vorschlagen sollte. Die Schwierigkeit war, er konnte sich nur noch vorstellen, dass er die Arme um sie legte und seine Lippen auf ihren Hals presste. Er war zu dem Schluss gekommen, heute wollte er ihr sagen, was er empfand. Aber er war sich nicht sicher, was er als Erstes tun sollte – vorschlagen, gemeinsam zu konzertieren, oder ihr gestehen, dass sie für ihn mehr war als lediglich eine Klavierbegleiterin.

Er kam an einem Zeitungskiosk vorbei, an dem der *Völkische Beobachter* – jenes Schmierblatt der Nazi-Emporkömmlinge, wie er es damals genannt hatte – an auffälligerer Stelle auslag als der achtbare *Kölner*

Stadt-Anzeiger. Als er dann um eine Ecke bog, stand er unvermittelt vor dem »Goldenen Adler«. Seit jenem unangenehmen Gespräch mit Ernst vor über einem Jahr war er nicht mehr hier gewesen.

Am Eingang zögerte er, doch der vertraute Duft nach Braten und Reibekuchen zog ihn regelrecht in das Lokal hinein. Er hatte den ganzen Tag noch nichts gegessen, und plötzlich überkam ihn ein Riesenhunger. Kaum betrat er die Gaststube, spürte er die von der Küche und den mit heißen Mahlzeiten beladenen Tellern, die geschäftige Kellner zu den Tischen trugen, ausgehende Wärme. Das Lokal war ziemlich voll, aber er hatte Glück und erspähte einen kleinen Ecktisch, der gerade abgeräumt wurde. Als er sich an Tischen und Stühlen vorbeischlängelte, schnappte er hier und da einige Gesprächsfetzen auf.

Er bestellte Hühnerbrühe und Reibekuchen mit Apfelmus. Nach seinem Spaziergang war er einigermaßen durchfroren, fröstelte ein wenig. Schon nach ein paar Löffeln heißer Suppe wurde ihm von innen heraus warm, und dankbar spürte er die Wärme auch in seine Hände und Füße strömen. Seine Finger, die den Griff seines Geigenkastens umklammert hatten, lockerten sich allmählich. Bei der Probe mit Alina wollte er gut spielen; er befürchtete, seine Aufgeregtheit wegen des Gesprächs mit ihr könnte sich auf sein Spielen auswirken. Wenn seine Stimme bebte, war das eine Sache; kein Mensch erwartete eine rhetorische Glanzleistung von ihm. Doch zittriges Spiel konnte er sich nicht leisten, nicht ausgerechnet heute.

Er sah zu dem Tisch hinüber, an dem er das letzte Mal zusammen mit Ernst gesessen hatte, und musterte dann die anderen Gäste: die übliche Mischung von Studenten, Arbeitern, Ladenbesitzern und alten Männern, die an kleinen Tischen allein speisten. Nur die alten Herren und ein paar Studenten trugen Krawatten; die Studenten hatten die ihren gelockert. Trotz des Lärms ringsum, der es ihm unmöglich gemacht hätte, sich zu konzentrieren, beugten ein paar von den jungen Leuten sich über Bücher, die sie aufgeschlagen neben ihrem Teller liegen hatten; sie schienen auch während des Essens noch zu lernen. Von einigen größeren Tischen war mittlerweile das Geschirr abgeräumt worden und hatte Spielkarten Platz gemacht. Zigaretten- und Zigarrenrauch füllten den Raum.

Am größten Tisch in der Mitte der Wirtsstube beugten ein paar Männer sich, Kinn oder Wangen auf die Fäuste oder zwei ausgestreckte Finger gestützt, vor und lauschten aufmerksam einem Mann am Tischende. Von seinem Platz aus konnte Burkhard ihn nicht besonders gut sehen, also ging er, während er auf seine Reibekuchen wartete, hinüber, um sich eine Vorstellung davon zu machen, was der Mann zu sagen hatte. Die Tische standen gedrängt; er musste ziemlich nahe herangehen, um den Sprecher zu sehen. Und blieb wie angewurzelt stehen.

Der Gegenstand der Aufmerksamkeit all der Leute war ein gedrungener Bayer in Lederhose und Trachtenhut, den er nicht einmal während des Essens abgenommen hatte. Die Hemdsärmel hatte er hochgerollt, so dass man die mächtigen, behaarten Unterarme und die feisten Hände sehen konnte, mit denen er in die Luft vor seiner knolligen Nase boxte, um seine Äußerungen zu unterstreichen. Vor allem stach Burkhard jedoch das Hakenkreuzband auf jedem Ärmel, dicht unter der Schulter, ins Auge. Der Mann hatte seinen Stuhl zurückgeschoben und war aufgestanden, doch er war so klein und rund, dass Burkhard dies erst, als er praktisch neben ihm war, bemerkte. Er bekam sogar ein, zwei Tropfen Spucke ab, als der Bursche sich so richtig in seine Brandrede hineinsteigerte.

Es war das Übliche: Internationale Verschwörungen gegen Deutschland. Die Ungerechtigkeit des Versailler Vertrags. Die Inflation und Nahrungsmittelknappheit der zwanziger Jahre sowie die derzeitige Wirtschaftskrise, all das war das Werk eines jüdischen Bankenkartells. Er geiferte gegen die Kommunisten. Und schwadronierte über die Notwendigkeit einer Wiederbewaffnung. Zum Teufel mit dem Völkerbund und den Verträgen, die uns die Hände binden.

Burkhard hörte nur mit halbem Ohr auf die Tiraden; er starrte das Hakenkreuz an, dieses uralte Symbol, dessen die Nationalsozialisten sich bemächtigt und mit dem sie das ganze Land überklebt hatten. Er musste an Ernsts Schüler denken – ein Junge nur, der wahrscheinlich keine Ahnung von der Tragweite seiner Parteizugehörigkeit hatte. Doch dieser Wirtshausdemagoge mittleren Alters beherrschte offenbar das gesamte einschlägige Vokabular und die entsprechenden Schlagwörter, so als hätte er sie jahrelang an

Straßenecken und in schummrigen Cafés von sich gegeben. Ein bewährter Kämpe der neuen Ordnung, zudem vermutlich auch erprobt in etlichen Straßenschlachten. Burkhard stellte sich vor, wie die fetten Finger einen Knüppel umklammerten, wenn dieser Schläger und seine Kumpane auf sozialistische Demonstranten einprügelten.

Burkhard wandte sich ab und musterte die Zuhörer. Matrosen, Eisenbahnarbeiter, die stolz ihre neuen Reichsbahnuniformen zur Schau trugen, Anstreicher mit Resten weißer, grauer oder rosa Farbe an den Händen und im Gesicht, die Haare mit einzelnen Gipsstückchen verklebt. Sie alle nickten begeistert, sobald der Redner mit einem kräftigen Fausthieb auf den Tisch einer Äußerung Nachdruck verlieh. Burkhard sah zu den anderen Tischen und stellte zu seiner Erleichterung fest, der Bursche hatte noch kein größeres Publikum für sich gewinnen können. Die besser gekleideten, kultivierteren Gäste ignorierten ihn augenscheinlich; einige allerdings, die in der Nähe saßen und ungestört ihre Mahlzeit genießen wollten, sahen über den Rand ihrer Zeitung zu dem Sprecher hin und schüttelten verärgert den Kopf. Was dieser anscheinend bemerkte, denn gelegentlich zielte er mit seinen Tiraden und seinem Speichel in ihre Richtung. Und dann bemerkte er Burkhard.

»Was starren Sie mich so an?«

»Es ist nichts. Ich … ich warte nur, bis man mir mein Essen bringt.«

»Sind Sie für oder gegen mich?«

»Ich …« Burkhard wandte den Blick ab und sah zu

seinem Tisch hinüber, wo der Kellner gerade einen Teller mit Reibekuchen abstellte. »Entschuldigen Sie mich, mein Essen ist da.«

»Was denn, sind Sie etwa ein Judenfreund?« Der dickwanstige Kerl lachte und verdrehte seine Schweinsaugen, die irgendwo in den Speckwülsten seiner Wangen verschwanden. Seine Bewunderer stimmten in das Gelächter ein.

»Oder sind Sie gar selbst ein Jude?«, hakte ein anderer nach.

Er erinnerte sich an Ernsts Worte: *Wenn ich nur ein Quäntchen Selbstachtung habe, muss ich ein Judenfreund sein.* Doch er sprach sie nicht aus; er wich einfach zurück, während der Fettwanst seinen Bierkrug zur Hälfte leersoff, sich mit dem Handrücken den Schaum aus dem Bart wischte und verkündete: »Nein, der ist kein Jude. Hat keinen Judenzinken.«

»Aber er watschelt wie ein Jude!«, brüllte ein anderer, als Burkhard sich umdrehte und zu seinem Tisch zurückging. Aus dem Augenwinkel sah er, wie der Kerl sich halb von seinem Stuhl hochstemmte und zur ungeheuren Belustigung seiner Kumpel einen äffischen Gang nachmachte.

Burkhard, der rot geworden war, hatte es den Appetit verschlagen. Er fischte einen Geldschein aus seiner Brieftasche und legte ihn auf den Tisch. Dann nahm er seine Geige und hastete aus dem Lokal.

Nun erschien der Tag ihm nicht mehr so schön. Und er war auch nicht mehr in der Stimmung für einen Spaziergang. Die Altstadt hatte ihren Zauber verloren.

Der »Goldene Adler« war eine Art zweites Zuhause für ihn gewesen. Unzählige Male hatte er dort gespeist, hatte Karten und Schach gespielt und in den Zeitungen geblättert. Doch vor kurzem hatte, wie ihm zu Ohren gekommen war und wie ihm erst jetzt wieder einfiel, der Besitzer gewechselt. Und jetzt verkehrten in dem Lokal Leute wie dieser Scheißkerl.

Seine mühsam erarbeitete Gefasstheit, um Alina gegenübertreten zu können, war beim Teufel. In Zeitungen hatte er von Parteikadern wie diesem gelesen, doch nie hatte er einen in Aktion erlebt. Und das Publikum! Wie konnten sie diesem Kerl einen solchen Mist abkaufen? Erleichtert erinnerte Burkhard sich an die verärgerten Mienen einiger anderer Gäste sowie an die übrigen, die den Burschen einfach ignoriert hatten. »Immer noch die Mehrheit«, murmelte er vor sich hin, als er Richtung Musikhochschule eilte. »Zumindest in diesem Teil des Landes. Wir sind hier nicht in Bayern.«

Jetzt konnte er es kaum mehr erwarten, Alina zu treffen. Es spielte keine Rolle mehr, ob er stotterte, sich ungeschickt ausdrückte, schlecht spielte, sich zum Narren machte. Es spielte nicht einmal mehr eine Rolle, ob sie ihn abwiese; er brauchte einfach jemand Vernünftigen vor sich – irgendein Student, irgendein Professor an der Hochschule hätte es jetzt genauso gut getan, jeder, der Bach und Mozart und Brahms liebte. Er bog in die Straße ein, in der die Hochschule sich befand, und stürmte die steinernen Stufen zum Eingang hinauf.

Über dem Portal waren Basreliefs angebracht, auf

denen mythische Gestalten mit Flöten und Lyren zu sehen waren. Er hatte den heiteren Gesichtern der dargestellten Musen und Gottheiten nie besondere Beachtung geschenkt, doch jetzt hielt er mitten im Laufen inne und betrachtete sie eine Zeit lang. Auf einem Seitenfeld verzauberte und zähmte Orpheus mit seinem Gesang die wilden Tiere. Auf dem gegenüberliegenden stieg er in die Unterwelt hinab und besänftigte mit seinem Lyraspiel die gepeinigten Geister der Toten. Zu jedem anderen Zeitpunkt wären die Darstellungen ihm vermutlich altmodisch, schwülstig, rührselig vorgekommen, doch das störte ihn jetzt nicht. Ihre Vertrautheit, in Verbindung mit dem ziemlich naiven Glauben an die Macht der Musik wirkten irgendwie tröstlich auf ihn.

In dem Gebäude blieb er vor dem Anschlagbrett stehen, auf dem Ernsts Name aus dem Programm des Abschlusskonzerts gestrichen worden war. Er schauderte, wollte nicht mehr an ihr letztes Gespräch im »Goldenen Adler« erinnert werden. Weiter ging es in den zweiten Stock, wo sich die meisten Hörsäle und Übungsräume befanden. All das Vertraute vermittelte ihm ein Gefühl von Geborgenheit: die breiten, hohen Marmorstufen, die zum Zwischengeschoss führten, die spärlich beleuchteten Korridore, wo er gelegentlich vor irgendwelchen Prüfungen unruhig auf und ab gegangen war, die schweren Doppeltüren, um die Übungsräume schalldicht zu machen.

Wie meistens drangen auch jetzt trotz der dicken Wände und Türen Tonfolgen – Höhepunkte aus Klaviersonaten von Beethoven oder Schubert, Chopin-

Préludes, Brahms-Intermezzi – in den Korridor. An seinem äußersten Ende befand sich der Orchesterprobensaal. Dienstagnachmittag, sie probten also. Er erkannte die ersten Takte der Symphonie Nummer 40 von Mozart, die sich mit Klaviermusik aus den angrenzenden Übungsräumen vermischten.

An einer Wand sackte er zu Boden. Sein Rücken glitt langsam über den kalten Verputz; den Geigenkasten drückte er an sich. Einen Augenblick lang verharrte er so, dann rutschte er vollends zu Boden und streckte die Beine aus.

Mit einer Hand bedeckte Burkhard die Augen, die sich mit Tränen füllten. Glücklicherweise war es zur halben Stunde, und so hielt sich niemand hier auf dem Korridor auf. Es wäre ein seltsamer Anblick für jemanden, der zufällig vorbeikäme, das war ihm klar – ein erwachsener Mann, der wie ein Kind auf dem Boden saß und dem Tränen übers Gesicht liefen.

»Bis jetzt sind für das Frühjahr etwa ein Dutzend Konzerte fest eingeplant, und die Agentur Schmidt rechnet auch für die nächste Saison mit mir.«

»Das ist wundervoll!« Sie strahlte ihn an. Alina schien unfähig, auf den Erfolg irgendeines anderen neidisch zu sein; dazu war sie in sich zu vollkommen. Doch er wollte mehr als nur Freundlichkeit in ihrer Miene lesen können.

»Ich hätte gern, dass du mich begleitest.«

Vor Freude errötete sie und sah auf ihre Hände hinunter, die auf der Tastatur ruhten. Doch unvermittelt änderte sich ihr Gesichtsausdruck, und sie wurde blass.

»Es gibt da eine Schwierigkeit«, sagte sie.

»Machst du dir Sorgen wegen des Repertoires? Ich weiß, es ist ziemlich umfangreich, aber du kannst dir beim Einstudieren Zeit lassen …«

»Das ist es nicht.« Beinahe grimmig sah sie ihn an. Mit einem Mal hatte er das Gefühl, etwas falsch gemacht zu haben. »Hast du etwa nicht gewusst, dass ich Jüdin bin?«

Das hatte er in der Tat nicht gewusst. Sie wirkte fremdländisch, exotisch beinahe, doch nach ihrer Religion hatte er nie gefragt. Seinethalben hätte sie auch eine Zigeunerin sein können. Er erklärte ihr, dass dies für ihn keine Rolle spiele, doch sie beharrte: Ein gemeinsames öffentliches Auftraten wäre nicht ratsam. Es wäre für sie beide riskant, meinte sie – für ihn hinsichtlich seiner zukünftigen Karriere in Deutschland, und für sie, falls oder wenn sie emigrieren müsste.

Wenn er an das eben im »Goldenen Adler« Erlebte dachte, war dieser Einwand schwer zu entkräften. Burkhard wollte ihr nicht von dem Hetzer und seinen Kumpanen erzählen, obwohl das Ganze ihn so mitgenommen hatte, dass er eigentlich unbedingt mit jemandem darüber reden wollte; doch jetzt schämte er sich. Er war ihnen nicht entgegengetreten, und das sollte Alina nicht erfahren.

Aber bestimmt war die Tatsache, dass die meisten Leute dort den Nazi nicht einmal beachtet hatten, einige sogar verärgert gewesen waren, ein gutes Zeichen. Dieser Bursche und die Art von Leuten, die sich solches Gerede anhörten, waren immer noch in der Minderheit; davon war Burkhard überzeugt, auch wenn sie zunehmend an Einfluss gewannen. Jedenfalls hatten diese Leute aus der Unterschicht wohl kaum etwas mit der Welt der Musik, der Konzerte zu tun. Musikliebhaber fielen nicht auf derlei grobe Vereinfachungen herein, die auf Ungebildete solchen Eindruck machten.

»Hör zu, in Deutschland treten immer noch viele jüdische Künstler auf. Zugegeben, meistens spielen sie miteinander und immer seltener zusammen mit Ariern, aber es gibt kein Gesetz, das ein gemeinsames Auftreten verbietet. Zumindest noch nicht. Ich werde mit einem Freund reden, der bei der Agentur Schmidt arbeitet. Mal sehen, was noch machbar ist.«

»Lass gut sein«, erwiderte sie kläglich. »Es hat eben nicht sollen sein.«

Obwohl er selber nicht ganz davon überzeugt war, wandte er ein, der Antisemitismus in Deutschland könne sich auf Dauer bestimmt nicht halten; es gebe genügend Leute, die nicht so dächten; viele seien auch grundsätzlich gegen die Nationalsozialisten.

»Du glaubst also, dass sie abgewählt werden?«, fragte sie mit einem bitteren Lächeln.

Er zuckte die Schultern, als wolle er sagen, dass es gar keine andere Möglichkeit gäbe; doch er kam sich wie ein Narr vor, denn er wusste, Wahlen würde es keine mehr geben. Dann fiel ihm etwas anderes ein: »Vielleicht üben die anderen Länder genügend Druck aus, damit sie sich etwas zurückhalten.«

»Du bist naiver, als ich gedacht habe«, erklärte sie

so leise, wie er sie noch nie hatte sprechen hören. Ihr Lächeln verzerrte sich zu einer Grimasse.

Bis zu diesem Augenblick war ihre Beziehung unschuldsvoll gewesen; selbst die Tatsache, dass er sich sexuell von ihr angezogen fühlte, schien auf einer idealistischen Ebene angesiedelt gewesen zu sein, die so rein und ungetrübt gewesen war wie ihre Stimme, doch jetzt sprach sie in einem Ton müder Herablassung mit ihm. Was hatte er getan? Er hatte ihr eine Gelegenheit bieten wollen, die ihrer Karriere förderlich wäre, eine Möglichkeit, auf Dauer zusammenzuarbeiten, ihre Liebe zur Musik miteinander zu teilen.

Er wandte den Blick ab; als er sie erneut ansah, bemerkte er, dass sie gegen aufsteigende Tränen ankämpfte. Sanft berührte er ihre Schulter. Doch sie schüttelte heftig den Kopf, als brächte die kleinste Berührung sie vollends aus dem labilen Gleichgewicht, das sie mühsam aufrechterhielt.

»Alina …« Seine Stimme erschien ihm fremd, voller Gefühl. Erneut sagte er ihren Namen, und wieder hörte er eine Stimme, die alles andere als nüchtern und sachlich klang. Sie sah ihn an; ihre Lippen waren leicht geöffnet, die tiefgründigen schwarzen Augen halb geschlossen.

»Wir können weiterhin gemeinsam musizieren«, sagte er, »zumindest im Unterricht. Ich weiß nicht, ob du das Gleiche empfunden hast wie ich, jedes Mal, wenn wir, vor einem Monat, den langsamen Satz der Brahms-Sonate gespielt haben. Noch nie hat Musik mir so viel bedeutet, noch nie konnte ich so vollständig meine Probleme vergessen. Ich weiß nicht, wie ich es ausdrücken soll … aber ich bin so froh, dass du in mein Leben getreten bist.«

Ein Lächeln breitete sich ganz langsam auf ihrem bis jetzt zur fratzenhaften Maske erstarrten Gesicht aus. Sie fing an, wie wild zu blinzeln. Als die Tränen kamen, zog er sie an sich.

Der folgende Monat war der glücklichste seines Lebens, doch im Januar 1935 wurde Alina von der Hochschule relegiert. Der im Frühjahr 1933 eingesetzte nationalsozialistische Direktor hatte sich schließlich gegen eine Reihe von Professoren durchgesetzt und sorgte jetzt dafür, dass die Musikhochschule »judenfrei« wurde. Kurz darauf berichtete Alina ihm, sie und ihre Familie zögen nach Frankfurt. Ihr Vater arbeitete dort für eine jüdische Organisation, die alle möglichen kulturellen Veranstaltungen organisierte und Juden zur Auswanderung in andere Länder verhalf.

»Wir werden eine Möglichkeit finden, zusammenzubleiben«, erklärte sie.

»Wie denn? Du hast doch vor, zu emigrieren.« Das Flehen, die Verzweiflung, die in seiner Stimme mitschwangen, machten ihm Angst. Sie hatten in diesem einen Monat so viel Zeit miteinander verbracht, hatten einen Großteil des Sonatenrepertoires gespielt, waren aber auch ins Kino und ins Theater gegangen, hatten Konzerte besucht. Er konnte sich kaum vorstellen, wie es wäre, jeden Tag in die Hochschule zu kommen, und sie wäre nicht da.

»Bei einem der Projekte meines Vaters geht es um jüdische Musiker. Hubermann und Toscanini wollen nächstes oder übernächstes Jahr in Palästina ein Orchester gründen. Soweit ich weiß, werden nur Musiker mit jüdischem Blut zum Probespiel zugelassen, aber vielleicht ...« Scheu sah sie ihn an. »Vielleicht könnten sie eine Ausnahme machen, wenn es um Mischehen geht.«

Als sie weg war, konnte er sich nicht mehr auf seine Arbeit konzentrieren. Seinem Geigenlehrer Professor Kerner fiel die Veränderung in seinem Spiel auf, und er fragte ihn, was los sei. Bislang hatte Burkhard ihm nicht so recht vertraut, doch als er jetzt in die wässrigen grauen Augen des alten Mannes blickte, wurde ihm klar, ihm konnte er trauen. Kerner war einer der Professoren gewesen, die sich der Ausschließung jüdischer Studenten widersetzt hatten, und er war zudem derjenige, der sich dafür eingesetzt hatte, dass Ernst das Brahms-Konzert spielen durfte.

Er bekam ganz große Augen, als Burkhard ihm von seiner Liebe zu Alina erzählte. Als Burkhard dann jedoch die Rede auf Alinas Vater und die Pläne, in Palästina ein jüdisches Orchester zu gründen, zu sprechen kam, stand Kerner auf und ging ans Fenster. »Davon habe ich bereits gehört«, sagte er und schaute auf die Straße. »Bestimmt wird es viele jüdische Musiker geben, die auswandern müssen, und deshalb bezweifle ich, dass in diesem Orchester Platz für Nicht-Juden sein wird.«

Er wandte sich wieder zu Burkhard um, der die Besorgnis in seinem Gesicht sah.

»Und offen gesagt: Falls Sie sich aus welchem Grund auch immer doch entschließen, in Deutschland zu bleiben, könnte es unangenehm für Sie werden. Nicht ihrer Beziehung zu Alina wegen. Derlei passiert gar nicht so selten, vor allem unter Musikern. Doch die Verbindung mit einer jüdischen Organisation wie der ihres Vaters könnte sich letztlich als gefährlich erweisen.«

Burkhard redete sich ein, dass die Bedenken des Professors übertrieben seien. War es denn nicht die Absicht der Regierung, die Juden loszuwerden? Zu den Aufgaben der Organisation von Alinas Vater gehörte es, Juden die Emigration zu ermöglichen.

Wie ihm im Monat darauf Alina berichtete, sollte in Kürze das Probespiel für das neu zu gründende Orchester stattfinden, und zwar in Frankfurt. Mit Hilfe ihres Vaters war es ihr gelungen, als offizielle Klavierbegleiterin bei diesen Aufnahmeprüfungen eingestellt zu werden. Das würde es ihr, so hoffte sie, ermöglichen, um einen Gefallen zu bitten, um einen doppelten Gefallen, genau genommen – dass Burkhard, ein vielversprechender junger Geiger, Nichtjude, sich nicht nur um eine Stelle als Geiger, sondern als Konzertmeister bewerben dürfe. Um diese Stellen würde es zwangsläufig einen erbitterten Wettstreit geben, da es in Deutschland bereits einige vom jüdischen Kulturbund gegründete Orchester gab, deren Konzertmeister früher oder später auswandern müssten, vermutlich nach Palästina.

Noch ein weiteres Hindernis galt es zu überwinden: Sie müsste ihren Eltern von Burkhard erzählen, auch, dass sie heiraten wollten. Sie hatte Burkhard bereits gestanden, dass ihr Vater, besonders in Zeiten wie diesen, nicht viel von Mischehen hielt. Er war erbost, weil Hitler zum Reichskanzler gewählt worden war, und litt darunter, dass er vor ein paar Jahren den Fehler gemacht hatte, mitsamt seiner Familie nach Deutschland zu ziehen. In Rumänien war er Theater- und Operndirektor gewesen; 1931 hatte man ihm angeboten, in Köln *Elektra* und *Salome* zu inszenieren; anschließend hatte er beschlossen, sich dort niederzulassen, da er glaubte, hier größere künstlerische Freiheit zu genießen und mehr Aufträge zu bekommen als in seiner Heimat.

VIII

Am späten Nachmittag brachte ein Aufseher ihn in den »Konzertsaal«. Nicht der gleiche, der Keller am ersten Tag begleitet hatte; auch gehörte er nicht zu den Wachen, die entlang der Wände postiert gewesen waren. Doch in Kellers Augen sahen sie einander noch ähnlicher als die Häftlinge. Ohnehin hatte er ihnen nicht sonderlich viel Aufmerksamkeit geschenkt, da er schon früher, bei der Armee, Dutzende Male Leute dieses Typs gesehen hatte: die feistwangigen Fettwänste und die großspurigen Helden mit markantem Kinn, die, außer wenn sie Befehle brüllten, stets die schmalen Lippen zusammenpressten. Sie sahen einen an, doch ihr stählerner Blick schloss einen aus, wenn man mit ihnen redete; man spürte, ein Graben tat sich zwischen ihnen und einem selbst auf, sogar wenn man ihnen direkt gegenüberstand. Rudolf (schon nach ein paar Schritten hatte er Keller seinen Namen genannt) war jedoch anders.

Seine dunkelbraunen Augen blickten sanft; sie waren mandelförmig und wirkten, hinter den Brillengläsern, immer ein wenig verdutzt. Er war schlank, und sein Gang hatte nichts Auftrumpfendes; selbst die Pistole wirkte bei ihm nicht so gefährlich wie bei anderen. Er hielt sie locker umfasst; sie schwang wie ein

Spielzeug im Gleichtakt mit seinen Schritten hin und her. Die vollen Lippen waren meist geschürzt, die Stirn gerunzelt, als beschäftige er sich ständig mit einem philosophischen Problem, das eigentlich zu schwierig für ihn war.

Von Anfang an verspürte Burkhard eine Art Seelenverwandtschaft mit Rudolf, vor allem, als dieser einiges über Bach wissen wollte, doch irgendwie war ihm die Gegenwart des jungen Burschen unangenehm. Er wünschte, er hätte ihn ein paar Jahre früher kennengelernt, nach einem Konzert irgendwo, in einer der Städte, in denen er auf Tournee gewesen war. Oder in einem Park oder auf der Straße – nur nicht an diesem Ort. Er wirkte wie ein Student, der – wie jeder, der sich nicht freiwillig zur Wehrmacht gemeldet hatte – zum Militärdienst eingezogen worden war. Und irgendwie war er dann eben hier gelandet, bei der SS. Was jedem hätte passieren können.

»Sie spielen viel von Bach, nicht wahr? Für Violine solo?«

Burkhard nickte, erstaunt, dass ein Wärter Interesse daran zeigte, was er spielte.

»Ich hatte eine Aufnahme von der Chaconne.« Rudolf lächelte und schüttelte den Kopf. »Die Platte war schließlich ganz zerkratzt, weil ich sie mir immer wieder angehört habe. Ich konnte einfach nicht glauben, dass eine Geige allein das alles schafft.«

Burkhard konnte kaum glauben, dass ein Mann in dieser Uniform die Neugierde oder Leidenschaft aufbrachte, derer es bedarf, um sich Bachs Chaconne so oft anzuhören. Damit hatte er, nach seinen Erfahrungen mit den verwundeten Soldaten, nicht gerechnet.

»Sagen Sie, was empfinden Sie, wenn Sie die Chaconne spielen?«, wollte Rudolf wissen.

»Nun, es ist eine Art Gnade.« Burkhard dachte daran, welche Schwierigkeiten er in letzter Zeit beim Üben dieses Stücks gehabt hatte, wenn er versuchte, trotz der zunehmenden Ermüdung seiner linken Hand saubere Akkorde zu spielen. »Und eine Herausforderung. Der man nicht immer gerecht wird.«

»Ich habe mich, als ich mir die Aufnahme die ersten paar Male angehört habe, gefragt, ob der Geiger streckenweise improvisiert – diese leidenschaftliche Passage, sie wissen schon. Das steigert sich so ungemein, und teilweise klingt es wie ein Choral, dann wieder … na ja, fast wie eine Predigt ohne Worte. So dass ich mir schließlich gewünscht habe, ich könnte ein Instrument spielen.«

»Eine Predigt … so habe ich das nie gesehen. Bestimmt gehen Sie regelmäßig in die Kirche.«

»Früher mal«, stellte Rudolf hastig klar. Burkhard fragte sich, ob dies für seinen Gesprächspartner vielleicht ein ebenso wunder Punkt war wie für ihn.

»Und in Konzerte«, fügte Burkhard an.

Rudolf schniefte. »In letzter Zeit nicht mehr. Vor dem Krieg schon, wenn ich Zeit hatte – und wenn ich mir eine Konzertkarte leisten konnte.«

Im Weitergehen erinnerte Burkhard sich an Streitgespräche mit seinen Eltern, ob Musik als solche – ohne Text – ein religiöses Erlebnis bewirken könne. Als er im Alter von achtzehn Jahren beschlossen hatte, nicht mehr jeden Sonntag in die Kirche zu gehen, hatte er die Chaconne als Beispiel für die spirituelle Macht der Musik angeführt. Sie hatten das nicht verstanden; sie waren nie so sehr in ein Musikstück *eingetaucht*, waren nie von dem gewaltigen Ansturm der Arpeggien elektrisiert gewesen, hatten nie bei den gedämpften, hymnischen Phrasen in D-Dur nach diesem Sturm den Atem angehalten.

Er wollte mehr über Rudolf erfahren; vor allem hätte er gern gewusst, was ihn dazu bewogen hatte, sich der SS anzuschließen. Ihn direkt zu fragen, das ging nicht, also begann er ganz allgemein:

»Woher kommen Sie?«

»Aus Leipzig, der Stadt Bachs.«

Burkhard erinnerte sich an das beeindruckende Denkmal, das dem Leipziger Kantor auf dem Platz neben der Kirche, in der er so lange gewirkt hatte, errichtet worden war. »Waren Sie auch in der Thomas-Kirche?«

»Wir sind jeden Sonntag dort zum Gottesdienst gegangen. Einmal – es muss in dem Jahr vor Kriegsausbruch gewesen sein – haben wir Ostern dort eine Aufführung der *Matthäus-Passion* gehört. Ich war damals sechzehn; das hat ungeheuren Eindruck auf mich gemacht und meine Einstellung zu Religion und Musik – und zur Welt – ganz entscheidend beeinflusst.«

»Das kann ich mir vorstellen. Diese Musik ist überwältigend, und dann in dieser Umgebung, die vom Geist Bachs erfüllt ist.«

»Als ich vor ein paar Jahren im Urlaub zu Hause

war, habe ich mir eine Schallplattenaufnahme der *Passion* gekauft, die ich seitdem nie aus der Hand gegeben habe.« Er flüsterte nur noch. »Auch hierher habe ich sie mitgenommen, außerdem ein kleines Koffergrammophon, das ich unterm Bett versteckt habe. Obwohl es keine Vorschrift gibt, dass man keines haben darf.«

»Es soll also niemand etwas davon merken.«

»Kein Mensch hätte etwas dagegen, wenn ich das ›Horst-Wessel-Lied‹ oder irgendeine Tanzmusik auflegen würde. Jedenfalls, wenn die anderen draußen sind und ich eine Stunde frei habe, spiele ich ganz leise zwei oder drei von meinen Bach-Platten.«

»Jammerschade. So können Sie unmöglich die volle Wucht der Chöre spüren.« Burkhard betrachte den vereisten Schlamm, über den sie gingen; dann fiel sein Blick auf eine Reihe blockartiger Verschläge hinter dem Zaun, an dem sie entlanggingen. Er fragte sich, wie er sein Erstaunen darüber verhehlen sollte, sich an einem solchen Ort mit jemandem über diese herrliche Musik zu unterhalten, deren Botschaft so ganz anders war als all das hier.

»Das ist nicht so schlimm. Es reicht, um die Erinnerung daran wachzurufen, wie es in der Thomas-Kirche geklungen – und sich angefühlt – hat. Und wenn beim Appell die Lautsprecher losdröhnen und ich keinen Dienst habe, gehe ich in meine Unterkunft zurück und höre die Musik in voller Lautstärke. Ich habe mir sogar eine Partitur gekauft, um beim Zuhören mitzulesen. Was allerdings ziemlich schwierig ist, weil ich kaum Noten lesen kann.«

Er hielt inne, doch es hatte den Anschein, als habe er noch etwas auf dem Herzen, eine Frage, die er Burkhard stellen wollte. Seine Augen waren auf den Boden ein paar Schritte vor ihnen geheftet, und seine Lippen bewegten sich, als sei er drauf und dran zu sprechen. Möglicherweise geht ihm die Musik durch den Kopf und sein Mund formt den Text dazu, dachte Burkhard.

»Haben Sie sie je gespielt?«, fragte er schließlich.

»Die *Matthäus-Passion*? Ja ... vor langer Zeit, in Köln. Ich war bei einigen Aufführungen im Gürzenich Konzertmeister des zweiten Orchesters.«

Rudolf blieb unvermittelt stehen, drehte sich um und sah Burkhard an. »Sie haben also die Solo-Geige in der Arie gespielt, in der es um Judas und die dreißig Silberlinge geht«, stieß er hervor.

»Ja. Wie geht der Text gleich wieder? Ach ja, stimmt: ›Gebt mir meinen Jesum wieder‹.« Er erinnerte sich an die sich überstürzenden Tonfolgen, die das Klingen der Münzen, die Judas im Tempel auf den Boden schleudert, nachahmen. »Warum interessieren Sie sich gerade für diese Arie? Sie ist keinesfalls die bewegendste.«

»Die ganze *Passion* ist überwältigend. Aber – können Sie sich das vorstellen – seit ein paar Monaten geht mir diese kleine Melodie nicht mehr aus dem Kopf. Sie ist so heiter, so unbeschwert.«

»Es hat Spaß gemacht, das zu spielen, aber lieber hätte ich das andere Violinsolo gespielt, in dem ›Erbarme dich‹.«

»Ich will nur wissen: Warum hat Bach das so komponiert? Judas ist verzweifelt, er wird sich gleich erhängen, und da kommt eine Arie in G-*Dur*. Nicht in Moll. Keine Seelenqualen, sondern Tonmalerei, das Klingeln der Münzen auf dem Tempelboden. Das ist merkwürdig, noch dazu so kurz nach dem ›Erbarme dich‹ – mit die traurigste, quälendste Musik, die ich je gehört habe. Und dann, ein paar Minuten später, kommt eine fröhliche Melodie mit kleinen, sprühenden Feuerwerken von Tönen für die Geige daher. Ich kapier das nicht.«

»Ich bin kein Fachmann für geistliche Musik, aber es ist wahrscheinlich des Kontrasts wegen.«

»Das ist meiner Ansicht nach kein ausreichender Grund. Verstehen Sie, es regt mich nur deshalb derart auf, weil ich Bach so liebe. Ich weiß, es steht mir nicht zu, das zu sagen, aber … das hätte er besser machen können. Denken Sie nur an die Passage, wenn der Evangelist von Petrus' Verzweiflung erzählt, als der Hahn kräht und er Christus gerade zum dritten Mal verleugnet hat. Diese Worte hat er so dramatisch in Töne gesetzt. Warum hat er nicht das gleiche Einfühlungsvermögen aufgebracht, als es darum ging, wie Judas seinen Jesus zurückhaben will, als ihm klar wird, das Geld bedeutet ihm nichts?«

»Mangel an Einfühlungsvermögen war es bestimmt nicht.«

Burkhard hatte nie viele Gedanken auf die psychologischen Feinabstimmungen in bestimmten Arien verwendet. Die musikalische Vision in der *Matthäus-Passion* war so ungeheuerlich, so zwingend, dass er die verschiedenen Tonarten, Tempi und Modi als gegeben hingenommen hatte. Allerdings, die Geschichte von Judas' Verrat hatte ihm schon immer Unbehagen bereitet; jetzt versuchte er krampfhaft, sich an die Einzelheiten zu erinnern, um eine Erklärung für Bachs Vorgehen zu finden, die Rudolf und auch ihm einleuchtete.

»Wahrscheinlich sollen wir uns mit Petrus und nicht mit Judas identifizieren. Er singt die Arie nicht von seinem Standpunkt aus; wir sehen ihn von außen, folglich hören wir nur das Klingeln der Münzen.«

Rudolf wollte etwas sagen, doch Burkhard fuhr fort, da er nicht den Faden verlieren wollte: »Wir erleben nicht seine Sehnsucht nach seinem Jesus, davon hat uns nur der Evangelist berichtet. Außerdem, wenn die Arie kommt, hat sich Judas, glaube ich, bereits erhängt. Ja, stimmt – für ihn ist es zu spät. Er ist der ›verlorene Sohn‹, der uns das Blutgeld vor die Füße wirft.«

Rudolf schüttelte den Kopf. »Ich glaube trotzdem, Bach hat sich hier eine Gelegenheit entgehen lassen. Ich meine, Judas hat sich gerade umgebracht. Warum ist die Musik dann so verdammt fröhlich?«

»Vergessen Sie nicht, er hat die *Passion* für eine Gemeinde, nicht für ein Konzertpublikum geschrieben, zu einer Gelegenheit also, bei der die Gemeinde zu einem Gottesdienst zusammengekommen ist. Ich vermute daher, die Arie ist in Dur und hat einen so trällernden Rhythmus, um zu zeigen, wie weit entfernt von Judas' Verrat wir sind, um sich an *unserer* Zurückweisung der Silberlinge zu freuen. Wie Judas selbst sich fühlte, als er die Münzen hingeschleudert hat, ist unwichtig.«

»Ja, Bach und seine Gemeinde konnten sich diese Distanzierung von Judas leisten.« Rudolf verzog das Gesicht. In seiner Stimme schwang ein bitterer Unterton. »Und auch von Pilatus. Aber heutzutage … an einem solchen Ort« – mit dem Lauf seiner Pistole umschrieb er die Ausmaße des umzäunten Lagers – »hier ist das nicht möglich.«

In dem Augenblick bemerkte Burkhard die gleiche Gruppe Insassen, die er am Vormittag gesehen hatte; sie hievten Säcke und Kisten auf einen Eisenbahnwaggon. Ein paar Wärter rammten ihnen ihre Knüppel in die Rippen, um sie zu schnellerem Arbeiten anzutreiben. Rudolf packte ihn am Arm und zog in hastig um die Ecke eines Lagerschuppens.

»Judas hat gewusst, dass er falsch gehandelt hat, und hat versucht, es ungeschehen zu machen«, flüsterte er. »Er hat versucht, die Silberlinge zurückzugeben, aber die Hohepriester wollten sie nicht.«

Sein Griff um Burkhards Ellbogen wurde fester, und sie blieben für ein paar Augenblicke stehen. Burkhard merkte, Rudolf erwartete eine genauere Antwort von ihm; doch es fiel ihm nichts ein.

»Er war nichts weiter als eine Schachfigur im Spiel bedeutenderer Mächte.«

Burkhard verspürte den Drang, erneut durch eines der Fenster zu schauen, doch er hatte nicht den Mut.

»Angeblich ist es eine Religion der Vergebung«, fuhr Rudolf in klagendem Ton fort, als hätte es an Bach oder dem Verfasser des in Töne gesetzten Textes gelegen zu bestimmen, was mit der Seele des Verräters Christi geschehen solle.

»Vielleicht gibt es für manche Sünden keine Vergebung.«

Rudolf biss sich auf die Lippen und ließ Burkhards Arm los. Schweigend gingen sie weiter. Als sie zum »Konzertsaal« kamen, waren die Häftlinge bereits dort. An der Tür wünschte Rudolf Burkhard gutes Gelingen; allerdings war seine Stirn nach wie vor zerfaltet. Bachs Charakterisierung des Judas machte ihm ganz offensichtlich zu schaffen. Burkhard wünschte, er hätte ihm eine zufriedenstellendere Antwort liefern können.

Als Erstes fiel ihm auf, dass heute keine Wärter entlang der Wände Aufstellung genommen hatten. Warum wohl, fragte er sich, während er seine Geige aus dem Kasten nahm und stimmte.

Das war wohl der nächste Schritt im Experiment des Kommandanten. Die äußeren Umstände bei dem Konzert mussten sich von allem anderen hier unterscheiden, um die gewünschte Wirkung auf die Häftlinge zu haben. Ja, das war wohl die Grundidee. Musik sollte wieder Eingang in ihr Leben finden, und zwar ohne Beeinträchtigung durch die Anwesenheit von Wärtern.

Das alles schien im Voraus geplant worden zu sein. Und man war schlicht davon ausgegangen, dass er mitmachen würde; was er davon hielte, war unwichtig gewesen. Nun, was wäre, wenn er einfach die Prozedur absolvierte und gerade schlecht genug spielte, um das Experiment zu unterlaufen?

Einer der Wirbel drehte durch, weil es so kalt und trocken war, und die E-Saite rutschte um mehr als eine Oktave tiefer. Keller ließ sich Zeit, sie wieder hochzustimmen und die anderen Saiten abzu gleichen, während er versuchte, Ordnung in seine Gedanken zu bringen.

Die Wärter waren aus dem Raum abgezogen worden, aber das hieß nicht, dass sie ihn nicht beobachteten. Oder belauschten – obwohl, die mit ihren von den aus den Lautsprechern kreischenden Foxtrotts und Tangos betäubten Ohren merkten wahrscheinlich keinen Unterschied zwischen einem Beethoven und einem Strauß-Walzer. Oder zwischen einem reinen und einem kratzigen Ton oder einer hölzernen Phrasierung wie bei Ernsts Schüler. Sie würden es nie erfahren, wenn er schlecht spielte.

Und der Kommandant konnte nicht ihn verantwortlich machen, falls das Experiment fehlschlug.

Doch vorhin hatte Rudolf ein feines Gespür für die psychologischen Vielschichtigkeiten in Bachs Werk erkennen lassen, auch wenn er musikalisch ungebildet war. Er passte ohnehin nicht hierher. Keller fragte sich, ob Rudolf eingeschleust worden war, um ihn dazu zu bringen, etwas zu sagen, das er besser nicht sagen sollte. Oder um sein Spielen zu beurteilen. War er wirklich so einfühlsam – und unschuldig –, wie er vorgab?

Keller entspannte seinen Bogen ein wenig, straffte die Schultern, holte tief Luft und begann mit dem ersten Stück. Vielleicht sollte er doch versuchen, so gut wie möglich zu spielen. Außerdem – wenn er so gut spielte, dass das Experiment Erfolg hatte, was auch immer das bedeuten mochte, könnte es vielleicht diesen speziellen Insassen helfen. Nicht denen in den gestreiften Sträflingskleidern, die er frühmorgens auf dem Appellplatz gesehen hatte. Nein: Tief im Inneren wusste er, für die gab es keine Hoffnung. Aber für seine Zuhörer, die »Auserwählten«, war es vielleicht doch der Mühe wert. Möglicherweise hing viel von diesen Konzerten ab.

Er begann mit der Ersten Solosonate von Paul Hindemith, dessen Musik den Oberen zu fortschrittlich war. Sie verdammten ihn als »bolschewistischen« Komponisten, und seine Musik galt als Musterbeispiel für »entartete Kunst«. Die harschen Harmonien, die tonalen Unschärfen und die Ironie – der völlige Mangel jeglicher Sentimentalität – waren den Nationalsozialisten ein Gräuel.

Keller hatte das Stück immer nur mit einem massiven Dämpfer und bei geschlossenen Türen und Fenstern geübt. Jetzt musste er an Herrn Maier in der Wohnung unter ihm denken, und er fragte sich, ob der Alte ihn möglicherweise gehört hatte. Doch er ließ den Gedanken gleich wieder fallen. So laut ist eine Violine auch wieder nicht, schon gar nicht, wenn man mit Dämpfer spielt. Außerdem hatte er keine Ahnung von Musik – nein, Herr Maier war nicht der Grund dafür, dass er jetzt hier war. Wahrscheinlich hatten sie ihn sich einfach deswegen für dieses Experiment geholt, weil kein anderer greifbar war.

Es war wundervoll, jetzt ohne Dämpfer spielen zu können und sich in den kühnen, schneidend akzentuierten Eröffnungssatz zu stürzen, sich von den starken rhythmischen Strömungen mitreißen zu lassen. Schon bei den ersten Tönen bereitet sich alles vor: Das thematische Material umfasst zwei Oktaven und enthält angedeutete Dreiklänge und Quarten, die in dem atonalen Gewebe um die Vorherrschaft kämpfen. Aufsteigende und abfallende Tonfolgen im Überfluss; Bruchstücke von Motiven, die in ihrer spiegelbildlichen Umkehrung wiederkehren.

Obwohl er gezwungen gewesen war, Hindemith, Berg und Bartók heimlich zu üben, war ihm moderne Musik lieber als das Programm am ersten Tag. Die Dissonanzen vermittelten ihm ein Gefühl von Freiheit. Und wenn er ein wenig unsauber spielte, fiel das nicht so auf, nicht einmal seinen kritischen Ohren. Und an den Hindemith konnte er ohne so große Sorge um einen schönen Ton herangehen wie bei Bach, einfach weil die Musik weit kantiger war. Heute war sein Ton kräftiger, genauer, und er fühlte sich nicht mehr durch Unmengen technischer Probleme gehemmt.

Er konzentrierte sich vollkommen auf die Musik, doch ein Gedanke ließ ihn nicht los: Die Reaktion des Publikums musste anders ausfallen als am Tag zuvor.

Gestern habt ihr euch vielleicht gedacht, das Ganze sei nichts Besonderes. Aber hört mir heute zu. Wenn ihr heute nicht auf die Musik ansprecht, dann weiß ich zumindest, dass es nicht an meinem Spiel liegt.

Der wehmütig singende langsame Satz trug Keller durch ständig wechselnde Tonarten und -farben, die sich zu spitzen Akkorden verdichteten. Ein Accelerando leitet zu einem Presto über, das sich aus den höchsten in die tiefsten Tonlagen stürzt, in denen die Musik für eine kleine Weile ruhig dahinströmt. Gegen Ende des Satzes taucht noch einmal die Singfigur auf, weitet sich aus und endet auf dem Grundton – eine angedeutete Auflösung in D.

Kaum wahrnehmbar zuerst, doch immer deutlicher spürte er die Anwesenheit von Frauen in dem Raum. Am Tag zuvor war er nicht in der Lage gewesen, Männer und Frauen zu unterscheiden. Möglicherweise lag es daran, dass es heute etwas heller war und er ihre Umrisse deutlicher wahrnehmen konnte. Wie wahrscheinlich am ersten Tag auch saßen sie wahllos verstreut zwischen den Männern. Ausgezehrt waren zwar alle, doch andeutungsweise ließen sich bei einigen der zusammengekauerten Gestalten weiche Rundungen erkennen.

Er schwelgte in den chromatischen Farben des lyrischen Intermezzos, als ihm eine der Frauen, die in seiner Nähe saß, auffiel. Sie hatte volle Brüste, die in seltsamem Gegensatz zu den knochigen Armen und dem abgemagerten Gesicht standen. Sie und ein paar andere sahen ihn unverwandt auf eine Art an, die irgendwo anders als konzentrierte Aufmerksamkeit hätte gelten können. Hier jedoch war es unmöglich zu erraten, was sie dabei dachten oder fühlten, aber wenigstens sahen sie nicht durch ihn hindurch, als wäre er gar nicht vorhanden.

Die Brust der Frau faszinierte ihn, wie sie sich regelmäßig hob und senkte. Der Kommandant, der Teufel sollte ihn holen, hatte recht – er brauchte ein

Publikum, und zwar nicht nur, damit ihm jemand zuhörte.

Wie lange, dachte er, wie lange war es wohl her, dass diese Frauen jemanden wie ihn zu Gesicht bekommen hatten? Ihn hatten sie nicht fertiggemacht wie ihre Männer, ihn hatten sie nicht eingeschüchtert wie die Häftlinge, die er vormittags beim Appell gesehen hatte. Und er war kein Wärter, der eine Pistole schwenkte. Er spürte ihre Augen auf sich, stellte sich vor, wie sie seine Fingerbewegungen beobachteten. Welche Erinnerungen an ihre früheren Leben mochte sein Spiel in ihnen wachrufen?

Allmählich wuchs in ihm die Überzeugung, dass er eine dieser Frauen kennenlernen würde – eine seltsame Gewissheit, verbunden mit einem Gefühl von Erwartung. Die Frau, die er wollte, brauchte, saß irgendwo weiter hinten, im Schatten – sie war da, hatte aber noch kein Gesicht.

Diesmal klang der Applaus, als er die Hindemith-Sonate zu Ende gespielt hatte, etwas spontaner als am ersten Tag. Im Kopf war er bereits bei den ersten Takten des nächsten Stücks, einer Bach-Sonate, als er sich verbeugte. Er konzentrierte sich auf das richtige Tempo und den Fingersatz für den ersten Akkord. Doch gerade als er ansetzte, schwang die Tür auf. Zwei Wachen zerrten einen Häftling herein und setzten ihn auf eine Bank. Keller vermeinte den Mann vom vorhergehenden Tag wiederzuerkennen, aber er war sich nicht sicher: Die Gesichter all dieser Untoten hatten einander so ähnlich gesehen.

Im Gehen lieferten die Wärter eine Erklärung

nach: »Der wollte nicht. Hat sich unterm Bett versteckt.« Der Mann starrte auf den Boden, sein längliches, schmales Gesicht war ausdruckslos. Doch als er einen Augenblick lang aufblickte und Keller musterte, schimmerte eine Andeutung von Wut in seinen Augen auf.

Irgendwo sonst wäre dies ein lächerlicher Zwischenfall gewesen, nicht jedoch hier. Keller wurde schmerzhaft bewusst, seine Zuhörer waren nur hier, weil man sie dazu gezwungen hatte. Dem Mann passte es nicht, dass er spielte, und er würde alles tun, um ihm nicht zuhören zu müssen. Man hatte den armen Kerl erwischt und gedemütigt – wenn er denn überhaupt noch in der Lage war, sich durch derlei gedemütigt zu fühlen.

War er ebenfalls Musiker? Geiger? Oder war er, ehe man ihn hierhergebracht hatte, Kritiker für eine ihrer Zeitungen gewesen? Keller hatte das Gefühl, dass der Mann ihn durchschaut, dass er gehört hatte, was für eine Anstrengung es für ihn bedeutete, gut zu spielen.

Die anderen schienen den Zwischenfall gar nicht bemerkt zu haben, und so machte auch er weiter, als wäre nichts geschehen. Doch es fiel ihm schwer, sich auf die Musik einzustellen; in Gedanken sah er, wie der Mann sich unter dem Bett verkroch. Er sah, wie er sich im Dunkeln zusammenkauerte oder ausgestreckt unter der Pritsche lag, ohne sich zu rühren. Was war in ihm vorgegangen, als er die Wärter hörte? Als die Tür sich öffnete, ihre Schritte näher kamen? Sich aus irgendeinem Grund an einem Ort wie diesem zu verstecken, konnte das Todesurteil bedeuten.

Diesmal hat er noch Glück gehabt, dachte Keller. Sie haben ihn lediglich gezwungen, sich mein Konzert anzuhören.

Bei dem rhapsodischen Präludium von Bachs g-Moll-Sonate, versuchte er wie immer, volle, runde Akkorde und fließend verbindende Figurationen zu spielen. Zwischendurch vermeinte er schwaches Stöhnen zu hören, das irgendwie der Melodie zu folgen schien. Und aus dem gelegentlichen Knarren der Bänke zu schließen, wiegten einige sich sacht im Rhythmus seines Spiels. Ein paarmal öffnete er halb die Augen, um zu sehen, ob er sich nicht täuschte. Zum ersten Mal reagierten sie von sich aus, ganz anders als bei dem gestrigen Klatschritual auf Befehl.

Als Nächstes folgte die schlanke, kraftvolle g-Moll-Fuge mit dem klaren Stakkato-Thema, wie besessen wiederholten Tönen und eindringlichen Pedalklängen. Die Leidenschaftlichkeit, mit der Keller diesen Satz spielte, hatte ein Anschwellen des Stöhnens und Knarzens zu Folge. Die darauf folgenden sanften Melodienbögen der Siciliana im warmen B-Dur milderten die Kantigkeit der Fuge. Es irritierte Keller, dass das Stöhnen nicht nachließ, denn es hatte nichts Sinnliches an sich; es wirkte auf ihn, als bräche in diesen Lauten ein Abgrund von Schmerz und Leid auf, der kaum etwas mit seinem schmeichelnden Spiel zu tun hatte. Die sich überstürzenden gebrochenen Akkorde und drängenden Sequenzen des abschließenden Presto passten besser zu dem rauen Kontrapunkt, den er seinem Publikum entlockt hatte.

Das Klatschen nach dem Bach klang tatsächlich wie

echter Applaus. Doch als er endete, hörte er die gleiche Stimme, die ihn am ersten Tag herausgefordert hatte:

»Wir wollen Sie hier nicht.« Schwach war sie, die Stimme, doch jedes einzelne Wort kam klar und deutlich, mit müder Entschlossenheit artikuliert. »Verschwinden Sie.«

Es dunkelte allmählich, und er strengte sich an, um zu sehen, wer gesprochen hatte. War es der Mann, den die Wärter hereingezerrt hatten? Keiner regte sich. Keller erwiderte nichts, fragte sich vielmehr, ob er diese Worte wirklich gehört oder sie sich nur eingebildet hatte.

Dann brach eine Frauenstimme das Schweigen. »Nein, das ist nicht wahr. Bleiben Sie ... bitte, bleiben Sie.« Ein wenig heiser, irgendwie rostig klang die Stimme, als wäre sie geraume Zeit ungenutzt geblieben. Er horchte dem einfachen, abgehackten Rhythmus der Worte nach, die in erneutem Schweigen untergingen.

Er hatte vorgehabt, mit dem Bach zu enden, aber er konnte jetzt nicht einfach aufhören, nicht nach dem, was der Mann gesagt hatte. So leicht gab er sich nicht geschlagen. Und er konnte auch nicht über die Bitte der Frau hinweggehen. Also spielte er die Ballade von Ysaÿe, doch seine Gedanken waren anderswo.

Er rief sich das Lagerhaus voller Schuhe ins Gedächtnis, und den Zug, der vom Lager wegtuckerte. Hatte seine kleinliche Sorge, wie sein Spiel ankam, ihn völlig blind für das Unheil gemacht, das drohte? Vielleicht sollte er auf den Mann hören und von hier verschwinden, solange noch Zeit war. Doch der Gedanke daran, wie der Kommandant mit der Gestapo gedroht hatte, machte seine Entschlossenheit zunichte. Verließe er das Lager, ehe das Experiment abgeschlossen wäre, gäbe er denen den Beweis dafür an die Hand, dass er ein Sicherheitsrisiko war.

Beim Anfangssatz der Ysaÿe-Sonate wurde ihm mit einem Mal schwindlig; Klänge schwollen an und flauten ab, beutelten ihn, während er nach einer Antwort suchte. Dann das Balladenthema, leidenschaftlich, trotzig virtuos. Erneut Stöhnen, lauter diesmal, durchsetzt von halb unterdrücktem Schluchzen, das von einer Frau kam; beinahe war er sicher, es war die Frau, die ihn gebeten hatte zu bleiben. Es passte nicht zu der Musik; diese Laute gehörten nicht zur Welt Ysaÿes – gefühlvoll war die Ballade, das wohl, aber sie drückte nicht *diese* Art von Gefühl aus. Sehnsucht, Leidenschaft, ja, aber doch nicht Verzweiflung, Hoffnungslosigkeit!

Wie sollte er da spielen, wenn solche Klänge an sein Ohr drangen? Er musste das hier hinter sich bringen und aus diesem Raum fliehen. Seine Finger schmerzten, sein Kopf pochte. In seiner Hast gerieten ihm einige Passagen gegen Ende der Ballade zu einem verwaschenen Wirrwarr von Tönen, und er verfluchte sich, als er sich verbeugte. Nach dem Applaus war glücklicherweise kein Gestöhn mehr zu hören. Es war nur eine Untermalung der Musik gewesen – bislang.

Die Gedanken, die das Stück von Ysaÿe ausgelöst hatte, schwirrten ihm durch den Kopf, als er am Abend in seinem Zimmer saß. Wenn er sich diesem Gestöhn öffnete, sich von dem Geknarz der Bänke lähmen ließe, würde er möglicherweise … *wie sie.* Er sah sich schon in einem grauen, sackartigen Gewand und mit kahlrasiertem Schädel, vor sich hin stierend. Durchaus denkbar: Der Kommandant könnte ihn hier, hinter Stacheldraht festhalten, ihn, einen Zeugen, der kein Zeugnis ablegen konnte.

Nein, er würde nicht werden wie sie. Schließlich und endlich hatte er gewisse Rechte. Nicht umsonst hatte er ein Zimmer für sich; die Zuhörer im »Konzertsaal« waren eine konturlose Masse im Zwielicht, er jedoch, der nur ein paar Schritte von ihnen getrennt war, konnte alles Licht haben, das es in dieser finsteren Welt gab.

Er würde Abstand halten.

Doch immer wieder hallte in ihm die Stimme dieser Frau nach: *Bitte bleiben Sie.* Er musste die Frau ausfindig machen, mit ihr reden.

Irgendwann hörte er unter seinem Fenster Schritte; vermutlich ein patrouillierender Wachsoldat. Als sie sich wieder entfernten, herrschte Totenstille, und in dieser Stille hörte er seinen Herzschlag im Kopf widerhallen; in seinen Ohren pfiff es, als entwiche Dampf aus einem Kessel, ein durchdringendes Geräusch, das ihn die halbe Nacht wach hielt.

IX

»Vielen Dank, dass Sie mich empfangen, Herr Lupescu.«

»Sie sind ein Freund meiner Tochter?«

»Wir waren an der Hochschule im gleichen Sonaten-Kurs. Ich spiele Geige.«

»Richtig – ich glaube, sie hat mir von Ihnen erzählt, als sie im Herbst angefangen haben, gemeinsam zu musizieren. Alina meinte, Sie seien recht begabt. Was also kann ich für Sie tun?«

Die Stimme, dieser samtige Bariton, schienen in dem mit dicken Teppichen ausgelegten Raum in sich widerzuhallen. Überall an den Wänden Bücher; viele waren aufeinandergestapelt, um auf jedem Bord mehr Platz zur Verfügung zu haben. Bücher auf Russisch, Französisch und Deutsch. Burkhards Blick fiel auf Kleists *Michael Kohlhaas* und auf ein abgenutztes Exemplar des *Woyzeck* von Büchner, in dem einige Lesezeichen steckten. Auf einem Bord reihten sich dicke Bände mit hebräischen Titeln in Silberprägung aneinander; fast konnte er das weiche Leder der Einbände fühlen.

»Alina hat mir von der Organisation jüdischer Künstler erzählt, für die Sie arbeiten.«

Die buschigen Augenbrauen über Herrn Lupescus

tiefliegenden schwarzen Augen zogen sich zusammen; er beugte sich vor und faltete die Hände auf dem Schreibtisch. Auf seiner hohen Stirn kräuselten sich ein paar grau melierte Haarsträhnen, doch ansonsten waren seine Haare genauso dicht und gelockt wie die von Alina. Ein grauer Pullover verhüllte die abfallenden Schultern.

»Ich muss gestehen, es wundert mich, dass sie mit jemandem darüber spricht, der nicht ... in unseren Kreisen verkehrt.«

»Ich glaube, sie vertraut mir. Außerdem ist sie stolz auf das, was Sie machen.«

Herr Lupescu schwieg, doch Burkhard sah, wie er die vollen Lippen zusammenpresste. Burkhard räusperte sich; schon bedauerte er, Warnungen Alinas entgegen hierhergekommen zu sein.

»Ich habe gedacht, Alina und ich könnten gemeinsam ein Benefizkonzert für den Kulturbund geben.«

»Darüber haben Sie mit ihr gesprochen?« Lupescus Stimme klang plötzlich abgehackt, tonlos; er schien angespannt, auf der Hut.

»Nein, auf die Idee bin ich erst gekommen, als sie schon nicht mehr auf der Hochschule war. Ich habe kürzlich einen Vertrag bei einer Agentur unterschrieben und wollte Alina als Begleiterin, aber sie hielt dies angesichts der politischen Situation für nicht ratsam.«

»Das ist leicht untertrieben«, lautete Luspescus Kommentar.

»Dem ... dem konnte ich nichts entgegensetzen, und ich war froh, dass ich im Kurs weiter mit ihr zusammenarbeiten konnte. Als sie dann weg war, hat mein Agent vorgeschlagen, ich solle für ein paar reiche Leute in Köln und Frankfurt einige Hauskonzerte gestalten, um das Geld für eine alte italienische Geige aufzubringen. Und um Leute kennenzulernen, die sich als nützlich für meine Karriere erweisen könnten. Ich bin aber zu dem Schluss gekommen, es wäre sinnvoller, ein Konzert zur Unterstützung der Arbeit, die Sie leisten, zu geben.«

Er hielt inne und holte Atem. Wieder schwieg Lupescu. Seine kohlschwarzen Augen, die anfangs freundlich oder doch wenigstens höflich gewirkt hatten, musterten jetzt seinen Besucher durchdringend, um den eigentlichen Grund für sein Kommen herauszufinden.

»Etliche der von meiner Agentur genannten potentiellen Spender sind jüdisch«, fuhr Burkhard fort und hatte beinahe das Gefühl, als müsse er sich bei Alinas Vater entschuldigen, weil er ihm ein, wie er zumindest vor seiner Begegnung mit Lupescu geglaubt hatte, großzügiges Angebot gemacht hatte.

»Vermutlich unterstützen sie uns dann bereits«, erklärte Lupescu trocken. »Nehmen Sie es mir nicht übel, aber ich muss Sie etwas fragen. In dem Monat, ehe Alina gezwungen wurde, die Hochschule zu verlassen, war sie nur selten zu Hause. Sie sagte, sie habe sich mit anderen jungen Leuten angefreundet, mit denen sie ins Theater und in die Oper und so weiter gehe. Als ich wissen wollte, ob diese Freunde Juden sind, gab sie mir eine ausweichende Antwort. Ich kenne sie zu gut, um in sie zu dringen, wenn sie über irgendetwas nicht sprechen will.«

Er hielt inne und durchbohrte Burkhard schier mit Blicken, so als wüsste er bereits die Antwort auf die Frage, die er gleich stellen würde.

»Gehörten Sie zu diesen Freunden?«

»Alina und ich, wir … kommen sehr gut miteinander aus.«

»Aha. Verstehen Sie mich recht: Im Prinzip habe ich nichts dagegen, dass sie sich mit Nichtjuden anfreundet. Sie hat auch in Rumänien deutsche Freunde gehabt. Ich habe in Bukarest ein Theater geleitet. Juden, Christen – wir haben alle gut zusammengearbeitet. Assimilierung …« Er verzog das Gesicht. »Nie ist mir damals dieses Wort in den Sinn gekommen. Erst hier, in den letzten paar Jahren, hat es eine Bedeutung für mich angenommen – es steht für alles, was nicht mehr möglich ist.«

»Ich verstehe, dass Sie das so sehen, Herr Lupescu, aber …«

»Um auf Ihr Angebot zurückzukommen – eines haben Sie bei Ihren Berechnungen wahrscheinlich nicht bedacht: den jüdischen Stolz.«

Warum das Wort »Berechnungen«?

»Wir können natürlich immer Geld gebrauchen«, fuhr Lupescu fort, »aber wir sind nicht darauf angewiesen, und solange dies nicht der Fall ist, möchte ich nicht von irgendjemandem, der nicht zur jüdischen Gemeinschaft gehört, unterstützt werden. Außerdem ist Geld nicht unser Hauptproblem. Visa ausländischer Konsulate, Regelung der Beziehungen zum Propagandaministerium in Berlin – hier liegen die Schwierigkeiten.«

»Entschuldigen Sie, Herr Lupescu, aber eine Abkapselung der jüdischen Gemeinschaft würde den maßgeblichen Leuten doch nur in die Hände spielen.«

»Uns bleibt nichts anderes übrig, wenn wir in diesem Land überleben wollen.« Seine Stimme klang anklagend, als wäre sein Besucher daran schuld. »Und meiner Ansicht nach steht es Ihnen nicht zu, mir zu sagen, wie wir Juden uns in der Situation, in die Ihr Land uns gebracht hat, verhalten sollen.«

Burkhard schnürte es beinahe die Kehle zu. »Sie glauben doch nicht etwa, ich würde diese neuen Gesetze unterstützen?«

Wahrscheinlich wurde Lupescu klar, dass er zu weit gegangen war. Er nahm die Erklärung des jungen Mannes zur Kenntnis, tat sie jedoch gleichzeitig mit einer flüchtigen Handbewegung ab, schüttelte den Kopf und artikulierte ein stummes »Nein«.

»Ich muss gestehen, ich bin enttäuscht, Herr Lupescu. Ich dachte, ein gemeinsames Konzert einer Jüdin mit einem Nichtjuden würde als Solidaritätsbekundung verstanden.«

»Wären die Zeiten normal, könnte einer solchen Solidaritätsbekundung, wie Sie es nennen, Bedeutung zukommen. Aber die Zeiten sind nicht normal. Die Konzerte und Ausstellungen, die wir organisieren, reichen über Bekundungen hinaus. Es geht um unser Überleben, kulturell und, ja, auch physisch. Ich bin sicher, der Tag, an dem auch Letzteres auf dem Spiel steht, ist nicht mehr weit. Es tut mir leid, wenn ich Sie enttäuscht habe. Sie haben ein … ein großzügiges Angebot gemacht, aber das ist einfach nicht machbar. Ich könnte jetzt sagen, dass die Lage sich vielleicht bessert und wir irgendwann in der Zukunft gern auf Ihr Angebot zurückkommen werden, doch ich habe wenig Hoffnung.«

Er erhob sich. Auch Burkhard stand auf. Lupescu ging um den Schreibtisch herum und Richtung Tür. Im Gehen fügte er noch hinzu: »Um ehrlich zu sein, junger Mann, ich bin nicht sicher, ob Ihre Enttäuschung sich auf Ihre Vorstellung von dem, was uns nützen könnte, bezieht – oder eher auf Sie ganz persönlich.« Die letzten Worte sprach er sehr leise. Und mit abgewandtem Gesicht.

Burkhard fiel nichts ein, was er darauf hätte erwidern können. Ihm wurde ganz heiß: War dieser stolze, verbitterte Mann wirklich der Vater Alinas? Wahrscheinlich wäre sie furchtbar wütend auf ihn, weil er die tollpatschige Kühnheit besessen hatte, seine ach so großartige Idee ihrem Vater vorzutragen.

Herr Lupescu öffnete die Tür, und Burkhard ging vor ihm her durch den engen Flur zur Wohnungstür; auf der Schwelle wandte er sich halb um, da er sich verabschieden wollte.

»Ich sehe ein, es war ein Fehler hierherzukommen. Darf ich Sie bitten, Alina nichts davon zu sagen?«

Lupescu zögerte, dann nickte er bedächtig. »Im Gegenzug wäre ich dankbar, wenn Sie in Betracht zögen, dass Alina irgendwann in nächster Zeit nach Palästina ausreisen wird. Ich bitte Sie, unternehmen Sie nichts, um sie davon abzubringen. Es geht um ihre Sicherheit; sie darf sich jetzt nicht beirren lassen.«

Burkhard wollte einwenden, auch ihr Glück stehe auf dem Spiel, doch der besitzheischende Ausdruck in den Augen ihres Vaters hielt ihn davon ab, auch nur ein Wort mehr zu sagen.

»Ich musste dich sehen.«

Sie stürmte an ihm vorbei und warf den Mantel auf einen Stuhl. Noch nie zuvor war sie in seiner Wohnung gewesen, und er hatte es sich ganz anders vorgestellt, wie es wäre, wenn sie zum ersten Mal die Schwelle überschritte. Er wunderte sich, dass sie nach Köln zurückgekommen war. Hatte ihr Vater doch nicht Wort gehalten und ihr erzählt, dass er ihn letzte Woche aufgesucht hatte?

In den letzten Tagen hatte ihn ein Vorgefühl gequält, dass ihre gemeinsamen Pläne schiefgehen könnten. Ständig nagten Zweifel an ihm, verfolgten ihn beim Üben und auch im Schlaf. Noch wenige Minuten zuvor war es ihm durch den Kopf gegangen, dass er, wäre das Probespiel für diesen Tag und nicht erst für die nächste Woche angesetzt, mit Sicherheit versagen würde.

Er wollte sie fragen, was passiert war, doch als sie einander gegenüberstanden, wich er ihrem Blick aus. Wie konnte er vor ihr verheimlichen, was er getan hatte? Wie sollte er es ihr beichten, wenn sie es nicht ohnehin schon wusste?

»Ich habe meinen Eltern von dir erzählt.« Sie

sprach leiser als sonst, mit heiserer Stimme; offensichtlich hatte sie geweint. »Es war an der Zeit. Ich konnte dieses Versteckspielen nicht mehr durchhalten, wo doch nächste Woche die Probespiele sind.« Sie wandte den Blick ab, starrte auf einen Punkt an der Wand. »Mein Vater …«

Sie hielt inne und schluckte trocken. Selbst in solcher Bedrücktheit war er von ihrer Haltung überwältigt. Ihr ganzer Körper barst schier vor Energie, obwohl sie reglos dastand, ausbalanciert wie eine Tänzerin. Selbst in ihrem einfachen braunen Wollmantel wirkte sie mit ihrem von dichten dunklen Locken umrahmten blassen Gesicht wie eine *maja* auf einem altspanischen Gemälde – ein Wirklichkeit gewordenes Traumbild.

»Mein Vater hat gedroht, mich zu verstoßen, wenn ich unsere Beziehung nicht beende.«

Für Burkhard kam das nach ihrem gründlich misslungenen Zusammentreffen nicht überraschend. Und angesichts des politischen, von Rassenhass vergifteten Klimas im Land – allwöchentlich neue Verbote für Juden, tagtäglich immer dreistere Anpöbelungen auf offener Straße – konnte er es dem Mann nicht verdenken, so herablassend dieser ihn auch behandelt hatte; allmählich fühlte Burkhard sich – wenn er bedachte, wie miserabel er derzeit spielte –, als verdiente er die Verachtung ihres Vaters.

Doch als Alina ihn jetzt ansah, spiegelte sich in ihren Augen ein Schmerz, der ihn wütend auf Lupescu werden ließ. Es spielte keine Rolle mehr, wie dieser *ihn* behandelt hatte. In seiner Verbitterung angesichts dessen, was in Deutschland vorging, hatte er, unter dem Vorwand, seine Tochter zu beschützen, ihr Glück mit Füßen getreten.

»Schlimmer, als du befürchtet hast ...« Halb Frage, halb Feststellung. Warum reagierte er nicht heftiger? Es ging schließlich um Alina, seine Alina, die jetzt nickte. Nun war sie nicht mehr ein aus seinem Rahmen herabgestiegenes Bild, nur noch verletzte Kreatur. »Was wirst du jetzt tun?« Nichts. Nichts fiel ihm ein. Er wollte sie entscheiden lassen.

»Was denn tun? Ich vergesse einfach, was er gesagt hat. Trickse ihn aus.«

»Wie meinst du das?«

»Er hat gedroht, er werde mit der Jury reden und versuchen, eine Regelung durchzusetzen, dass nur Leute in das Orchester aufgenommen werden dürfen, die zumindest Halbjuden sind. Die Jury hat noch nicht darüber entschieden; vielleicht genügt es, wenn ein Großelternteil jüdisch ist, aber ich fürchte, Vater hat dort so viel zu sagen, dass er die Entscheidung beeinflussen kann.«

»Wie willst du ihn also austricksen?«

»Indem du jüdische Vorfahren bekommst.« Ein Funken Berechnung schimmerte in ihren Augen auf. Und Entschlossenheit. »Über den Kulturbund habe ich einen Mann kennengelernt, der sich auf das Fälschen von Papieren versteht. Das kostet natürlich einiges.«

Er erinnerte sich an Professor Kerner, an seine Bemerkung, seine Beziehung zu Alina könnte ihm gefährlich werden. Was wäre, wenn er nicht aus

Deutschland wegkäme und irgendwo ein Dokument existierte, das ihm jüdische Vorfahren bescheinigte?

Unvermittelt verspürte er einen Drang, ihr die Hand auf den Mund zu legen, ihrer Entschlossenheit etwas entgegenzusetzen. Er musste sich überwinden, um nicht die Hand zu heben. Er schlug die Augen nieder, versuchte den säuerlichen Speichel in seinem Mund hinunterzuschlucken.

Sie sucht doch nur nach einer Möglichkeit für uns zusammenzubleiben. Warum balle ich dann die Fäuste?

War es, weil sie in der Verfolgung ihrer Pläne entschiedener, unerbittlicher war, als er dies je sein könnte? Oder weil sie versuchte, ihn zum Juden zu machen?

»Was ist denn?«, wollte sie wissen.

Bis jetzt hatte er kein anderes Gefühl Alina gegenüber gekannt als Zärtlichkeit. Und seit dem Tag nach seiner Rückkehr von der Kammermusiktournee war es auch nicht mehr nötig gewesen zu verbergen, was in ihm vorging. Irgendwie musste er ihr jetzt antworten.

»Nichts«, log er. »Nur bezweifele ich, dass meine Eltern damit einverstanden wären, wenn ich plötzlich jüdisches Blut in mir hätte.«

»Deine Eltern? Von denen hast du bis jetzt kaum gesprochen.« Schwang da ein Vorwurf in ihrer Stimme mit, so als würden auch seine Eltern ihre Pläne durchkreuzen wollen? In dem Augenblick wurde ihm bewusst, bis jetzt hatte sich, aufgrund einer stillschweigenden Übereinkunft, in ihrer Beziehung alles um Alina gedreht, um die Tatsache, dass sie auswandern müsste. Und um ihrer beider Taktik, wie sie es schaffen könnten zusammenzubleiben. Seine Familie und seine Zukunft hatten nicht sonderlich wichtig geschienen, nicht einmal seine ehrgeizigen Pläne.

»Stimmt, wir stehen uns nicht besonders nahe«, räumte er ein. »Sie haben nie verstanden, dass ich Musiker werden wollte. Für sie war das gleichbedeutend mit Bohemeleben. Was ja auch, verglichen mit ihrer Art zu leben, zutrifft. Und jetzt … na ja, jetzt haben wir eine unterschiedliche politische Einstellung.«

Sie musterte ihn eingehend, fragend.

»Es ist nur so – ich liebe sie, trotz aller Gegensätze, und die Vorstellung, sie nie wiederzusehen … das ist ein ziemlich bedrückendes Gefühl.«

Sie erwiderte nichts, er konnte auch keinerlei Anzeichen von Verständnis für seine Situation auf ihrem Gesicht lesen.

»Mehr als bedrückend. Schmerzlich. Das ist alles. Ich musste dir das einfach sagen. Das bedeutet ja nicht, dass ich meine Meinung geändert habe. Ich bin es nur nicht gewohnt … im Hinblick auf die Zukunft zu sagen: ›So und nicht anders wird es sein.‹«

»Wir haben keine andere Wahl«, flüsterte sie. »Nicht, wenn wir zusammenbleiben wollen.«

»Ich weiß.« Endlich gelang es ihm, die ineinandergekrampften Finger zu lockern; er wandte sich ab und warf einen Blick auf seine Geige, die in ihrem offenstehenden Kasten auf dem Tisch lag. »Ich wünschte nur, mit dem Üben ginge es besser voran. Diese ganzen Heimlichkeiten machen mich nervös; ich kann mich einfach nicht mehr konzentrieren. Ich glaube nicht, dass ich das Beethoven-Konzert bis nächste Woche hinkriege. Und zu wissen, dass dein Vater uns Hindernisse in den Weg legen will, macht es noch schwerer. Was ist, wenn sie mich nicht nehmen?«

»Sei nicht albern. Du spielst wundervoll. Weißt du, ein paar von den Geigern, die ich letzte Woche begleiten musste, sind schon aufgenommen worden. Sie waren gut, aber bis jetzt war kein einziger so gut wie du.«

»Die wurden ins Orchester aufgenommen. Konzertmeister, das ist etwas anderes.«

»Ja, schon, aber du schaffst es. Hör zu … du musst lernen, mehr Selbstvertrauen zu haben. Nicht nur beim Spielen, sondern auch bei deinen Entscheidungen. Sonst kriegst du nie, was du dir wünschst. Selbst wenn es mit Palästina nicht klappt. Selbst wenn ich nicht in dein Leben getreten wäre.«

Sie fasste ihn an den Schultern, als wolle sie ihn wachrütteln. Doch sie hielt ihn nur auf Armlänge entfernt und musterte ihn. Erneut schlug er die Augen nieder. Bislang war sie vermutlich der Ansicht gewesen, er sei einigermaßen entscheidungsfreudig, mutig sogar, weil er sich mit einer Jüdin eingelassen hatte. Und nicht ein von Zweifeln geplagter Schwächling, der erst seine Eltern um ihre Einwilligung bitten musste. Es stimmte: Er hatte sie kaum je erwähnt, einfach weil sie in seinem Leben keine große Rolle mehr spielten. Im Grunde genommen kam es ihm nicht darauf an, ob sie einverstanden wären, doch es war leichter, sie vorzuschieben, als zuzugeben, dass die Vorstellung, mit ihr zusammen Deutschland zu verlassen, ihm irgendwie Unbehagen verursachte.

Er hatte sie eine Seite von sich sehen lassen, die sie bislang nicht gekannt hatte. Was, wenn sie ihn jetzt gering achtete, ja, verachtete?

Er war erleichtert, als er aufblickte und in ihren Augen keine Verurteilung, keine Verachtung las, nur den Wunsch, das Bedürfnis, ihn besser kennenzulernen. In dem Augenblick fragte er sich, wie sie ihn überhaupt noch lieben konnte. Doch das musste sie einfach verstehen – Palästina, das bedeutete für ihn Entwurzelung. Bei ihr war das etwas anderes; sie war schon entwurzelt.

»Ich schätze, es ist nicht so wichtig, ob sie mich nehmen«, hörte er sich sagen. »Ich könnte auch so versuchen, ein Visum zu kriegen und mit nach Palästina zu kommen. Und mir dort eine andere Arbeit suchen.«

Seine Stimme klang hohl, doch ihr fiel das offenbar nicht auf; ihr verdutzter Gesichtsausdruck wich Freude und Genugtuung. Sie schlang ihre Arme um seinen Hals.

»Weißt du, ich war die ganze Zeit wie besessen von dem Gedanken, was die Nazis uns alles antun. Ständig hat mich der Gedanke gequält, wie sie uns verfolgen. Und dass es wahrscheinlich noch schlimmer wird. Und jetzt stellt sich heraus, das Haupthindernis für meine Freiheit sind nicht sie, sondern es ist die Engstirnigkeit meines Vaters.«

Burkhard erinnerte sich, wie das Gesicht ihres

Vaters sich verhärtet hatte, als er zu ihm durchzudringen versucht hatte.

»Trotzdem kann ich ihn verstehen.« Es war nicht leicht, so zu tun, als kenne er ihn nicht. »Mit der Zeit wird er vielleicht …«

»Diese Zeit haben wir nicht.« Sie schüttelte entschlossen den Kopf. »Ich liebe ihn, aber ich werde nicht zulassen, dass er mir das nimmt, was ich mir am meisten wünsche. Selbst wenn er mich verstößt. Du sagst, all diese Heimlichkeiten machen dich nervös. Du machst dir Gedanken deiner Eltern wegen. Und was ist mit mir? Weißt du, wie weh ich ihm tue, ihm und meiner Mutter, die zwischen ihm und mir hin- und hergerissen wird? Ich weiß, dass sie eigentlich auf meiner Seite ist, aber sie hat nicht die Kraft, sich gegen ihn zu stellen. Beide erwarten, dass ich nachgebe. Was ich aber nicht tun werde, und das wird bitter für sie sein. Glaubst du etwa, das macht mir nicht zu schaffen?«

Prüfend sah sie ihn an. Und er schämte sich seiner Schwachheit.

»Doch eines haben die Nazis mich gelehrt: Dafür zu sorgen, dass nicht irgendjemand anders über mich und mein Leben verfügt. Das ist auch der Grund, weshalb ich hergekommen bin.« Ihr Blick schweifte durch das Zimmer und fiel schließlich auf das Bett. »Ich will deine Frau werden. Jetzt.«

Er hatte sich so sehr bemüht, nichts zu überstürzen, dass es ihm jetzt die Sprache verschlug. Es war einfach nicht der richtige Zeitpunkt – schließlich hatte er sie erst vor ein paar Minuten gewaltsam zum

Schweigen bringen wollen. Was wäre, wenn er noch einmal diesen Drang verspürte und sie nackt und hilflos neben ihm im Bett läge?

Sie lachte ein wenig verlegen und zog die Schultern hoch. »Nicht offiziell. Das erledigen wir später, in Palästina.« Sie zog ihn an sich.

X

Am Morgen des dritten Tages tastete Keller schlaftrunken nach seiner Armbanduhr, die er auf den Stuhl neben seinem Bett gelegt hatte. Schon neun Uhr – er hatte den Appell verschlafen! Wie war das möglich, bei der lauten Musik?

Er blieb noch ein Weilchen im Bett liegen und starrte nach oben durch das Fenster. Aus diesem Blickwinkel sah er die Baracken und Zäune nicht. Auch nicht den Appellplatz. Nur ein kleines Stück grauen Himmels, eingerahmt von den fransigen Linien der von der Wand abblätternden Farbe. Darunter ein wackliger Schreibtisch. Einen kurzen Augenblick konnte er sich einreden, er sehe den Ausschnitt eines Gemäldes – eine Innenansicht mit dem Fenster als Lichtquelle und winzigem Hinweis darauf, dass es eine Welt da draußen gab –, und versuchen, das karge »Gästezimmer« als schlichten Raum in einem Bauernhaus zu betrachten.

Es hat den Anschein, dass sie das Lager nicht gutheißen.

Die Vorstellung, eine Schachfigur im Spiel des Kommandanten zu sein, quälte ihn, doch er hatte keine Wahl; das hatte der Herr über das Lager deutlich genug zum Ausdruck gebracht. Außerdem könnte nichts, was mit seinen Zuhörern nach dem Experiment wahrscheinlich geschähe, schlimmer sein als das Schicksal, das sie vermutlich auch dann erwartete, wenn er nicht hier wäre. Er könnte also genauso gut tun, was der Kommandant von ihm verlangte. Und so gut spielen, wie er nur konnte.

Ihm wurde bewusst, dass er mit den Fingern seiner Linken leicht auf seine Brust pochte: die vertrauten Fingersätze der Stücke, die er nachmittags spielen wollte.

Er stand auf, öffnete die Tür und holte das Tablett mit seinem Frühstück herein, das er hastig hinunterschlang, um gleich, ohne das übliche Trödeln, mit Üben anzufangen. Zum ersten Mal seit seiner Studentenzeit konnte er den Beginn eines Konzerts kaum erwarten; normalerweise wünschte er, es hinter sich zu haben. Auch an seiner Art zu spielen war irgendetwas anders. Seine Finger bewegten sich behender, mit technischen Problemen wurde er besser fertig als sonst und schwierige Passagen musste er nicht so oft wiederholen, bis er sie beherrschte.

Auch seine innere Verfassung hatte sich während der paar Stunden seines Schlafs verändert. Vielleicht lag es an den Erinnerungen, die ihn in der Stille der Nacht überkommen hatten. Zum ersten Mal seit Jahren hatte er sich gestattet, an Alina zu denken, ohne sich sofort zu zwingen, seine Gedanken in eine andere Richtung zu lenken. Zum ersten Mal hatte er sich ihr Gesicht ins Gedächtnis zurückrufen können.

Hätten die Dinge sich anders entwickelt, dann säße sie jetzt vielleicht in eben dem Raum, in dem er spielen musste, hörte zusammen mit ihren Leidensgenossen seinem Spiel zu, hörte es durch einen Schleier von Erinnerungen und Aussichtslosigkeit gleichermaßen. Er war froh, dass sie das Land verlassen hatte.

Wäre er mit ihr gegangen, befände er sich auch nicht hier. Doch diese Möglichkeit hatte er selbst sich verbaut.

Nichts war ihm geblieben, nur die Musik. Wahrscheinlich musste er nur mehr Zutrauen zu sich selber entwickeln, musste die Schranken zwischen sich und seinen Zuhörern niederreißen. Ihm war jetzt klar, er wollte zu jedem einzelnen der Häftlinge durchdringen. Und er wäre nun gewappnet für jegliche Art von Reaktion, die von ihnen käme – Stöhnen, Schluchzen. Oder noch Schlimmeres.

Er war enttäuscht, als nachmittags nicht Rudolf kam, um ihn abzuholen; er hätte sich gern mit ihm ein wenig eingehender über Bach unterhalten. Die Aussicht, mit jemandem, der wirklich zuhörte, der seine plötzlich neu erwachte Begeisterung für Musik teilte, zu sprechen, hatte ihn irgendwie froh gestimmt – wenn man denn an einem solchen Ort so etwas wie Freude verspüren konnte. Schweigend folgte er dem Wärter.

Als Erstes spielte er eine Sonate, die er selbst komponiert hatte. Es war eine Art Premiere, denn für die verwundeten Soldaten wäre sie wahrscheinlich zu dissonant gewesen. Ein herausragender Komponist zu sein, das maßte er sich nicht an. Es war eher eine Spielerei, und er hätte das Stück nie in einem wichtigen Konzert zur Aufführung gebracht. Zudem wäre es in den letzten paar Jahren viel zu gefährlich gewesen, es der Öffentlichkeit zu präsentieren – es wäre als entartet eingestuft worden. Doch jetzt gab es keine gedruckten Programmzettel, keine Kritiker, keine Zensoren. Seltsam war dies schon, aber tatsächlich schien es ausgerechnet hier möglich, hier konnte er es wagen, diese Sonate, die seine ganze Qual zum Ausdruck brachte – ob sie nun von bleibendem Wert war oder nicht –, als ganz persönliche Antwort auf die Hoffnungslosigkeit um ihn herum zu spielen.

Er hatte, angeregt von Hindemith und Bartók, das Stück in freiem atonalem Stil komponiert. Das Manuskript hatte er, zusammen mit seinem Tagebuch, in seiner Schreibtischschublade eingeschlossen; er konnte die Sonate auswendig. Zwei kontrastierende, doch aus den gleichen motivischen Wurzeln erwachsende Themen, einige prägnante melodische Intervalle und rhythmische Muster, die in die Durchführung eines jeden Themas eingebettet waren. Im weiteren Verlauf verbanden diese sich miteinander – gespielt mit Doppelgriffen –, und erst jetzt schälte sich das beiden gemeinsame Motiv heraus. Allmählich wurden die beiden Themen eins, doch diese Verschmelzung währte nicht lange. Lediglich die motivischen Grundmuster blieben erhalten, aber auch sie hatte er in ihre Bestandteile aufgebrochen – einzelne, als dumpfes Brummen oder schrille Schreie sich wiederholende Töne. Das erste Thema sollte stark, heldenhaft klingen, das zweite zart und schön.

Am Ende blieb jedoch nichts von ihnen übrig als hilfloses Stottern und einige langgezogene Klagelaute.

Nach einigen Minuten setzte erneut das Stöhnen ein. Immer lauter wurde es; bei jedem anderen Stück hätte es ihn gestört, doch zu seiner Musik passte es. Eine Frau fing zu schluchzen an, und anders als am Tag zuvor klang es nicht unterdrückt. Zwei oder drei andere schlossen sich an; von den Männern kamen Ächzlaute. Und dann ertönte, in einem Ankämpfen gegen die eigene Schwäche, wieder die krächzende Stimme, die er an den ersten beiden Tagen gehört hatte.

»Der sollte nicht hier sein. Lasst das nicht zu!« Als die Stimme in den anderen Geräuschen unterging, wurde sie zu einem klagenden Winseln: »Er soll aufhören!«

Immer lauter knarzten die Bänke. Immer heftiger wiegten die Häftlinge sich hin und her, und der Lärm steigerte sich als Reaktion auf das Todesröcheln der Sonatenthemen. Mitgerissen von dem anbrandenden Klagen, verspürte Keller ein unerwartetes Zusammengehörigkeitsgefühl mit den Opfern. Seine Musik der Auflösung, der Verzweiflung vereinte sie in einem Bündnis gegen die Unterdrücker, gegen die ganze Welt da draußen, außerhalb dieses düsteren Raums.

Auch nachdem er geendet hatte, ging das Stöhnen und Schluchzen, das Seufzen und Ächzen weiter. Er wollte, er konnte sich nicht aus diesem Strom lösen; er schloss die Augen und stürzte sich in Bachs Sonate in a-Moll. Früher hatte er ganz anders angesetzt, hatte versucht, die ersten paar Takte im Kopf zu hören, ehe er sie spielte, hatte nach dem richtigen Tempo gesucht, während die Stille auf ihm lastete. Ganz anders jetzt – er machte nicht einmal den Versuch, die edle Erhabenheit des Präludiums zu vermitteln. Er wusste, er spielte gegen die Musik an, verzerrte sie im Dienst des augenblicklichen Zwecks, doch das kümmerte ihn nicht. Die anschließende Fuge war kein rationaler Diskurs zwischen den drei in Thema und Gegenthema konversierenden Stimmen mehr. Das schwungvolle, Oktaven überwölbende Motiv erklang fast schneidend, riss ihn mit durch ein Labyrinth von Tonarten, verlockte ihn zu immer gewagteren Sprüngen. Er hatte keine Ahnung, wie es sich anhörte – dazu war der andere Lärm zu laut. Doch er wusste, zum ersten Mal in seinem Leben spielte er Bach mit völliger Hingabe.

Mitten in der Fuge öffnete er die Augen, wollte sehen, was um ihn herum vorging. Einige Häftlinge hatten sich in den Ecken des Raums aneinandergekauert. Zum ersten Mal berührten sie einander. Drei oder vier Frauen hatten die Arme um sich geschlungen und schwankten hin und her, als wiegten sie ein kleines Kind. Ein paar Männer versuchten, den Arm um sie zu legen, in die Umarmung mit einbezogen zu werden, doch die Frauen verharrten eingeschlossen in ihrem Leid.

Die Kinder, die sie verloren haben.

Zwei Männer fassten einander an den Schultern. Der eine streichelte das tränenüberströmte Gesicht des anderen. Ein Mann, noch mehr einem Skelett gleich als die anderen, löste sich aus der Gruppe und rannte zur Wand, schlug wieder und wieder mit den Fäusten auf sie ein, bis seine Knie nachgaben und er in sich zusammensackte. Der Aufruhr glich dem Klingen in Kellers Ohren, das ihn so oft in der Stille der Nacht peinigte. Nur war es hundertmal lauter, als wären er und seine Geige nur der Resonanzkasten eines anderen, viel größeren Instruments – das ganze Gebäude vibrierte vor Schmerz.

Die Häftlinge hielt es nicht mehr auf den Bänken. Sie tasteten sich durch den Raum, einige kamen Keller ganz nahe, kamen seinem Bogen in die Quere. Im dritten Satz der Bach-Sonate, einem erlesenen Zweigesang einer einschmeichelnden Melodie und eines pulsierenden Ostinato, verspürte er wieder die alte Unzufriedenheit. Er konnte sich nicht hören, konnte sich nicht konzentrieren; es war, als kämpfe ein Wispern gegen einen Wasserfall an. Es gelang ihm auch diesmal nicht, die gelassene Heiterkeit des Duetts zu bannen.

Was macht dich glauben, dass das Leben nach alldem anders sein wird? Was macht dich glauben, dass du danach besser spielen wirst? Du bist eine Schachfigur im Spiel des Kommandanten, kein großer Künstler. Diese Macht über deine Zuhörer hat er dir zugestanden, doch sie ist nicht von Dauer. Sie wirkt nur hier.

Sie kamen näher, betasteten ihn, doch irgendwie gelang es ihm weiterzuspielen. Knochige Finger umklammerten seine Knöchel. Ausgetrocknete Brüste streiften seine Arme. Er hatte einen bitteren Geschmack im Mund; seine Zunge schien am Gaumen zu kleben. Schweiß tropfte ihm in die Augen, rann über Nase und Wangen.

Der letzte Satz. Schnell und leidenschaftlich, eher auf den Tumult um ihn herum abgestimmt – eine Art, sie sich vom Leib zu halten. Er schloss die Augen.

Bring es hinter dich, komm zum Ende.

Doch als er dort anlangte, konnte er nicht aufhören. Er begann zu improvisieren. Wie besessen geigte er, als wolle er sein Instrument in Stücke spielen. Es schien die einzige Möglichkeit, diese Leute davon abzuhalten, ihn in Stücke zu reißen. Seltsame Akkorde, wilde Arpeggios, gespenstische Glissandos. Immer noch spürte er die Hände, die ihn flehend betasteten, ihn herausforderten, ihm schließlich das Hemd vom Leib rissen.

Er brach sein Spiel ab, doch die Hände waren immer noch da. Sie bedrängten ihn, stießen und zogen an ihm. Er hielt die Geige über den Kopf, damit sie sie nicht zerbrachen. Dann verlor er das Gleichgewicht, stürzte beinahe.

»Aufhören!«, schrie er. »Lasst mich!«

Fingernägel gruben sich in seine Wangen, in seinen Hals. Er krümmte und wand sich, versuchte, sein Instrument zu schützen; der Schmerz in seinen Schultern wurde immer heftiger. Unvermittelt ließen die Hände von ihm ab. Er taumelte auf eine Wand zu und sah acht oder zehn Wärter in den Raum stürmen. Während er nach Atem rang, stürzten sie sich auf die Häftlinge, schlugen mit Knüppeln und Gewehrkolben auf sie ein.

Bänke wurden umgeworfen; eine wurde an die Wand geschleudert, verfehlte nur knapp ihn und seine Geige. Keiner wehrte sich, doch die meisten hielten schützend die Arme über den Kopf. Aus Angst, die Wärter würden angesichts dieses Aufruhrs schießen, verkroch er sich in einer Ecke. Um ihn herum Schreie, Stöhnen, Flüche von den Wärtern, das ekelerregende Geräusch von auf die knochigen Schultern und geschorenen Köpfe auftreffendem Holz und Metall.

Plötzlich erschien der Kommandant, schrie nach Ordnung. Ruckartig nahmen die Wärter Habachtstellung an, ließen Knüppel und Pistolen sinken. Schlagartig verstummte das Stöhnen. Reglos stand Keller da, konnte kaum fassen, dass er in Sicherheit war. Der Raum ächzte unter der Stille.

Als er zu seinem Zimmer zurückrannte, holte Rudolf ihn ein.

»Alles in Ordnung?«

Burkhard war nicht sicher, ob das Dringliche der Stimme von Atemlosigkeit oder echter Besorgnis herrührte.

»Verletzt bin ich nicht, nur etwas durcheinander.«

»Verständlich. Diese Leute waren nahe daran, Sie in Stücke zu reißen.«

Vielleicht war es der besorgte Ausdruck auf seinem Gesicht, der Burkhard glauben machte, er könne ihm trauen.

»Ich glaube, wirklich wehtun wollten sie mir nicht.

Durcheinander war ich eher wegen der Art und Weise, wie die Wärter reagiert haben – so gewalttätig.«

Dass er sich schuldig fühlte, verschwieg er. Er hätte erkennen müssen, wo dieser Ausbruch von Hysterie hinführte. Doch was hätte er dagegen tun sollen?

»Sie sind noch nicht lange hier.« Rudolf klang außer Atem, als hätte er Mühe mitzuhalten. »Verglichen mit ihrem sonstigen Verhalten war das eher gemäßigt.«

Aber Rudolf war nicht mit in dem Raum gewesen. Wie hatte er so schnell erfahren, was geschehen war?

»Wo sind Sie gewesen?«

»Draußen. Ich habe durch ein Fenster geschaut.«

Unvermittelt kam ihm das Obszöne daran zu Bewusstsein: Der Kommandant und seine Handlanger, wie sie ihn und seine jüdischen Zuhörer begafften, als wären sie Versuchstiere in einem Käfig, und ihm erst im letzten Augenblick zu Hilfe kamen, um ihn in der Schlussphase des Experiments noch einsetzen zu können.

Er blieb stehen, drehte sich um und sah Rudolf an. »Ist das alles, was Sie hier zu tun haben? Zuschauen?«

Rudolf kniff die Augen zusammen und es schien, als wolle er etwas zu seiner Verteidigung sagen, fände aber nicht die richtigen Worte.

»Tut mir leid«, murmelte Burkhard. »Ich habe es nicht so gemeint. Es ist nur – Sie sind nicht so wie die anderen Wachmänner. Sie sind eher … eher so wie ich, verdammt noch mal. Ich verstehe einfach nicht, was Sie hier zu suchen haben, wie Sie das tagtäglich durchstehen.«

»Oh, ich komme zurecht.« In Rudolfs Stimme klang Sarkasmus an.

»Wie viel diese Menschen erdulden müssen – sie und all die anderen …«

»Sie sollten nicht an ihr Leiden denken, sonst drehen Sie noch durch, weil Sie nichts daran ändern können. Niemand kann etwas dagegen tun. Aber ich will Ihre Frage beantworten: Ja, sooft ich kann, schaue ich einfach zu. Ich versuche, mich nicht mit hineinziehen zu lassen, und ich suche auch nicht nach Antworten.« Sein Blick schweifte ab. »Aber manchmal beobachten die anderen mich, und dann muss ich abdrücken.«

»Mein Gott, Rudolf! Wie können Sie …«

»Sie lassen einem keine andere Wahl, verstehen Sie? Das erste Mal war schrecklich. Danach habe ich zwei Tage lang keinen Bissen hinunterbekommen. Und das Schlimmste war, dass ich sie nicht merken lassen durfte, was in mir vorging. Beim zweiten Mal, ein paar Wochen darauf, war es schon nicht mehr ganz so schlimm. Und beim dritten Mal musste ich … nun, da musste ich mich nicht mehr so sehr überwinden.«

Burkhard schüttelte den Kopf. »Ich möchte nicht in Ihrer Haut stecken.«

Rudolf musterte ihn kurz, dann lachte er auf. Ein heiseres, hässliches Lachen, wie man es von einem so liebenswerten Menschen nicht erwarten würde.

»Ihre Haut und die meine sind ziemlich verschieden. Hören Sie, ich versuche nur zu überleben, bis dieser Scheißkrieg vorbei ist und ich wieder ein Mensch werden kann. Wissen Sie, was ich hier, in dieser Hölle, entdeckt habe? Ein neues moralisches Gesetz. Wenn du gezwungen wirst, ein Verbrechen zu begehen, das sonst eben ein anderer begehen würde, und wenn du dein Leben riskierst, falls du dich widersetzt, dann ist es kein Verbrechen mehr. Solange du es nicht auskostest.«

»Da bin ich mir nicht so sicher.«

»Sie reden sich leicht; Sie haben eine Geige in der Hand, nicht eine Pistole. Aber klammern Sie sich nicht allzusehr an Ihre Musik. Vor allem kann die Sie auch nicht beschützen.«

Er packte Burkhard am Arm und deutete auf eine einsame, gebeugte Gestalt, die nahe dem rückwärtigen Lagerzaun umherhumpelte. »Wissen Sie, wer das ist? Wissen Sie, was der macht?«

Burkhard schüttelte den Kopf und bemühte sich, den Mann in der Ferne auszumachen. Es wurde allmählich dunkel, und er nahm ihn nur umrisshaft wahr. In der einen Hand hielt er einen langen Stock.

»Ist das ein Besen, was er da in der Hand hat?«, erkundigte er sich. »Ist er eine Art Hausmeister?«

Rudolf schüttelte den Kopf und lächelte grimmig. »Na ja, ich schätze, man könnte sagen, dass er hier saubermacht. Sie nennen ihn ...«

»Rudolf!« Von der anderen Seite des inneren Stacheldrahtzauns sah wütend ein stämmiger, rotwangiger Oberscharführer zu ihnen herüber. Burkhard erkannte das Gesicht; es gehörte zu einem der Wärter aus dem »Konzertsaal«, der vorhin voller Begeisterung auf die Häftlinge eingeprügelt hatte. »Der Kommandant will dich sprechen. Sofort.«

Rudolf ließ Burkhards Arm los und hastete davon. »Entschuldigen Sie«, stammelte er noch. »Ich muss gehen.« Zusammen mit dem anderen Wärter verschwand er. Der Geiger setzte seinen Weg zu dem ihm zugewiesenen Zimmer fort.

In welcher Beziehung stand Rudolf zu dem Kommandanten? Er hatte beunruhigt geklungen, als sei er bei irgendetwas Verbotenem ertappt worden.

Burkhard hielt noch einmal nach dem gebeugten Mann Ausschau, doch der war hinter dem fensterlosen Gebäude mit den Kaminen verschwunden.

XI

Gespannt öffnete er den dicken Umschlag, der aus England gekommen war. Er enthielt etliche Blätter, so dass Burkhard hoffte, es sei diesmal mehr als ein oberflächlicher Bericht, wie er schon einige erhalten hatte. Es war die vertraute klare, kräftige Handschrift, auch wenn die Zeilen untypisch schief über die Seiten liefen.

London, den 3. März 1935

Lieber Burkhard,
schon längst wollte ich Dir schreiben. Allerdings nicht noch eine Zusammenfassung, wie ich hier drüben in meinem Beruf vorankomme – das alles weißt Du bereits. Aber ich bin sicher, du weißt ebenso wie ich, dass in allen meinen Briefen etwas gefehlt hat. Kurz und gut: Ich will versuchen, so offen wie möglich über unseren letzten gemeinsamen Besuch im »Goldenen Adler« zu sprechen. Denn ich habe das Gefühl, ich schulde Dir eine Erklärung.

In meinem Bemühen zu beweisen, dass ich genauso deutsch bin wie ihr anderen, hat das Ganze Dir vielleicht einen falschen Eindruck vermittelt – als wollte ich Dich für das Geschehen um uns herum verantwortlich machen. Als hielte ich mich für etwas Besseres. Nein, Burkhard, ich bin weder besser noch schlechter als ihr. Nur: Das ist nicht gut genug. Und deshalb musste ich weg von dort.

Lass es mich Dir erklären. Erinnerst Du Dich an Siegfried Bremer? Er hat seinen Abschluss an der Hochschule gemacht, als Du gerade dort angefangen hast. Wahrscheinlich hast Du von ihm gehört – er war der beste Geiger, den wir hatten, das gebe ich neidlos zu. Vielleicht nicht ganz mein Stil, etwas oberflächlich, was die klassische Musik anging, aber er verfügte über erstaunliche Leichtigkeit, ungeheures Selbstvertrauen und ein echtes Gespür für das Virtuosenrepertoire. Bei seinem Abschlusskonzert präsentierte er eine unglaublich gute Interpretation des Fis-Moll-Konzerts von Wieniawski. Er gehörte immer zu meinem Freundeskreis; wir waren zwar nicht so eng befreundet, dass ich ihm in jeder Hinsicht vertraut hätte, aber er war ein angenehmer Gesellschafter, mit dem ich mich über Musik, unsere Lehrer, unseren Beruf unterhalten konnte. Über Politik haben wir allerdings nie gesprochen, und inzwischen bin ich froh darüber.

Und was, glaubst Du, habe ich damals erfahren? Er hat sich bei einigen Parteibonzen lieb Kind gemacht und bei ihren Banketts zum Tanz aufgespielt. Und dann ist er in einem Lager der Hitlerjugend irgendwo in den Wäldern aufgetaucht und hat für diese miesen kleinen Scheißer am Lagerfeuer die Chaconne gespielt. Die glauben jetzt alle, sie hätten gemeinsam eine tiefgründige geistige Erfahrung gemacht, die das mystische »deutsche« Band, das sie vereint, gestärkt hat.

Ich weiß nicht, was Bremer dazu gebracht hat, sich zu verkaufen. Er hätte es besser wissen müssen, und er spielt so gut, dass er es nicht nötig hat, seiner Karriere zuliebe derlei zu tun. Ich halte ihn nicht für einen Antisemiten, das ist er im Grunde genommen bestimmt nicht, sonst wäre er nicht mit mir befreundet gewesen. Denn mit Sicherheit wusste er, dass ich Jude bin. Vermutlich ist sein Ehrgeiz größer als sein Moralgefühl.

Doch jetzt ein Beispiel für eine ganz andere Art Mensch. Hugo Albers war Konzertmeister in Berlin. Schon ehe er dazu berufen wurde, kannte ich ihn von einem Kammerorchester in Düsseldorf her, in dem ich gespielt habe; wir saßen damals zusammen am ersten Pult. Ich habe ihn immer für ein bisschen steif gehalten: zu ernsthaft, inspirationslos. Du kennst diesen Typ: immer den gespitzten Bleistift zur Hand, vor jeder Probe die Striche eingerichtet. Egal, was ich von ihm als Kollegen hielt – als Mensch hatte ich ihn völlig unterschätzt.

Später habe ich erfahren, dass er mit einer Jüdin verheiratet war, dass sie aber nicht besonders gut miteinander ausgekommen sind. Vielleicht war er deswegen immer so ruhig, so reserviert. Jedenfalls, als Konzertmeister war Verlass auf ihn, auch als Solist war er nicht übel, technisch absolut versiert. Ich war also nicht weiter überrascht, als ich hörte, dass er die Anstellung in Berlin bekommen hatte. Alles lief gut für ihn – bis letztes Frühjahr: Plötzlich interessierte der Kulturminister sich sehr für das Personal der Spitzenorchester.

Er wurde ins Büro des Geschäftsführers zitiert, wo ihn Beamte des Ministeriums erwarteten und – das weiß ich aus sicherer Quelle – erklärten, er könne seine Stelle behalten, wenn er sich auf der Stelle von seiner Frau scheiden ließe. Er sagte, er wolle es sich überlegen. In der Woche darauf packten er und seine Frau die Koffer und wanderten nach Amerika aus. Kaum einen Monat nach ihrer Ankunft dort ließen sie sich scheiden.

Soviel ich weiß, ist er jetzt Konzertmeister in Baltimore – kein schlechtes Orchester. Natürlich kein Vergleich mit Berlin. Doch was bedeutet das schon? Wahrscheinlich kann er drüben immer noch Karriere machen, nach New York oder Boston berufen werden. Und er ist anständig geblieben. Nur das zählt.

Ich bin mir nicht sicher, ob wir, du und ich, den Mut hätten, das zu tun, was Albers getan hat. Glaub mir, wenn ich mich an Bremers und an Albers' Stelle versetze – ich weiß nicht, ob ich so gehandelt hätte, wenn ich Arier wäre. Unsere Zeit bringt das Beste und das Schlechteste in den Menschen zum Vorschein. Man durchschaut sie, und man durchschaut sich. Für diejenigen von uns, die irgendwo dazwischen stehen, weder Scheißkerle noch Helden sind, ist es wahrscheinlich das Beste, wenn sie nach einer Möglichkeit suchen, sich herauszuhalten.

Ich will ganz ehrlich sein, Burkhard: Als Du versucht hast, mich davon abzuhalten, diesen Brief an den Völkischen Beobachter *zu schreiben, hast Du mich enttäuscht. Du warst so besorgt, ich könnte Dich vor den Gästen im »Goldenen Adler« in eine peinliche Lage bringen. Vielleicht dachtest Du, an einem der Tische säße ein Spion. Glaubst Du, es war schon so weit gekom-*

men? Dass überall Spione eingeschleust wurden? Vielleicht ist es ja mittlerweile so. Zum Glück bin ich in England!

Was mich jedoch gestört hat, war Dein Beharren darauf, dass die Lage besser würde, weil die Nazis nicht von allen unterstützt würden. Wie denn? Wie soll das denn geschehen, wenn sie doch ganz Deutschland im Würgegriff haben? Wie soll es denn besser werden, wenn nicht durch einen Krieg?

Als wir an dem Tag auseinandergegangen sind, war ich ungeheuer froh zu wissen, binnen einer Woche würde ich das Land verlassen. Vor allem von dieser Passivität wollte ich weg, denn ich habe sie auch bei mir festgestellt. Ich konnte nicht mehr sicher sein, ein anständiger Mensch zu bleiben, wenn ich nicht von Deutschland Abschied nähme.

Ich halte Dich für einen hervorragenden Geiger, Burkhard, und ich erinnere mich gern an unsere gemeinsame Zeit. Doch wie es mit unserer Freundschaft weitergehen soll, weiß ich, ehrlich gesagt, nicht.

Ernst

Erst nachdem er den Brief und den dazugehörigen Umschlag zerrissen hatte, fiel ihm ein, dass er besser nachgesehen hätte, ob jemand ihn geöffnet hatte.

Frankfurt. Wie anders es ihm jetzt vorkam. Als er ein paar Monate zuvor mit dem Kammerorchester dort gastiert hatte, war er wie im Traum durch die Altstadt gestreift, war stundenlang am Fluss entlanggegangen, hatte das Gefühl gehabt, die ganze Welt lächle ihm zu an diesem frischen, sonnigen Tag. An Alina hatte er gedacht und an seinen Plan, zusammen mit ihr Konzerte zu geben, zusammen mit ihr auf Tournee zu gehen – für Hunderte von Leuten zu musizieren und dann, im Hotelzimmer, Alina zu lieben.

Jetzt, an diesem kalten, trüben Märznachmittag, sah alles ganz anders aus. Vor vier Tagen war sie in seiner Wohnung in Köln seine Frau geworden, doch obwohl sie jetzt ein Paar waren, würde man ihnen nirgends ein Zimmer geben – kein anständiges arisches Haus würde eine Jüdin unterbringen. Überall sah er jetzt Hakenkreuzfahnen; an einer Straßenecke ermahnte ein SA-Offizier seine Landsleute, sie sollten für die Reinheit der arischen Rasse kämpfen und ihr Schicksal selbst in die Hand nehmen. Es verwunderte ihn, dass die Leute bei solchen Versammlungen plötzlich alle nur noch ein gemeinsames Schicksal haben sollten.

Doch dass er jetzt, in Frankfurt, so anders empfand, lag nicht an dem Unterschied zwischen einem wunderschönen und einem scheußlichen Tag, auch nicht daran, dass ihm jetzt die Allgegenwart der Nazis deutlicher zum Bewusstsein kam. Nein, an ihm selber lag es, er hatte sich verändert. Er konnte es einfach nicht fassen, wie naiv er gewesen war – er war mit Scheuklappen durchs Leben gegangen.

Er ging zum Fluss hinunter, die Hände tief in die Manteltaschen gesteckt, die Schultern hochgezogen, das Kinn auf die Brust gepresst, um sich gegen den Wind zu schützen. Auf dem brodelnden Wasser tanzten kleine Schaumkronen; am Himmel türmten sich dunkle Wolken. Er hätte in sein Hotel zurückgehen können, doch er ging weiter, immer weiter den Fluss entlang. Ging weiter, auch als es zu regnen anfing.

Noch vor kurzem hatte er geglaubt, sein Glück wäre vollkommen, falls Alina seine Liebe erwiderte. Mehr noch – so überzeugt davon war er gewesen, dass er geglaubt hatte, nichts könne sich ihm entgegenstellen, außer sie liebte ihn nicht. Deshalb hatte er an jenem Tag das Gefühl gehabt, er lebe in einer guten Welt, obwohl das Böse doch so offenkundig existierte; das hatte er selbst in seiner Blindheit nicht leugnen können.

Jetzt war er klüger. Alina erwiderte seine Liebe und hatte ihm eine gemeinsame Zukunft in Aussicht gestellt, die zu leben er nicht bereit war – die nicht zu der Traumwelt passte, die er sich zurechtphantasiert hatte. Vor ein paar Tagen hatte sie ihn schnell »geheiratet« und war dann davongestürmt, selbstsicher, zielstrebig, um den Abendzug nach Frankfurt noch zu erreichen, damit ihr Vater nicht dahinterkäme, was sie getan hatte.

Innerhalb der nächsten paar Tage würde sie, so hatte sie ihm versichert, irgendwelche gefälschten Dokumente auftreiben, laut denen er eine jüdische Großmutter hatte. Kein Mensch würde Verdacht schöpfen. Schließlich würde in der derzeitigen Situation niemand in einer solchen Angelegenheit lügen – höchstens um das Gegenteil zu beweisen: dass er *kein* jüdisches Blut hatte. Diese Großmutter und die unmittelbar bevorstehende Verheiratung mit einer Jüdin (falls sie die Jurymitglieder ohne Wissen ihres Vaters irgendwie in ihre Pläne einweihen könnte) wären Beweis genug, dass es keine andere Möglichkeit für sie beide gab, als nach Palästina auszuwandern. Man würde ihn vorspielen lassen.

»Kein Arier, der bei klarem Verstand ist, würde behaupten, jüdische Vorfahren zu haben«, hatte sie lachend erklärt, als sie sich wieder angezogen hatte. Ihre Stimme war mit einem Mal noch voller, immer noch glockenhell, aber tiefer gewesen: die Stimme einer Frau, die bewusst den Schritt von einem Lebensabschnitt in den nächsten getan hatte.

Doch er war nicht in der Lage gewesen, diesen Schritt mitzuvollziehen. Er war sich nicht sicher, ob sie dies, im Bewusstsein ihrer neu gewonnenen Macht, der Macht ihrer vollkommen in Einklang mit ihrer Liebe und sogar ihren Plänen stehenden Sinnlichkeit, bemerkt hatte. Anfangs hatte sein Körper gierig auf den ihren, warm und weich, reagiert. Er hatte sein Gesicht auf ihren weißen Hals gepresst, hatte den Duft ihres Haars geatmet. Seine Arme hatten sich entkrampft, als er sie umarmte; nun hatte es keiner Anstrengung mehr bedurft, die Finger nicht zur Faust zu ballen. Ihre Schönheit und seine kreatürliche Reaktion hatten genügt, um die gewalttätigen Anwandlungen, die ihn noch vor wenigen Minuten überkommen hatten, zu vergessen. Dafür war er ihr dankbar gewesen, hatte es ihr gedankt, dass all das Reden und Planen ein Ende hatte, als ihre Körper sich vereinten.

Doch dann waren seine Gedanken zu Ilse geschweift, einer Geigerin im Kammerorchester, mit der er ein Jahr zuvor ein Verhältnis gehabt hatte. Sie war ganz anders gewesen als Alina – eine dralle Blondine, mit der er ein paarmal geschlafen hatte, nachdem sie beschlossen hatten, ein Liebespaar auf Probe zu werden. Lustvoll hatte er ihren Körper, vor allem die prallen Brüste genossen. Manchmal hatte er sie gedrängt, sich nackt ans Bettende zu stellen, um sie ausgiebig zu betrachten. Er hatte sich dann vorgestellt, in einem herrlichen Garten eine Statue zu lieben, deren marmorne Vollkommenheit auf wundersame Weise Fleisch geworden war.

Angst hatte ihn überkommen, Angst, er könnte versagen, wenn er sich nicht an Alinas Stelle Ilse dachte. Gelegentlich war ihm das passiert, allerdings nie bei Ilse, doch um nichts in der Welt hätte er Alina diese Seite von sich sehen oder seine Zweifel spüren lassen wollen. Er hatte sich also vorgestellt, es sei Ilse, auf der er lag. Als sie schließlich erschöpft nebeneinander gelegen und ihre Hände seine Brust und seinen Bauch gestreichelt hatten, war ihm zumute gewesen, als sei er betrogen worden, als sei das, wovon er so lange geträumt hatte, irgendwie an ihm vorübergegangen, ohne dass er es bewusst erlebt hatte.

Nicht nur der Gedanke an Ilse hatte ihn abgelenkt. Auch die Erinnerung an die Begegnung mit Alinas Vater hatte einen Schatten auf ihr Zusammensein geworfen. Erst als sie, den Kopf auf seiner Brust, für ein paar Minuten einschlief, war Burkhard klar geworden, warum er Herrn Lupescu aufgesucht hatte. Ihr Vater hatte recht – er war nicht gekommen, um etwas für die jüdische Gemeinde zu tun, oder auch nur, um Alina bei gemeinsamen Konzerten näherzukommen. Er war gekommen, um eine ihm selber unverständliche Angst loszuwerden.

Irgendetwas passierte mit seinem Spielen. Noch nie war ihm das Üben so schwergefallen, noch nie hatte er sich so ohne jeden Schwung gefühlt. Jedesmal wenn er die Geige aus ihrem Kasten nahm, hatte er Angst vor den fruchtlosen Wiederholungen, immer wieder die gleiche Stelle. Angst davor, dass alles Üben zu nichts führte.

Er hatte gewusst, auf Herrn Lupescus Zustimmung zu hoffen, war vermutlich zu viel verlangt; er würde keinen Arier in seiner Familie dulden, nicht jetzt. Im Grunde hatte Burkhard nur gehofft, nicht auf vollkommene Ablehnung zu stoßen. Hatte gehofft, einen wenn auch nur versteckten Hinweis darauf zu erhalten, auf dem richtigen Weg zu sein. Alinas Vater wäre kein Jurymitglied, aber vielleicht nähme er in einer Beraterfunktion am Probespiel teil. Ein Versuch, ihn hinters Licht zu führen, hätte Burkhard noch aufgeregter des Vorspielens wegen gemacht, als er ohnehin schon war.

Natürlich war vorherzusehen gewesen, dass sein Versuch einer Verständigung fehlschlagen würde. Dass er es Alina gegenüber verheimlicht hatte, machte alles nur noch schlimmer. Sein Besuch hatte vermutlich ihren Vater in der Ablehnung der Beziehung zwischen Alina und Burkhard nur noch bestärkt. Es hatte

Burkhard wütend gemacht, sich vorzustellen, wie Herr Lupescu und die Jurymitglieder, alles Juden, dasäßen und möglicherweise ihn für all das, was in seinem Land geschah, verantwortlich machten.

Hielten die Juden sich insgeheim den Ariern für überlegen? Es stimmte, Deutschland hatte große Komponisten hervorgebracht, aber waren die Juden vielleicht die besseren Interpreten von deren Werken, begabter dafür, dieses kulturelle Erbe einem Publikum zu vermitteln, als »reinrassige« Deutsche? Begabter dafür, diese Werke mit mehr Einfühlung, leichthändigerer Virtuosität zu spielen?

Ihm kamen all die osteuropäischen Geiger in den Sinn, die er kennengelernt hatte, deren russischer oder polnischer Akzent allem, was sie über Musik äußerten, einen Hauch von Weltläufigkeit verlieh. Er erinnerte sich an ihre lockere, elegante Art, einer Phrasierung den vollen »slawischen« Klang zu verleihen. Bei ihnen schien die Geige ein Bestandteil des Körpers zu sein. Sie spielten nicht nur auf ihrem Instrument, sie ließen es singen, sprechen. Er dachte an die jüdischen Interpreten aus Ungarn und Rumänien, den Einfluss der Zigeunermusik, ihren »Parlando-rubato«-Stil. Selbst den deutschen Juden schien dieser unverkrampfte Umgang mit Musik irgendwie angeboren.

Sie hatten Jahrhunderte des Leidens, der Vertreibung und der Anpassung im Blut – eine kraftvolle Mischung. Im Vergleich dazu verblasste die vielgepriesene »Reinheit« deutschen Wesens.

Als er neben Alina gelegen hatte, war ihm Ernsts

Geschichte von dem unbegabten Schüler mit dem Hakenkreuzarmband wieder in den Sinn gekommen. Beinahe hatte er gesehen, wie fest der Junge das Kinn auf das Instrument presste, wie steif er den Bogen führte, unfähig, mit dem Strecken und Beugen des rechten Ellbogens irgendeine Art von die Bogenstriche verbindendem Legato zustande zu bringen. Er hatte förmlich gehört, wie phantasielos er phrasierte, wie sehr »sein Verständnis von Musizieren eher zu Marschmusik als zu Geigenspiel passte«.

Warum muss ich ausgerechnet jetzt an diesen Jungen denken, hatte er sich gefragt, warum sehe und höre ich ihn so deutlich vor mir?

Das hölzerne Phrasieren, der trockene Ton – hörte Ernst dies auch bei seinem Spiel, selbst wenn er gelegentlich äußerte, Burkhard sei sehr talentiert?

Glauben die etwa, dass wir alle uns so anhören?

Er hatte sich im Bett herumgeworfen; Alina war aufgewacht, hatte sich gestreckt und begonnen, flüsternd von ihrer gemeinsamen Zukunft in Palästina zu phantasieren. Er hatte gewünscht, sie würde mit ihrer gewohnten Stimme sprechen. Es war niemand dagewesen, der sie hätte belauschen können.

Durchnässt und frierend kehrte er schließlich um und ging ins Hotel zurück. Es dunkelte. Für den nächsten Vormittag um neun Uhr war das Probespiel angesetzt, und er musste noch üben. Aber er wurde das Gefühl nicht los, dass etwas Schlimmes passieren würde, was, konnte er sich nicht vorstellen. Beim

Beethoven-Konzert war er letzte Woche immer schlechter geworden statt besser.

Wahrscheinlich wäre er beim Spielen so nervös, dass er völlig versagte und sich zum Narren machte. Dann wäre alles aus. Aber davon ginge die Welt nicht unter, sagte er sich. Peinlich wäre es schon, aber das rechtfertigte nicht die Angst, die er verspürte. Schließlich hing ja nicht seine ganze Zukunft von diesem einen Probespiel ab. Er könnte immer noch nach Palästina auswandern, auch wenn er die Stelle nicht bekäme, und dort Alina heiraten. Er würde sich nach anderen Möglichkeiten umhören, und sie beide könnten dann in aller Öffentlichkeit gemeinsam musizieren. Und wenn er Glück hatte, klänge Musik wieder so wie früher.

Auf dem Weg zurück ins Hotel suchte er in einer Kirche Schutz vor Wind und Regen. Ruhig war es da drinnen, nur spärlich beleuchtet und, wenn dies überhaupt möglich war, noch kälter als draußen. Glücklicherweise fand um diese Zeit kein Gottesdienst statt; ihm war nicht ganz klar, warum er hier war, er wusste nur, er musste jetzt mit seinen Zweifeln allein sein.

Auf dem Steinboden gaben seine Schuhsohlen ein platschendes Geräusch von sich, das sich mit den Klängen der Orgel vermischte; offensichtlich übte der Organist gerade. Langsam ging Burkhard durch den Mittelgang. In der Stille, die nur ab und zu von gegen die Buntglasfenster peitschendem Regen durchbrochen wurde, ertönte der Bach-Choral »Jesu, meine Freude«, ließ Erinnerungen an seine Kindheit wach werden. So dass er nicht mehr an die Versammlung der Nazis dachte, die nachmittags nur ein paar Schritte entfernt stattgefunden hatte.

»Musik ist meine Religion«, hatte er seinen Eltern erklärt, als er mit achtzehn nicht mehr mit in die Kirche gegangen war. Sie hatten das nicht verstanden; für sie war Musik gleichbedeutend mit Unterhaltung, und wenn sie irgendeine geistige Dimension eröffnen konnte, dann nur im Dienste Gottes. »Was in mir vorgeht, wenn ich die Chaconne von Bach spiele, bedeutet mir mehr als alle Predigten und Rituale.« Sie hatten nur missbilligend den Kopf geschüttelt.

Während er auf den Altar zuging, wurde ihm klar: Wenn denn Musik seine Religion war, dann glaubte er nicht mehr an sich als Musiker. Jahrelang hatte er geglaubt, Liebe und Musik könnten ihm Religion ersetzen. Doch wenn das zutraf, warum war er dann so unentschlossen, hatte solche Zweifel, wie es mit ihm und Alina weitergehen sollte? Jetzt fragte er sich, ob das Bekenntnis seinen Eltern gegenüber nicht zu zuversichtlich gewesen war. Hatte sein Entschluss, nicht mehr in die Kirche zu gehen, nicht doch eine Leere hinterlassen, die er sich bislang nicht eingestanden hatte?

Sein Blick fiel auf die lebensgroße Christusfigur aus Holz. Die vor Schmerz und Schicksalsergebenheit halb geschlossenen Augen Jesu erfüllten ihn mit einer Angst, die er nicht verstand.

Die meisten Leute kommen hierher, um Trost zu finden, dachte er, als er auf einer der Kirchenbänke ein aufgeschlagenes Gesangbuch sah. Er erinnerte sich, wie er vor ein paar Monaten mit Tränen in den Augen bei der *Matthäus-Passion* mitgespielt und sich ganz auf die Leidensgeschichte Jesu mit ihrer Bilderwelt und ihrem Symbolismus konzentriert, sich den Luxus des Glaubens allerdings nur in diesem Kunsttempel gegönnt hatte. Wie sehr ihn das aufgerichtet hatte!

Erneut sah er zu dem leidenden Gesicht empor, das seinen Blick vorwurfsvoll, aber doch gütig, Vergebung verheißend zu erwidern schien. Sollte er zu beten versuchen? Er stellte sich vor, wie er niederkniete, um einen Rat und um Kraft an diesem Wendepunkt in seinem Leben bat. Das Problem war nur, dass es eigentlich eine fremde Person war, die er da knien sah. Es wäre so, als würde er eine Rolle in einem Theaterstück spielen.

Das Orgelspiel hatte aufgehört; draußen hatte der Wind sich gelegt; der heftige Regen war in leichtes Nieseln übergegangen. In der plötzlichen Stille kam er sich verlassen vor, so allein wie noch nie. Es war schier unerträglich; er schauderte und hastete auf den Ausgang zu. Ehe er die Kirche verließ, drehte er sich um und sah noch einmal das Kruzifix an, froh, dass Christi Augen nicht mehr auf ihn gerichtet waren.

Vielleicht sollte ich mir überlegen, ob ich nicht doch wieder regelmäßig in die Kirche gehe, sagte er sich. Und fragte sich zugleich, wie ein Gottesdienstbesuch in Palästina, als Ehemann einer Jüdin, aussähe.

Nach einer unruhigen Nacht und einem immer sich wiederholenden Traum, wachte er am nächsten Morgen früh auf. In dem Traum war es ihm einfach nicht gelungen, rechtzeitig zu einem Konzert zu kommen. Er hatte den falschen Zug erwischt; hastig stieg er aus, rannte zum richtigen Bahnsteig; doch nachdem der Zug einige Male Halt gemacht hatte, stellte Burkhard fest, er fuhr in die falsche Richtung. Erneut wechselte er den Zug und langte schließlich bei der richtigen Haltestelle an, wo er aus der Bahnhofshalle rannte; erst als er sich dem Saal näherte, in dem er spielen sollte, entspannte er sich allmählich, war sogar voller Schwung; selbst seine Hände und Arme schienen leicht. Doch als er seine Hände betrachtete, stellte er fest, sie waren leer. Er hatte seine Geige im Zug liegenlassen!

Völlig unausgeschlafen, zwang er sich dennoch aufzustehen. Aus dem Spiegel über dem Waschtisch blickte ihm ein verquollenes Gesicht mit eingesunkenen, blinzelnden Augen und dunklen Augenringen entgegen; die Nase sah knollig, geschwollen aus, und das ganze Gesicht wirkte aufgeschwemmt, so als hätte er einen Kater. Angeekelt wandte er sich ab.

Obwohl er keinen Appetit hatte, zwang er sich, ins Frühstückzimmer zu gehen, um eine Kleinigkeit zu sich zu nehmen. Seine rechte Hand zitterte, als er sich Kaffee eingoss. Wie würde es erst in zwei Stunden, beim Probespiel sein?

Warum reagierte er so? Ja, gelegentlich war er nervös, aber doch nicht so. Erneut versuchte er, seine Angst rational zu überwinden. Er sagte sich, das Probespiel sei kein Test, wie gut er normalerweise spiele. Es war lediglich ein Schritt auf dem Weg zu einer gemeinsamen Zukunft mit der Frau, die er liebte. Selbst wenn er heute nicht seine beste Vorstellung lieferte – das schien bereits ausgeschlossen –, könnte es doch reichen, um eine Stelle als Geiger im Orchester zu bekommen.

Doch derlei Überlegungen vermochten ihn nicht zu beruhigen.

Um im Hotel zu üben, war es noch zu früh. Also beschloss er, um die Zeit totzuschlagen, zu Fuß zur Jüdischen Akademie zu gehen, wo das Probespiel stattfinden sollte. Normalerweise hätte er die Straßenbahn oder ein Taxi genommen, da es ziemlich weit und wahrscheinlich scheußlich kalt war, aber zumindest regnete es jetzt nicht mehr, und ein ausgiebiger Spaziergang würde ihm vielleicht guttun. Er käme immer noch früh genug, um sich aufzuwärmen.

Wieder ging er am Flussufer entlang, nur diesmal in der entgegengesetzten Richtung. Er musste Bogen um große, halb zugefrorene Pfützen machen, und schlammiges Wasser spritzte auf seine Schuhe und Hosenaufschläge. Nachdem das ein paarmal passiert war, wurde es ihm plötzlich gleichgültig, und er schaute nicht mehr auf den Boden, sondern geradeaus, in westlicher Richtung den Fluss entlang und zu den Gebäuden, denen er sich näherte.

Ich will nur meinen Frieden, meine Freiheit, sagte er sich. Er versuchte sich Palästina vorzustellen, so wie es in der Bibel beschrieben war – in der er seit Jahren nicht mehr gelesen hatte –, versuchte, sich gegen die Kälte, die ihn umgab, Palmen und eine angenehme Brise vorzustellen. Er dachte daran, wie Jesus verraten und im Garten Gethsemane gefangengenommen worden war, dachte an die Ausflüchte von Pilatus und die Kreuzigung. Die Worte »Agnus dei« kamen ihm in den Sinn, auch einige der schwierigen Passagen der Alt-Arie in Bachs h-Moll-Messe, die er vor kurzem gespielt hatte. Und einige Textstellen aus dem Alten Testament, die von Opferlämmern handelten.

Er dachte an Sündenböcke und die Juden, dann an Alina. Es war wie ein Schock, als er merkte, dass er fast den ganzen Morgen kaum an sie gedacht hatte. In weniger als einer Stunde würde er sie sehen, beim Probespiel, das der erste Schritt zu ihrem gemeinsamen Leben sein sollte. Sie war die Frau, mit der er vor ein paar Tagen zum ersten Mal geschlafen hatte, nachdem er monatelang davon geträumt hatte, doch jetzt gelang es ihm nicht, sich anders als mittels Worten ihren Körper vorzustellen: Sie war zierlich gebaut, hatte eine straffe, aber weiblich weiche Haut und einen Körper, der voller Energie steckte, ob sie nun einfach dastand, oder Klavier spielte, oder auf seinem Bett lag. Als er jedoch ihren Körper *sehen* wollte – es war schließlich und endlich nachmittags gewesen, und durch die Vorhänge in seinem Schlafzimmer war Sonnenlicht gesickert –, gelang ihm dies nicht, und als er es weiter mit aller Kraft versuchte, sah er Ilses stämmigen Körper vor sich. Er wollte Ilse aus seinen Gedanken verdrängen, doch es gelang ihm nicht. Und auch Alinas Gesicht konnte er sich nur mit

Mühe vorstellen. Er erinnerte sich an die dunklen Haare, die dichten Brauen, die vollen Lippen, das heißt, er konnte sich dies vorsagen, doch der Versuch, sie wirklich vor sich zu sehen, misslang.

Das machte ihm Angst; er ging schneller und war froh, als er schließlich das Gebäude sah, in dem die Jüdische Akademie untergebracht war. Doch dann – später wäre er nicht mehr in der Lage gewesen zu beschreiben, was eigentlich geschah; er konnte sich nicht mehr erinnern, welche Gedanken ihm durch den Kopf gegangen waren – sah er in Gedanken wieder ein Opferlamm mit einem Messer an der Kehle und einer Schale zum Auffangen des Bluts vor sich. Und einen Sündenbock, den man in die Wildnis getrieben hatte, um den Zorn Gottes abzuwenden. Eine unschuldige Kreatur, auf dessen Kopf ein Priester die Sünden eines ganzen Volkes laden würde: Vielleicht hatten die Juden diese Methode erdacht, um sich von der Sünde zu reinigen, doch das hatte sich gegen sie gekehrt. Sie waren zu einer Nation der Ausgestoßenen geworden, waren über den ganzen Erdball verstreut, für alle tatsächlichen und eingebildeten Widrigkeiten in den letzten zweitausend Jahren, von »Ritualmorden« und der jüngsten Wirtschaftskrise bis zurück zum Sterben Christi, verantwortlich gemacht worden.

Er versuchte sich Judas vorzustellen, versuchte sich vorzustellen, was diesem durch den Kopf gegangen war, als er den Handel mit den Hohen Priestern schloss, wie er sich dann fühlte, als sie ihn in den Garten brachten und er Jesus küsste, damit sie wüssten, wen sie gefangennehmen sollten. Was hatte ihn dazu getrieben? Eifersucht – Neid auf die anderen Jünger oder auf Jesus selbst? Unfähigkeit, die Lehre Jesu anzunehmen oder eine so große Geringschätzung seiner selbst, dass er sich nicht würdig fühlte, zur Gemeinschaft der Auserkorenen zu gehören und der Erlösung teilhaftig zu werden? Oder hatte er schlicht keine andere Wahl, war es ihm vorbestimmt gewesen, diese schreckliche, doch in der Geschichte der Menschheit notwendige Rolle zu übernehmen?

Was hätte ich getan, wäre ich an Judas' Stelle gewesen?, fragte Burkhard sich. Hätte er einem solch mächtigen Drang widerstehen können, jemanden, der ihn liebte, zu verraten?

Wieder dachte er an das Kreuz in der Kirche am Abend zuvor. Er stellte es sich im Freien vor, auf einem Hügel – wie er es auf zahllosen Gemälden dargestellt gesehen hatte –, umgeben von Gestalten in langen Gewändern und römischen Soldaten in Helm und Brustharnisch. Nur, es war nicht Jesus, der da am Kreuz hing, es war … eine Frau? Er spürte einen Stich in der Magengegend, als ihm klar wurde, es war Alina, die er vor sich sah. Ja, endlich konnte er ihren nackten Körper sehen, aber, bei Gott, so hatte er sie nicht sehen wollen, als er sich so sehr bemüht hatte, sie sich zu vergegenwärtigen. Er rang mit diesem Kruzifix, versuchte es wegzuschieben. Endlich gelang es ihm: Die ans Kreuz genagelte Gestalt war nicht mehr die Frau, die zu lieben er behauptet hatte. Dieser Körper hatte nichts Sinnliches mehr – ausgezehrt war er, blutend, gesichtslos.

Er kämpfte gegen diese Bilder an, rannte wie in Trance immer weiter und, ohne es zu merken, an der Akademie vorbei. Irgendwann sah er dann auf seine Armbanduhr – neun Uhr. Kaum konnte er in der Ferne die Akademie erkennen, so weit hatte er sich von der Stadt entfernt.

Zuerst wollte er zurücklaufen; vielleicht war ja noch Zeit genug, um alles zu erklären. So etwas war ihm noch nie passiert; noch nie war er zu spät zu einer Probe oder einem Auftritt gekommen. Und wenn er geträumt hatte, ein Konzert zu verpassen oder nicht vorbereitet zu sein, hatte ihn das immer schrecklich beunruhigt. Doch jetzt fühlte er sich seltsam losgelöst von allem und, zum ersten Mal seit Wochen, fast in Frieden mit sich selber.

Nahe dem Flussufer war ein Bahnhof; von der Stadt her näherte sich ein Zug. Burkhard ging auf den Bahnsteig, und als der Zug einfuhr, stieg er ein und ließ sich ungemein erleichtert auf einen Sitz sinken.

Erst jetzt, in der Wärme, merkte er, wie kalt ihm gewesen war. Als der Schaffner kam, fragte er ihn, wohin der Zug fahre, da er dachte, es sei nur ein Vorortzug. Köln, lautete die Antwort. Überrascht lachte Burkhard auf und löste eine Fahrkarte. Ihm fiel ein, dass er sich im Hotel nicht ausgetragen hatte; außerdem waren noch einige seiner Sachen dort. Wieder musste er lachen, bis er merkte, wie die paar Fahrgäste ihn anstarrten. Er schürzte die Lippen und lehnte sich mit der Stirn ans Fenster, beobachtete, während der Zug wieder anfuhr und schneller wurde, den Fluss und die kahlen Bäume, die ihn säumten.

Tagtäglich rechnete er mit einem Anruf, einem Brief, irgendeiner Art Vorwurf. Nichts. Das Ausbleiben einer Nachricht war ein schlimmerer Vorwurf, als er sich je hätte vorstellen können.

Er war überzeugt, sie würde versuchen, ihn zu erreichen, möglicherweise über einen gemeinsamen Freund, zumindest um sicherzugehen, dass ihm nichts zugestoßen war. Offenbar hatte sie jedoch von den Leuten im Hotel, an das er nachmittags von Köln aus ein Telegramm geschickt hatte, sie möchten ihm doch die Rechnung und seine Sachen schicken, von seiner überstürzten Abreise erfahren.

Die ersten paar Wochen konnte er nicht üben, brachte es kaum fertig, die Zeitung zu lesen. Die ohnehin nur schlechte Nachrichten enthielt. Er hatte den Eindruck, dass die Dinge sich überstürzten und vernünftige Leute sich darauf einstellten, so gut sie konnten, während er sich gehen ließ und nichts unternahm.

Wie oft wollte er den Telephonhörer abnehmen und sie anrufen! Wie oft war er nahe daran, es zu tun, doch im letzten Augenblick schreckte er davor zurück. Was, wenn ihr Vater abnähme? Nein, er wollte diese mit wohlklingender Stimme ausgesprochenen harschen Worte nicht noch einmal hören. Wie viele Briefe an sie begann er, fand dann aber nicht die richtigen Worte, um ihr sein Verhalten zu erklären. Wie auch, konnte er es doch nicht einmal sich selber erklären.

Monate vergingen, und sein einziger Trost, das einzige Mittel gegen Selbsthass war die Vorstellung, dass sie wohl in Sicherheit, auf dem Weg nach Palästina wäre. Er war erleichtert, dass sie die Verletztheit, die Enttäuschung und die Gefahr hinter sich gelassen hatte, und hoffte inständig, dass sie sich keine Vorwürfe machte, weil sie sich ausgerechnet in einen wie ihn verliebt hatte. Er sah ihre schlanke Gestalt vor sich, wie sie an der Reling am Bug eines Schiffes lehnte, mit den Augen den Horizont absuchte, ob die ersehnte Küste des Gelobten Landes schon in Sicht war.

Danach bedeutete Musik nie mehr das Gleiche für ihn. Er brachte schließlich doch den Mut auf, wieder mit dem Üben zu beginnen; er engagierte einen Begleiter – und spielte jetzt ganz andere Stücke als früher: Er ertrug es nicht, irgendetwas aus dem Repertoire zu üben, das er mit Alina erarbeitet hatte. Es ging ganz gut bei diesen öffentlichen und Hauskonzerten, doch seinem Spiel fehlte das eingängige Phrasieren, die Wärme, als wäre bei jener langen Wanderung entlang des Flusses etwas in ihm für immer eingefroren.

XII

Sie blickte über die Schulter, dann wieder zu ihm, scheu, und kam schließlich herein. Er schloss die Tür, bedeutete ihr mit einer Geste, sich aufs Bett zu setzen, und bot ihr eine Tasse von dem Kaffee an, den man ihm gebracht hatte. Für sie musste das schierer Luxus sein; dankbar nahm sie die Tasse und sah ihn, während sie trank, über den Tassenrand hinweg an. Draußen war es eiskalt, und ihre Zähne schlugen aufeinander. Er legte ihr eine Decke um die Schultern.

Das heiße Getränk brachte etwas Farbe auf ihre Wangen. Die Haut spannte über den Wangenknochen, doch irgendwie wirkte sie immer noch anziehend. Bestimmt war sie einst sehr schön gewesen. Auffallend waren die blauen Augen, trotz der schwarzen Ringe darunter. Die wahrscheinlich üppigen Lippen waren aufgesprungen, die Haare – natürlich kurzgeschoren – von rötlich-brauner Farbe.

»Wie heißt du?«, fragte er.

»Margret.«

»Warst du es, die mich gestern gebeten hat zu bleiben?«

Sie nickte und sagte dann stockend: »Ich wollte mich entschuldigen, wegen heute Nachmittag.«

»Mein Spielen war es, das hat das Ganze ausgelöst. Ich sollte mich dafür entschuldigen, wie die Wachen … mich gerettet haben. Ist irgendjemand verletzt worden?«

Sie schüttelte den Kopf. »Viele blaue Flecken, aber nichts Ernstes. Die Wärter haben sich vergleichsweise zurückgehalten.«

Wenn das zurückhaltend gewesen ist, dachte er, sagte aber nichts.

»Sie fragen sich wahrscheinlich, warum ich gekommen bin.« Sie sah auf die Tasse, die sie mit beiden Händen umklammerte. »Ich … ich muss mit irgendjemandem reden.«

Einige Augenblicke verstrichen; offensichtlich brauchte sie einen Anstoß.

»Ich möchte hören, was du mir sagen willst.«

Margret stellte die Tasse hin und starrte, als sie zu sprechen begann, auf die gegenüberliegende Wand. Gelegentlich wandte sie sich halb um und sah ihn an.

»Letzte Nacht konnte ich nicht schlafen. Die Musik, die Sie gespielt haben, ist mir nicht aus dem Kopf gegangen. Sie hat mich an früher … an das Leben draußen erinnert. Und dann habe ich bemerkt, dass keine Fußstapfen zu sehen waren.«

»Fußstapfen?«

»Die Wärter gehen alle zwanzig Minuten dicht an unserer Baracke vorbei; man könnte die Uhr danach stellen. Ich weiß das, weil meine Pritsche direkt bei der Tür steht. Mindestens zwei Stunden lang habe ich nichts gehört – ich hätte nie gedacht, dass ich das Geräusch vermissen würde, aber als es nicht mehr da war, hat die Stille mir plötzlich Angst gemacht. Ich habe gedacht, es sei vielleicht eine Falle, also bin ich liegengeblieben und schließlich eingeschlafen.

Auch heute Abend waren keine Wachen da. Wieder bin ich ein paar Stunden wachgelegen, aber dann ist es mir sinnlos vorgekommen, noch länger zu warten, und ich habe die Tür ein paar Zentimeter aufgeschoben.«

»Entschuldige, Margret, ich verstehe nicht ganz. Die … sperren euch nachts nicht ein?«

»Sie lassen die Tür offen, damit wir nachts zur Latrine können. Der Kommandant hat das in einer seiner Reden, welche Vorzugsbehandlung wir genießen, eigens hervorgehoben. Außerdem sind sie ganz versessen darauf, dass alles sauber ist. Wir sind in einem anderen Bereich als die übrigen Häftlinge untergebracht, und wir brauchen auch nicht so hart zu arbeiten. In den letzten paar Wochen haben sie uns aus irgendeinem Grund … *gut* behandelt. Bis heute Nachmittag. Und das wird heute Abend auch nicht anders sein, habe ich mir gesagt. Warum auch? Und falls ich mich irre, was habe ich schon zu verlieren? Wenn sie mich erschießen, wie viele Jahre weniger werde ich dann am Leben sein? Wie viele Tage weniger?«

Sie lachte bitter und sah ihn an, als wüsste er die Antwort.

»Der Versuch, ein Muster in ihrem Verhalten herauszufinden, ist sinnlos. Nur eines weiß ich mit Sicherheit: Die machen nie etwas einfach so, zufällig. Die Wachen wurden abgezogen. Möglicherweise tue ich also genau das, was sie wollen, aber das ist mir egal – solange es nicht Sie in Gefahr bringt.«

»Ich glaube nicht, dass ich in Gefahr bin«, erklärte er. Dann erinnerte er sich, kurz vor Kriegsausbruch galt es schon als gefährlich, mit einem Juden gesehen zu werden. Ein wenig später war das kein Problem mehr: Die Juden waren verschwunden.

Sie musterte ihn, als wolle sie sichergehen, dass sie ihm wirklich trauen konnte. »Ein paar von uns reden manchmal darüber, was wir tun würden, wenn wir je hier rauskämen, aber das ist töricht. Es macht einen höchstens krank, wenn man zu viel über die Zukunft nachdenkt und gleichzeitig weiß, dass es wahrscheinlich nie eine Zukunft geben wird.«

Sie biss sich auf die Unterlippe.

»Ab und zu sprechen wir darüber, welche Kraft es kostet, von einem Tag auf den nächsten zu überleben, aber darüber, wie es *ist,* hier zu sein, können wir nicht reden. Sie haben uns unsere Sprache genommen – die Sprache des Empfindens. Und selbst wenn wir so auf bestimmte Dinge reagieren würden wie früher, was sollten wir sagen? Es gibt keine Worte, um das hier zu beschreiben. Ich kann Ihnen das nicht erklären. Sie sind erst seit ein paar Tagen hier, haben noch nicht viel zu sehen bekommen, Sie könnten es unmöglich verstehen.«

Er wollte etwas einwenden, wollte ihr zeigen, dass er es verstehe, dies zumindest versuche. Doch der gehetzte Ausdruck in ihren Augen machte ihm klar, es gab nichts, das er dem hätte entgegensetzen können.

»Wir können nicht in Worte fassen, was wir empfinden – später vielleicht, wenn überhaupt welche das hier überleben. Doch jemandem auch nur Bruchstücke von dem, was geschehen ist, von dem, was einem angetan worden ist, zu erzählen … Sehen Sie, ich kenne die anderen Gefangenen nicht besonders gut, nicht einmal die in unserer Gruppe, die eine Sonderbehandlung erfährt. Leute, die man hier trifft, sieht man meist nicht sehr lang. Und die Leute, die man früher gekannt hat, unsere Verwandten: Entweder man weiß nicht, was aus ihnen geworden ist, weil man von ihnen getrennt worden ist, oder … man weiß es.«

Sie wandte sich ab; an ihrem Hals trat eine Ader hervor.

»Warum sollte ich jemandem hier berichten, was ich mit angesehen habe. Es wäre nichts weiter als eine sinnlose Wiederholung dessen, was sie selber durchgemacht haben, was sie gesehen haben; es wäre Selbstmitleid, ein Betteln um Mitgefühl. Hier ist kein Platz für Mitgefühl. Nur ein Außenstehender, der vielleicht ein Millionstel von alldem versteht, könnte vielleicht so etwas wie Mitgefühl empfinden. Aber die meisten Außenstehenden, die hierher kommen, tragen Uniform, sind auch nicht besser als die Wärter. Die empfinden nichts. Nichts. Aber Sie sind nicht wie die – ich weiß, dass Sie nicht so sind.«

Er drückte ihre Hand.

»Wissen Sie was, ehe das alles angefangen hat, wollte ich Schriftstellerin werden.« Die Andeutung eines Lächelns huschte über ihr Gesicht. »Es war lediglich die Wunschvorstellung eines jungen Mädchens, der Traum, eines Tages berühmt zu werden. Als ich fünfzehn war, hatte ich drei Hefte mit Gedichten und Geschichten vollgeschrieben. Realistische Geschichten über das Alltagsleben, aber sie kamen mir immer so … ausgedacht vor. Das Ganze liegt jetzt so weit zurück, als hätte ich es nur geträumt, als wäre es das Leben einer anderen gewesen. Jetzt habe ich eine Geschichte *erlebt, gelebt,* die zu schrecklich ist, um erfunden zu sein. Bis heute hätte ich nie gedacht, dass ich Worte finden könnte, um zu beschreiben, was ich gesehen habe. Oder dass ich jemanden treffen würde, der zuhört.«

»Erzähl, bitte.«

Es dauerte ein paar Augenblicke, bis sie die Kraft oder den Mut dazu fand. Er wusste, für sie wäre es nicht einfach, von all dem zu erzählen, und für ihn nicht, zuzuhören. Aber es war notwendig, für sie beide.

»Ich komme aus Heidelberg. Mein Vater war Anwalt, außerdem lehrte er bis 1933 Jura. An der Universität. Nachdem sie ihn hinausgeworfen hatten, konnte er noch ein Jahr lang seine Anwaltskanzlei führen. Meine Eltern haben erst im Frühjahr 1936 begriffen, dass wir unbedingt raus müssten aus Deutschland. Wir durften nicht länger warten und darauf hoffen, dass es irgendwann wieder besser würde. Aber da war es schon zu spät, um Ausreisevisa nach England oder in die Vereinigten Staaten für uns alle zu bekommen. Wir wurden auf Wartelisten gesetzt. Nach Monaten des Wartens wurden wir abschlägig beschieden; wir konnten nicht einmal mehr Anträge für andere Länder ausfüllen. Alle hatten Einwanderungsquoten für Juden festgesetzt.

Dann kam die schreckliche Nacht, als sie die Synagoge niederbrannten und die Schaufenster einschlugen. Kurz darauf waren die Grenzen zu. Ungefähr ein halbes Jahr nach Kriegsausbruch haben wir – meine Eltern, meine Schwester und ich – uns auf dem Speicher eines arischen Freundes versteckt. Zwei Jahre lang haben dieser Mann und seine Familie ihr Leben aufs Spiel gesetzt, um uns durchzufüttern und davor zu bewahren, vor Angst und Langeweile durchzudrehen. Verstehen Sie, zwei Jahre sind eine lange Zeit, wenn man in einem Speicher eingeschlossen ist, selbst wenn es zusammen mit drei Menschen ist, die man liebt. Die Decke fiel uns schier auf den Kopf. Doch immer wenn wir einander auf die Nerven gingen, fanden wir einen Ausweg, um danach wieder fröhlich und zuversichtlich zu sein. Aber den Mut, uns einzugestehen, wie gezwungen diese Fröhlichkeit und Zuversichtlichkeit wirkten, brachten wir nie auf.

Eines Tages waren unser Freund, seine Frau und ihr Sohn nicht mehr da. Wir wussten nicht, waren sie freiwillig weg oder waren sie abgeholt worden, aus irgendeinem Grund politischer Art. Bestimmt nicht unseretwegen, denn sonst hätten sie uns gleich mitgenommen. In der winzigen Küche war noch Essen für ein paar Tage. Sie können sich nicht vorstellen, welch panische Angst uns bei der Vorstellung überfiel, nichts mehr zu essen zu haben. Doch zu hungern blieb uns erspart, damals, denn am dritten Tag kam die SS.

Es gab da eine Tür, die immer verschlossen war, außer wenn unsere Freunde uns etwas zu essen brachten – eine Geheimtür am Fuß der Treppe, die zum Speicher führte. Das Hämmern an der Tür, als sie kamen, werde ich nie vergessen. Ohne ein Wort zu sagen, sahen wir einander an. In den Augen meiner Eltern und meiner Schwester las ich, sie hatten diesen Moment kommen sehen. All die Hoffnungen, all die Träume von einem friedlichen gemeinsamen Leben nach dem Krieg – nichts als fromme Lügen, die wir einander vorerzählt hatten. Das Hämmern an der Tür war die Wahrheit.

Ich schaute zu meinem Vater hin, als sie anfingen, gegen die Tür zu treten, als sie splitterte, nachgab. Er hatte nicht rechtzeitig gehandelt; ich glaube, das Schuldgefühl, das ihn deswegen quälte, hatte ihn die meiste Zeit über gereizt gemacht. Aber als die Tür nachgab und wir das Trampeln der Stiefel hörten, wirkte sein Gesicht ungeheuer friedvoll. Es war vorbei, er konnte nun nichts mehr tun. Nie habe ich ihn so geliebt wie in dem Augenblick, als er mich ansah.

Sie zerrten uns die Treppe hinunter und auf die Straße. Zwei Lastwagen warteten. Auf den einen stießen sie meine Schwester; wir anderen wurden zu dem zweiten getrieben. Meine liebe, arme Schwester Ursula; sie musste die Qualen, die uns nun bevorstanden, ganz allein ertragen.«

Margret schluckte. »Seit jener Nacht habe ich nichts mehr von ihr gehört. Das ist jetzt mehr als zwei Jahre her. Ich … ich fürchte, sie ist nicht mehr am Leben. Doch die Vorstellung, wie sie allein auf dem

Lastwagen sitzt, von einem Augenblick auf den anderen von ihrer Familie weggerissen ... arme kleine Ursula, sie war nicht besonders kräftig ... diese Vorstellung quält mich mehr als der Gedanke, dass sie wahrscheinlich tot ist. Und wissen Sie, warum? Weil ich mir nicht vorstellen kann, dass sie noch lebt, dass sie mit dem Leben an einem Ort wie diesem zurechtkommt, mit dem Hunger und der Angst und den zahllosen tagtäglichen Demütigungen.«

Sie hielt inne, dann drehte sie sich plötzlich ganz zu ihm. »Mir wäre es lieber, sie wäre tot«, erklärte sie voller Heftigkeit. »Das wäre besser für sie. Früher oder später wäre es ohnehin so weit. Warum nicht früher, wenn es nichts mehr gibt, für das zu leben sich noch lohnt?«

Erneut griff Burkhard nach ihrer Hand, er wusste nicht, was er hätte sagen können. Nach ein paar Augenblicken hatte sie sich genügend beruhigt, um weiterzuerzählen.

»Sie brachten uns in ein nicht weit entferntes Internierungslager. Das allerdings nicht mit den geeigneten ›Vorrichtungen‹, wie sie es nannten, ausgestattet war. Später erfuhr ich, was das bedeutet – sie hatten keine ›Duschen‹, keine Krematorien.«

»Duschen?«

»Ja.« Sie entzog ihm ihre Hand. »Haben Sie das nicht gewusst?« Die leichte Ironie in ihrer Stimme irritierte ihn. »Das ist ihr Spitzname für die Gaskammern; ihre bevorzugte Methode ist es, die Leute zum ›Duschen‹ zu schicken. Sie kennen doch das größte Gebäude hier im Lager, das mit den Schornsteinen?«

Er hatte plötzlich das Bedürfnis nach frischer Luft.

»Da drinnen bringen sie die Häftlinge um; sie vergasen sie und entledigen sich anschließend der Leichen.« Ihre Stimme klang jetzt fast sachlich. »Für die Kriegsführung wird kein Gas mehr verwendet. Es ist zu grausam für Menschen; bei denen wendet man edlere Methoden an. Aber für uns Juden ist das gerade recht. Seit zwei Tagen haben sie die Öfen allerdings nicht angeheizt. Niemand kennt den Grund dafür, aber eines weiß ich mit Sicherheit. Nicht aus Herzensgüte. Offenbar stimmt irgendetwas mit der Technik nicht; vielleicht warten sie auf Ingenieure, die das richten sollen. Und noch eines weiß ich: Auch wenn die Schlote nicht rauchen, Selektionen finden trotzdem statt.«

»Selektionen?«

»Um diejenigen auszusuchen, die umgebracht werden.«

Wie viele … wie viele pro Tag? Die Öfen sind überlastet, verstopft … ja, das ist eine viel wahrscheinlichere Erklärung für das Herunterfahren der Öfen als die »Wertschätzung der Kunst« seitens des Kommandanten.

»Im Internierungslager mussten wir warten, bis hier genügend Platz für uns war. In dieser Zeit wurden wir tagtäglich zu Zwölfstundenschichten harter Arbeit in einer nahegelegenen Fabrik getrieben. Zu essen bekamen wir zweimal am Tag einen Teller mit einer Brühe, die als Suppe bezeichnet wurde, und ein Stück altes Brot. Nachts trieb man uns in große Baracken mit Hunderten von Pritschen. Da das Lager viel zu klein war, machte die SS sich nicht einmal die

Mühe, Männer und Frauen getrennt unterzubringen. Und immer wieder haben sie betont, es sei nur vorübergehend. Aber mir war klar, wohin auch immer sie uns bringen würden, es konnte nur noch schlimmer werden.

In der Zeit dort habe ich oft meinen Vater beobachtet. Dieser friedvolle Gesichtsausdruck hatte sich noch verstärkt, und das bedeutete, er hat gar nicht mehr richtig wahrgenommen, was um uns herum geschah. Eines Tages haben sie in unserer Baracke einen Häftling wegen irgendeiner Kleinigkeit erschossen. Ich weiß nicht mehr, um was es ging. Vielleicht war es auch nur zum Vergnügen. Der Mann ist dicht neben meinem Vater zu Boden gefallen, doch der ist reglos auf seiner Pritsche sitzengeblieben, als habe er nichts bemerkt. Auch später hat er den Vorfall nie erwähnt; es war, als wäre nichts geschehen. Sein Blick war auf irgendetwas weit weg gerichtet, und er hat kaum mehr ein Wort gesagt. Und was er gesagt hat, klang fremd, gar nicht nach meinem Vater. Es hat einfach keinen Sinn ergeben.

Eines Morgens bin ich aufgewacht, weil meine Mutter geschrien hat. Sie hat mich geschüttelt, ihre Fingernägel in meine Schultern gegraben. Ich hatte noch gar nicht zur Pritsche meines Vaters geschaut, da habe ich es schon *gewusst*. Sein Gesicht konnte ich nicht sehen, weil die Decke zusammengeknüllt war, Brust und Kopf verdeckt hat. Ein Arm hing von der Pritsche; am Handgelenk klaffte ein tiefer Schnitt. Und auf dem Boden lag in einer Blutlache ein Rasiermesser.

›Das ist nur ein Alptraum‹, habe ich mir vorgesagt. Dann habe ich bemerkt, wie ein paar andere Häftlinge meine Mutter und mich angestarrt haben. Ich habe sie weggestoßen und bin aus dem Bett gesprungen. Habe mich über die Pritsche meines Vaters gebeugt, die blutdurchtränkte Decke weggezogen und sein Gesicht angesehen – die Haut aschfarben, die Lippen gelb verfärbt, die glasigen Augen zur Decke starrend.

Ich weiß bis heute nicht, wo er das Rasiermesser herhatte. Er muss es an sich genommen haben, als sie ihm den Schädel rasiert haben und er noch so weit bei Verstand war, um planvoll vorzugehen. Und irgendwie war es ihm gelungen, das Messer zu verstecken.«

Margret langte nach der Tasse, die sie auf den kleinen Tisch neben Burkhards Bett gestellt hatte, und trank ein paar Schlucke Kaffee. Ihre Hände zitterten, als sie die Tasse wieder abstellte. Sie überkreuzte die Arme und presste sie an sich, zog die Schultern leicht zusammen und senkte den Kopf. Dann setzte sie erneut an:

»Ich bin dagestanden, habe sein Gesicht gestreichelt und nach Atem gerungen. Meine Mutter hat immer noch geschrien, und es hat ein ziemliches Durcheinander gegeben, als die anderen versucht haben, sie zum Schweigen zu bringen. Sie wollten keine Schwierigkeiten bekommen – und haben sie angebrüllt, damit sie ihnen zuhört. Natürlich haben die Wachen den Aufruhr bemerkt und sind hereingestürmt. Plötzlich waren alle still. Nie werde ich diese Stille vergessen, die in meinem Kopf wie Donnerrollen dröhnte. Der Anführer hat jeden Einzelnen, der in der Nähe der Pritsche meines Vaters stand, gemustert. Und schnell gemerkt, was los war. Er hat sich zu meiner Mutter umgedreht und gefragt: ›War das dein Mann?‹ Seine Stimme klang *mitleidig*. Sie ist erneut in Tränen ausgebrochen und hat nur genickt.

Sie war eine Närrin. Sie hätte das nicht machen dürfen. Der Wärter hat mit der Zunge geschnalzt und erklärt: ›Es wäre doch wirklich grausam und schmerzlich für dich, wenn du ihn überleben müsstest.‹ Er hat seine Pistole gezogen und sie erschossen.«

Margret starrte an die Wand.

»Sie ist hintüber auf den Boden gefallen. Ich sehe noch den Ausdruck auf ihrem Gesicht, ehe es starr wurde. Ich habe versucht, nicht auf den dunklen Fleck zu sehen, der sich auf ihrer Stirn ausgebreitet hat, habe nur ihre Augen angeschaut. Sie hat ... überrascht ausgesehen. Die Wachen haben gelacht; ihr Mörder hat um sich geblickt und gefragt: ›Sonst noch irgendwelche Verwandte?‹ Dabei hat er mich durchdringend angeschaut. Ich hatte solche Angst, dass irgendeiner mich mit einem Wort oder einem Blick verrät, und war sicher, dass er Bescheid wusste, dass es mit mir aus und vorbei war. Wahrscheinlich war ich ganz blass vor Angst, aber irgendwie habe ich es fertiggebracht, den Mund zu halten. Ganz langsam, widerstrebend hat er seine Pistole weggesteckt und ist zusammen mit den anderen Wachen wieder gegangen. Unsere Aufgabe war es dann, die Leichen meiner Eltern hinauszuschaffen.«

Sie schluckte mühsam und kniff die Augen zusammen, so schwer fiel es ihr weiterzusprechen. Burkhard griff nach ihrer Hand. Sie seufzte.

»Ich habe vorhin gesagt, dass meine Mutter eine Närrin war; sie hat nicht gewusst, wie man es anstellt, am Leben zu bleiben. Und meine Schwester ist wahrscheinlich auch tot. Ich bin die einzige Überlebende aus unserer Familie, wie und warum, weiß ich nicht. Ich habe den grauenhaften Transport überlebt, bei dem wir zu Hunderten drei heiße Sommertage lang in einem Eisenbahnwaggon zusammengepfercht waren. Die Fenster waren zugenagelt. Ein- oder zweimal ist der Zug, nachdem er sich stundenlang nicht von der Stelle gerührt hatte, in die entgegengesetzte Richtung gefahren, als könnten sie sich nicht entschließen, wo sie uns hinbringen sollen. Um mich herum sind Leute zusammengebrochen – verdurstet, verhungert. Der Gestank … es ist unbeschreiblich. Eines Nachts sind wir dann hier angekommen; plötzlich wurden die Türen aufgerissen; grelles Flutlicht, brüllende Wachen, bellende Hunde. Auch die erste Selektion auf der Rampe habe ich überlebt. Bis jetzt. Aber … aber vielleicht bin ich die größte Närrin von allen.«

Margret wandte sich zu ihm; in ihren hellblauen Augen loderte Schmerz. Sie starrte durch ihn hindurch, durch die Wand hinter ihm. Ihr Kinn bebte. Als es ihr endlich gelang, ihm in die Augen zu sehen, erkannte sie darin das Entsetzen, das sich darin eingebrannt hatte, und brach zusammen.

Er legte die Arme um sie, wiegte sie sanft hin und her. Sie presste das Gesicht an seine Brust, und in langen Schluchzern brach der Kummer aus ihr heraus; sein Kragen wurde nass von ihren Tränen.

Als er etwas sagen wollte, um sie zu trösten, brachte er keinen Ton hervor; nur seine Lippen bewegten sich. Er strich ihr über den Kopf und wünschte sehnlichst zu wissen, wie sie vorher ausgesehen hatte, ehe man ihr all das angetan hatte.

Ihr Haar – er wünschte, seine Finger könnten mit den Locken spielen, die sie abgeschnitten hatten.

Er sah auf den mageren, in Grau gehüllten Körper hinunter, der sich an ihn presste, und stellte sich plötzlich ihre rosigen Brustwarzen und einen Bausch struppigen rötlichen Haars zwischen ihren Schenkeln vor.

Ihr Vater hatte sich umgebracht, sie hatte den blutüberströmten Arm gesehen, der von der Pritsche baumelte. Und dann war ihre Mutter vor ihren Augen erschossen worden. Ihre Verwandten waren vergast und ihre Leichen eingeäschert worden. Sie hatte ihm ihre Geschichte anvertraut; voller Entsetzen, auch Mitgefühl hatte er ihr zugehört, doch jetzt sah er sie nackt vor sich.

Wie würde dieser zerbrechliche Körper auf Liebkosungen reagieren?

Eine wahnwitzige Idee raste ihm durch den Kopf, die geradewegs aus der Hölle zu kommen schien, die sie ihm beschrieben hatte. Wenn er wollte, könnte er sie nehmen. Gleichgültig, wie ihr zumute wäre. Wenn sie nicht wollte, dass er sie auszog, sich auf sie legte, brauchte ihn das nicht davon abzuhalten. Sie war zu schwach, um irgendwelchen Widerstand zu leisten. Wen würde das schon kümmern? Bei wem wollte sie sich beschweren? Bei dem Kommandanten? Bei ihren Mitgefangenen? Um auf diese Weise einzugestehen, dass sie sich zu ihm in sein Zimmer geschlichen hatte?

Er blickte auf die rissigen, geröteten Hände, die er mit seinen umfaßt hielt. Zerbrechlich fühlten sie sich an, bröcklig. Die Haut an den Unterarmen spannte; die Ellbogen stachen hervor. Ihr Gesicht: spitz, knochig.

Derselbe Verwesungsgeruch, der ihm im »Konzertsaal« in die Nase gestiegen war, drang aus ihrem Gewand, ihrer Haut. Und nach so viel Reden und Schluchzen roch auch ihr Atem faulig.

Nein, genauer betrachtet, war sie nicht sonderlich begehrenswert. Nicht in diesem Zustand. Eher war es erstaunlich, dass diese armselige Kreatur nach alldem, was sie durchgemacht hatte, überhaupt noch am Leben war. Irgendwie empfand er es plötzlich fast als *Beleidigung*, dass dieses skelettartige Ding, das sich derart verzweifelt ans Leben geklammert hatte, immer noch als menschliches Wesen bezeichnet werden musste. Das Gefühle hatte. Und Rechte. Unruhe überkam ihn, vor allem in den Händen – ein Bedürfnis, etwas zu tun, zuzupacken.

Er bekam Angst vor seinen Händen.

Sie hatte zu weinen aufgehört. Er stand auf, schob seine Hände in die Hosentaschen und ging zum Fenster. Als er sich umwandte, merkte er, wie sie ihn musterte.

»Was ist?«, fragte sie leise.

Es dauerte ein wenig, bis er antwortete; krampfhaft versuchte er, seine Hände in den Taschen zu lassen.

»Was ist?«, wiederholte sie.

»Mir wird manchmal schwindlig«, erklärte er schwerfällig und sah aus dem Fenster. »Es ist stickig hier drin.« Er versuchte, das Fenster zu öffnen, aber es klemmte.

»Sollen wir rausgehen?«

Verwundert drehte er sich um.

Mit dem Ärmel ihres sackartigen Gewands wischte sie die letzten Tränen ab. »Manchmal kann man draußen ein bisschen rumgehen; man muss sich nur vergewissern, dass in einem Umkreis von vielleicht hundert Metern keine Wachen patrouillieren. In all den Nächten, wenn ich nicht schlafen konnte, habe ich aus dem Fenster neben meiner Pritsche geschaut und die Wachen beobachtet. Ich kenne ihre Runden, zumindest die bei unseren Baracken. Wir brauchten nur auf Schritte zu lauschen und uns im Schatten der Baracken zu halten.«

Er zögerte. »Für eine Person allein funktioniert das vielleicht, aber bei zweien?«

Sie blickte ihn an, wartete, ob er vielleicht seine Meinung änderte. »Ich habe natürlich nichts zu verlieren. Bei Ihnen ist es etwas anderes; vielleicht sollten wir einfach nur …«

»Nein, nein, du hast recht. Lass uns rausgehen.« Er wollte nicht an den Unterschied zwischen ihnen, ihrer Situation erinnert werden.

Er schlüpfte in seinen Mantel und half ihr, sich in ein paar Decken zu wickeln; und war froh, als sie draußen waren. Die kalte Luft und der beißende Wind erfrischten ihn; allmählich wich das Gefühl, in die Enge getrieben zu sein. Zum ersten Mal, seit er hier war, hatte der Gestank aus den Schloten sich verflüchtigt. Zwar machte es ihn nervös, mit einer Gefangenen umherzuspazieren, aber er versuchte sich mit dem Gedanken zu beruhigen, dass der Kommandant für seine Sicherheit einstand – zumindest solange er irgendwie von Nutzen für ihn war. Vielleicht bot seine Anwesenheit auch Margret einen gewissen Schutz.

Er war froh, nicht mehr in dem Zimmer eingesperrt zu sein und gegen diesen unfasslichen Drang ankämpfen zu müssen. Was auch immer in dem Lager mit ihr geschähe, von ihm drohte ihr jetzt keine Gefahr mehr. Einen Augenblick lang sah er sie beide wie aus weiter Entfernung: Einen Mann und eine Frau, die sich aneinanderklammerten und sich durch das Dunkel tasteten. Zwei Gestalten in einer alptraumhaften Landschaft, beide auf unterschiedliche Weise Gefangene.

Kaum hatte diese Vision sich aufgelöst, schien sie ihm wie eine Entschuldigung. Natürlich, schieb alles auf das Lager. Normalerweise bist du ein anständiger Kerl.

Und das Dahintaumeln am Mainufer in Frankfurt?

Sie zupfte ihn plötzlich am Ärmel und deutete auf das Haupttor in einiger Entfernung. Es stand offen – im Licht des Mondes war dies nur allzu deutlich zu erkennen – und war anscheinend unbewacht. Die großen Suchscheinwerfer waren ausgeschaltet, der Wachturm offenbar nicht besetzt. Es war totenstill.

Mondschein sickerte durch eine vorübertreibende

Wolke und tauchte den eisernen Torbogen in silbriges Licht. Jenseits lockten schneebedeckte Felder und ein Kieferwäldchen.

Ich werde die Wachen anweisen, sofort das Tor für Sie zu öffnen. Ein Täuschungsmanöver. Gleich darauf hatte er den Fortgang seines kostbaren Experiments durch Drohungen mit der Gestapo abgesichert. Mittlerweile hatte Burkhard jedoch zwei weitere Konzerte absolviert und die Häftlinge mehr als nur halbwegs aus dem »Tod im Leben« zurückgeholt. Der Kommandant könnte es sich nun leisten, ihn ziehen zu lassen. Wahrscheinlich stellte er ihn auf die Probe, um zu sehen, wie ernst es ihm damit war zu gehen.

Der Kommandant wusste, dass Margret bei ihm war; dessen war Burkhard sich sicher. Sie hatte recht – hier geschah nichts zufällig oder aus Herzensgüte. Alles war Teil des Experiments: Sie waren Ratten in dem Labyrinth, das der Kommandant entworfen hatte. Er hatte zugelassen, dass Margret zu ihm in sein Zimmer kam, in dem Glauben, es geschähe aus eigenem Antrieb. Und jetzt wollte er sehen, ob sie schon »lebendig« genug war, sich durch das Tor zu wagen.

All das versuchte Burkhard ihr zu erklären. Zweifelnd sah sie ihn an.

»Wir brauchen nur durch das Tor zu gehen«, flüsterte er.

»Wenn das eine Falle ist, werden das die letzten Schritte sein, die wir je tun«, wandte sie ein und packte ihn an der Schulter. »Ich kenne diese Leute besser als Sie.«

»Dieses Risiko müssen wir eingehen, verstehst du das nicht? Und für dich bedeutet es eine weit schlimmere Falle, wenn wir hier drin bleiben. Er glaubt an das Überleben der Stärksten, zumindest legt er die Evolutionstheorie Darwins so aus und versucht, sie hier auf Menschen anzuwenden. Nur diejenigen, die willens sind, durch das Tor zur Freiheit zu gehen, wie groß das Risiko auch sein mag, verdienen frei zu sein – so funktioniert sein Denken. Es könnte deine einzige Chance sein, lebend hier rauszukommen.«

»Sie sind noch nicht lange genug hier. Gott allein weiß, was hier wirklich vorgeht. Aber selbst wenn Sie recht haben, ich kann nicht allein weg. Ich muss es auch den anderen sagen.«

Er fasste es nicht, wie sie das auch nur denken konnte. »Zwei können vielleicht durchschlüpfen, wenn es den Zwecken des Kommandanten dient. Aber dreißig? Ein solches Risiko würde er nie eingehen.«

»Sie haben es doch selber gesagt: Wir haben nichts zu verlieren. Jeder, der Ihre Erklärung, warum das Tor offensteht, möglicherweise glaubt, hat das Recht, es zu wissen. Die meisten würden es ohnehin nicht wagen, da bin ich mir sicher. Wenn es Ihnen Angst macht, als Gruppe durchzumarschieren, dann können Sie ja allein gehen.«

Er packte sie an den dünnen Armen, hatte nicht die Absicht, sie wieder loszulassen. Er wollte es nicht auf eigene Faust versuchen, wollte nicht allein entscheiden, ob er das Risiko eingehen sollte.

»Sie können sich in dem Wald auf der anderen

Seite der Straße verstecken, bis ich nachkomme. Ungefähr siebzig Meter westlich von dem Tor ist eine kleine Lichtung – jeden Tag, wenn sie uns zum Arbeiten in die Fabrik getrieben haben, bin ich daran vorbeigekommen. Und wenn ich nach einer halben Stunde nicht zurück bin … dann vergessen Sie einfach auf mich und gehen weiter.«

»Warum willst du unbedingt zu ihnen?« Er war selbst überrascht, wie bitter dies klang. »Du hast doch gesagt, dass ihr nicht einmal viel miteinander redet, nicht über wichtige Dinge. Was schuldest du ihnen denn?«

Sie starrte ihn an. Er hatte das zu wörtlich genommen, hatte gewagt, das Band, das die Gefangenen einte, anzuzweifeln, ein Band, das auch nur andeutungsweise zu verstehen er sich nicht anmaßen konnte. Kraftlos ließ er die Arme sinken.

Sie wandte sich um und ging. Einen Augenblick lang blieb er da stehen, spielte mit dem Gedanken, allein durch das Tor zu gehen und *nicht* in dem Wald jenseits der Straße auf sie zu warten. Das wäre wahrscheinlich zu gefährlich.

Doch er konnte nicht einfach weglaufen – nicht ohne seine Geige. Wie hätte er das Instrument zurücklassen können, das zu erstehen ihm reiche Mäzene – darunter einige Juden – geholfen hatten, damals, 1935? Man lässt nicht einfach eine unschätzbare Guarneri zurück. Er hastete zurück, um sie zu holen.

Fünf Minuten später rannte er wieder auf das Tor zu, in der Hand den Geigenkasten; als ihm jedoch klar wurde, ohne Margret gab es gar keinen Grund für ihn, ein solches Wagnis einzugehen, verlangsamte er seine Schritte. Wo sollte er denn hin, wenn er ohne Erlaubnis des Kommandanten das Lager verließ? Ganz gewiss nicht nach Hause. Wenn er nur noch einen Tag bliebe und noch einmal spielte, das letzte Mal, würden sie ihn nach Hause fahren, und sein Leben würde weitergehen wie bisher. Außer …

Sie haben das Lager gesehen.

Er bog um eine Ecke – und sah, wie der Strahl des Suchscheinwerfers über den Boden vor ihm strich. Hastig, ehe das grelle Licht ihn erfassen konnte, versteckte er sich hinter dem Lagerhaus mit dem obszönen Haufen Schuhe, das er am Tag zuvor entdeckt hatte. Als er aus seinem Versteck hinausspähte, sah er, alle Wachen waren auf ihrem Posten. Und das Tor war wieder verschlossen.

Was für verdammte Spielchen treiben die mit uns? Er wartete, bis der Suchscheinwerfer in eine andere Richtung gedreht wurde, und rannte zu den Baracken zurück, um die Gefangenen zu warnen. Wenn jetzt dreißig Häftlinge am Haupttor auftauchten, gäbe es mit Sicherheit ein Massaker.

Das Tor zum inneren Lagerbereich war nach wie vor unbewacht, und nach kurzem Zögern stieß er es auf. Der Boden vor ihm war uneben und matschig. Etliche Male verlor er das Gleichgewicht; er bemühte sich, nicht zu rennen, und hoffte für den Fall, dass einige Wachen hier patrouillierten, keine allzu auffällige Zielscheibe abzugeben. Als er in eine eiskalte Wasserlache stolperte, waren seine Schuhe und Socken augenblicklich durchnässt. Der Kälteschock war so gewaltig, dass er beinahe seine Geige fallen ließ. Er taumelte jetzt nur noch dahin, leise vor sich hin fluchend, und blieb schließlich stehen.

Er vermeinte, Wachen auf sich zukommen zu hören. Doch es war nur das in seinen Ohren pochende Blut.

Dann vernahm er unterdrücktes Flüstern. Er sah durch das Fenster einer Baracke, der einzigen in dem Bereich, in der Licht brannte. Und erkannte einige Gesichter aus seiner Gruppe. Als er näher heranging, hörte er, wie die Häftlinge mit Margret wegen des offenen Tors stritten – ob es eine Falle und er eine Art Köder war. Als er eintrat, verstummten sie.

»Es ist zu spät«, erklärte er, immer noch atemlos. »Das Tor ist zu. Die Wachen sind wieder auf ihrem Posten.«

»Da ist er«, sagte Margret zu den anderen gewandt. »Das beweist doch, dass er nicht versucht hat, uns in eine Falle zu locken.«

Einige Männer, die gleich bei der Tür standen, sahen ihn aus misstrauisch zusammengekniffenen Augen an. Er wünschte, er könnte zu ihnen durchdringen, doch es schien unmöglich. Später vielleicht ... wenn es denn ein »Später« gäbe. Sein Blick fiel auf die vollbusige Frau, die mit anderen in der Mitte des Raums stand. Im kargen Licht einer einzigen flackernden Kerze, die auf dem Boden stand, erinnerte ihr gespenstisch bleiches Gesicht an die Leichen in seinem Traum.

Er blickte wieder zu den Männern, versuchte, ihre Gesichter zu *sehen,* sah jedoch nur graue Masken. Undurchdringlich, irgendwie nicht menschlich. Nicht auf die Weise, wie an dem Tag, als er sie zum ersten Mal gesehen hatte. Es war ein Schock gewesen an jenem Tag, doch mittlerweile hatte er sich fast schon an sie gewöhnt. Hohle Wangen und dunkle Ringe unter eingesunkenen Augen schreckten ihn nicht mehr. Einige Häftlinge hatten hässliche Verletzungen im Gesicht, Spuren der Misshandlungen am Nachmittag. Ein Versuch, irgendetwas anzusprechen, das ihnen gemeinsam war, Erfahrungen, die er mit ihnen teilte, war wegen all dem, was jeder Einzelne von ihnen erlebt hatte, zum Scheitern verurteilt.

Er wollte auch gar nicht mehr mit diesen Leuten reden, obwohl er ihr Misstrauen verstehen konnte. Er machte einen Schritt auf Margret zu, doch sie wich zurück. War sie immer noch verärgert wegen dem, was er gesagt hatte, als sie nicht mehr weit von dem Tor entfernt gewesen waren? Nein, dachte er, das ist es nicht. Sie kann jetzt einfach nicht auf mich zugehen, nicht vor den Augen der anderen. Außerdem, was verband sie beide denn schon? Sie hatte nur jemanden gebraucht, mit dem sie reden konnte, weiter nichts.

Er kehrte in sein Zimmer zurück, legte sich aufs Bett, versuchte zu schlafen. Von Zeit zu Zeit döste er ein, schrak aber immer wieder bei irgendeinem eingebildeten Geräusch auf. Vor dem Fenster patrouillierte einige Male eine Wache vorbei; ihm war kalt, aber die Decken hatte Margret – sie hätte sie ihm schwerlich vor den anderen zurückgeben können. Und sein Mantel war ein kümmerlicher Ersatz.

Die Bach-Partita, die er am kommenden Tag spielen wollte – er versuchte, sie im Kopf zu hören oder sich zumindest die Fingersätze und Bogenstriche ins Gedächtnis zu rufen. Doch es fiel ihm schwer, sich auf Musik oder irgendetwas anderes, auf irgendeinen logischen Gedankengang zu konzentrieren: Immer wieder kam ihm Margrets Geschichte in den Sinn, stürmte ein Heer schrecklicher Bilder auf ihn ein.

Für ein, zwei Stunden fand er Schlaf, wachte aber lange bevor es dämmerte, mit ausgedörrtem Mund auf. Er versuchte, mit der Zunge seine Lippen zu befeuchten, und tastete nach dem Glas Wasser, das er auf dem Tischchen neben seinem Bett abgestellt hatte. Unvermittelt sah er Alina vor sich, so deutlich wie seit Jahren nicht mehr – die dunklen, aus dem Gesicht gestrichenen Locken, die vollen Lippen, die energische Entschlossenheit, die sich auf ihrem Gesicht gemalt hatte. Und er erinnerte sich, wie er sich feige aus ihrem Leben gestohlen hatte.

Vor zehn Jahren, als er auf dem vereisten Uferweg in Frankfurt dahingetrottet war, hatte die Landschaft seines Lebens sich auf immer verändert. Er hatte den Eindruck, als sei seitdem kaum etwas von Bedeutung geschehen. Natürlich, ein paar Jahre später war der Krieg ausgebrochen, um ihn herum war alles anders geworden, die Welt war dabei, in Trümmer zu fallen. Doch in seinem Leben schien es nur jenes tranceartige Dahintaumeln den Main entlang gegeben zu haben, nach dem er wie ein Schlafwandler in einen Zug gestiegen war, der ihn … *hierher* gebracht hatte.

Er stand auf und betrachtete durch das Fenster den

inneren Zaun und die hässlichen, geduckten Baracken, die von den Suchscheinwerfern bei jedem ihrer Schwenks in erbarmungslos grelles Licht getaucht wurden. Schließlich lehnte er sich mit der Stirn an die Fensterscheibe und starrte auf den mit Schneeresten, Eis und Schmutz bedeckten Boden, bis sich das Glas von seinem Atem beschlug.

XIII

»Darf ich fragen, Herr Kommandant, was mit den Häftlingen passiert, wenn ich weg bin?«

»Warum interessieren Sie sich denn dafür?« Der Kommandant steckte sich eine Zigarette an und musterte Keller.

»Anfangs ... nun ja, anfangs sind sie mir wie ein Haufen gesichtsloser Leichname vorgekommen.« Er suchte nach Worten, während das Gesicht seines Gegenübers hinter einer kleinen Rauchwolke verschwand. »Sie haben überhaupt nicht auf die Musik reagiert, und eigentlich wollte ich nichts als weg. Aber sie haben sich so sehr verändert. Und auch ich, ich habe mich auch verändert.«

Der Rauchnebel lichtete sich; die stahlgrauen Augen schienen ihn zu durchbohren.

»Wie soll ich ihnen heute gegenübertreten, wenn ich weiß, dass ich sie nie wiedersehen werde? Dass sie nie wieder Musik hören werden?«

Am ersten Tag hatte der Kommandant fast ununterbrochen geredet; doch heute schwieg er. Es war ein unangenehmes Gefühl, an eine Wand hinzureden, aber irgendwie musste Keller loswerden, weswegen er hergekommen war. Er sah zur Tür, dann wieder zum Kommandanten.

»Sehr viel länger kann der Krieg nicht mehr dauern, Herr Kommandant.« Sein Mund war trocken, und es fiel ihm schwer, die Worte zu formen.

Hinter den dicken Brillengläsern schienen die Augen des Kommandanten plötzlich weit weg zu sein. Er blickte starr auf eine Aktennotiz auf seinem Schreibtisch. Keller erkannte den Briefkopf: SS-Hauptamt für Wirtschaft und Verwaltung, Abteilung D.

Allzu oft kommen die Inspektoren aus Oranienburg nicht hierher. Ich kann also durchaus meine eigenen wissenschaftlichen Interessen verfolgen. Welche Verordnung machte ihm jetzt zu schaffen? Die Mundwinkel hatte er nach unten gezogen; sein Gesicht schien zerfurchter als neulich. Zum ersten Mal bemerkte Keller dunkel verfärbte Ringe unter seinen Augen.

Er räusperte sich: »Es könnte später hilfreich sein, wenn Sie geltend machen können, dreißig Juden gerettet zu haben.«

Irritiert sah der Kommandant ihn an. »Was haben Sie da gesagt?«

»Falls man Sie je für das, was hier geschieht, zur Rechenschaft zieht …«

»Woher nehmen Sie sich das Recht, derlei mir gegenüber zur Sprache zu bringen?«

»Tut mir leid, Herr Kommandant, aber ich bin an zu vielen zerbombten Fabriken vorbeigefahren worden; ich habe Städte gesehen, die völlig dem Erdboden gleichgemacht waren.« Die Worte sprudelten jetzt nur so aus ihm hervor: »Schulen, Kirchen, kein Stein war mehr auf dem anderen. Und die Front rückt immer näher.«

»Ist Ihnen klar, was geschehen würde, wenn sie in der Öffentlichkeit andeuteten, Deutschland könnte möglicherweise den Krieg verlieren?« Doch seine Stimme klang müde, und der strenge Tonfall wirkte gezwungen.

Keller war entschlossen weiterzureden, seine Furcht zu überwinden. »Das hier ist keine Öffentlichkeit. Ich versuche nur, offen mit Ihnen zu reden … so wie Sie die Augen nicht vor der Wirklichkeit zu verschließen. Falls dreißig zu viel sind, könnten Sie doch wenigstens ein paar von ihnen retten, bitte. Ich flehe Sie an. Selbst wenn es nur eine Person ist …«

»Ich weigere mich, mit Ihnen irgendwelche Vorhaben zu erörtern, die von einer Niederlage des Vaterlands ausgehen.«

»Und was ist mit Ihrem Experiment? Sie haben so viel Mühe aufgewandt, um es durchführen zu können. Wollen Sie denn nicht sehen, ob sie sich nicht doch wieder wie normale Menschen verhalten können?«

Der Kommandant stieß ein trockenes, heiseres Lachen hervor. »Können Sie mir sagen, was heutzutage ein normales Verhalten ist?« Er stand auf, ging zum Fenster und sah hinaus. Schließlich erklärte er in gemessenem Ton: »Ich kann Ihnen nur versichern, dass ich alles in meiner Macht Stehende tun werde, um Ihre Wünsche zu erfüllen.«

Er drehte sich wieder um und starrte erneut durch das Fenster zu dem Steinbau mit den Schloten hinüber; ab und zu zog er an der Zigarette, hüllte sich in eine blaugraue Wolke des Schweigens.

Den restlichen Vormittag dachte Keller über das rätselhafte Versprechen des Kommandanten nach, ihm seine Wünsche erfüllen zu wollen. So unvermittelt hatte er es ihm gegeben, durch einen Rauchschleier hindurch. Ein ganz allgemein gehaltenes Versprechen, nichts, woran Keller sich festhalten konnte.

Er bereitete sich auf das Schlusskonzert vor.

Gestern hatte der Kommandant die Juden, aus welchem Grund auch immer, vor einem Massaker bewahrt. Möglicherweise war die Vorstellung, er würde sie auch weiterhin beschützen, doch nicht zu gewagt. Auch wenn dieser Mensch ihn hinsichtlich der Schuhe der Häftlinge – und der Öfen so elegant belogen hatte. Vielleicht hatte er das am allerersten Tag schlicht tun müssen.

Es war für den Kommandanten wichtig gewesen, dass er so gut spielte wie nur möglich. Hätte Keller von Anfang an die ganze Wahrheit gewusst, hätte er höchstwahrscheinlich nur – bestenfalls – halbherzig mitgemacht. Und das wäre nicht gut genug gewesen. Das hatte der Kommandant klargestellt: Keller sollte nicht nur einen Befehl befolgen.

Keller verachtete sich für seinen Versuch, die Lügen des Kommandanten zu rechtfertigen, aber irgendwie musste er eine Möglichkeit finden, ihm zumindest jetzt zu trauen. Er musste einfach daran glauben, dass sie eine Chance hatten, dass der Kommandant sie nicht einfach wieder in diese Schrecken zurückstoßen würde, denn sonst bliebe das Experiment ja auf halbem Weg stecken und verdiente nicht einmal diesen Namen, sondern wäre nur eine weitere

Variation des immer gleichen Themas Grausamkeit, eine bloße Verfeinerung von Folter. Nein, er wollte bestimmt auf mehr hinaus als auf einen nur plötzlichen, vorübergehenden Wegfall aller Hemmungen. Dreh- und Angelpunkt des ganzen Experiments war das Konzert *heute,* da der Damm schon gebrochen war – würden sie erneut durchdrehen oder aber in Apathie zurückfallen? Oder aber konzentriert zuhören?

Keller entschied sich dafür zu glauben, dass der Heilungsprozess über Nacht Fortschritte gemacht hatte.

Es bräuchte Zeit, die Ergebnisse des Experiments zu analysieren und im Verlauf der nächsten Tage das Verhalten der Juden genauestens zu beobachten. Zeit war das Wertvollste, das er ihnen mit seinem Spielen verschaffen konnte. Dem Dritten Reich aber blieb nicht mehr viel Zeit.

An dem Nachmittag würde er nur ein einziges Stück spielen: Bachs überwältigende Partita in d-Moll. Die Krönung dieses Werks ist die Chaconne, länger und gewichtiger als die vorangegangenen vier Sätze insgesamt. Auf einer einfachen Bassmelodie bauen zweiunddreißig Variationen auf, deren Gestimmtheit unvermittelt wechselt: Auf vorwärtsstürmende Tonkaskaden folgen ungemein weiche Passagen, doch nie wird der Fluss unterbrochen; die Musik schwillt zu ungeheurer Dringlichkeit an und sänftigt sich dann wieder, schweift nie in eine andere Tonart ab, variiert die immer gleichen Harmonien in unterschiedlichster Verkleidung. Sie quillt über vor Freude und Schmerz des Menschenlebens. Und vor Sehnsucht nach etwas, das darüber hinausgeht.

Zwar starrten einige der Häftlinge ihn an, als er im »Konzertsaal« eintraf, doch die meisten verhielten sich wie normales Konzertpublikum. Sie unterhielten sich leise und nahmen dann schnell ihre Plätze ein, um ihn spielen zu hören. Was auch immer für Gefühle ihm gegenüber sie empfanden, schienen sie doch der Musik zu bedürfen, die er ihnen zum Geschenk machen wollte. Er war zuversichtlich, diesmal käme es nicht zu Aufruhr und Gewalt.

Ehe er begann, suchten seine Augen Margret. Die Offenheit ihrer Miene, das erwartungsvolle leichte Lächeln, das um ihre Mundwinkel spielte, sagten ihm, sie war nicht verärgert wegen ihrer Meinungsverschiedenheit beim offenstehenden Tor. Denn vorher hatte er ihr das gegeben, was sie brauchte: Mitgefühl. Er hatte ihre Schwäche nicht ausgenützt. Glücklicherweise ahnte sie nicht, was ihm durch den Kopf gegangen war, als er sie im Arm gehalten hatte.

Nicht nur die Häftlinge schienen wie verwandelt. Als er mit dem Bach begann, hörte er mit ungeheurer Freude, wie sehr sein Spiel sich verändert hatte. Wohllaut entströmte seinem Instrument. Die Geige schien Teil seines Körpers; das An- und Abschwellen der Musik wiegte, besänftigte ihn, versetzte ihn nahezu in Trance. Das Phrasieren geschah ganz natürlich, wie Sprechgesang beinahe, er konnte kaum glauben, dass er es war, der so spielte. All die Takte, die er schier endlos geübt hatte, um einen reinen Klang hervorzubringen, richtig zu intonieren, all das erschien ihm plötzlich wie eine *Improvisation,* als entfalte die Musik sich jetzt, in diesem Augenblick zum allerersten Mal. Doch gleichzeitig war der Aufbau des Werks ihm nie so klar und folgerichtig erschienen wie jetzt.

Zuerst fragte er sich, warum dies geschah. War es doch genau das, wonach er sich immer gesehnt hatte. Alles fügte sich ineinander – war vollkommen. Wie könnte er das festhalten, wenn er nicht verstand, was diese Veränderung ausgelöst hatte? Es würde ihm entgleiten; das nächste Mal würde es ganz anders klingen.

Doch schließlich begriff er, es konnte keine Sicherheit, kein Festhalten geben. Aus irgendeinem Grund war ihm ein Augenblick des vollkommenen Glücks zuteil geworden, und das war jede Enttäuschung wert, die er später erleben würde. Jeden Bruchteil dieses kostbaren Augenblicks wollte er voll und ganz auskosten; er wünschte, dass er nie endete. Doch gleich darauf hörte er auf, sich Sorgen zu machen, zu denken, auf eine bestimmte Weise zu empfinden. Ungefähr eine halbe Stunde ging das so – das Stück barg derart viele kostbare Momente in sich, so viel ereignete sich darin, es schien für ein ganzes Leben zu genügen, solange er ihm Bedeutung verleihen konnte. So viel geschah diesmal in seinem Vortrag, und alles, alles speicherte er in seinem musikalischen Gedächtnis. Dieses eine Mal war er sich seiner Wahrnehmungen vollkommen bewusst – jede Phrase, jede Abstufung war auf immer seinem Gedächtnis eingeprägt.

Als er endete, herrschte Schweigen – ein ehrfurchtsvolles Schweigen, als klinge die Musik in allen nach. Er zitterte, noch ganz im Bann der letzten Kadenz auf D, eines Unisono, das sich über seine zeitliche Dauer hinaus in die Unendlichkeit dehnte. Und dann stürmischer Applaus, donnernd, wiewohl es nur so wenige Zuhörer waren, und trotz der mangelhaften Akustik. Er verbeugte sich tief, wohl wissend, sobald der Beifall vorbei wäre, würde er den Ort hier verlassen, würde diese Menschen nie wiedersehen. Doch sie alle hatten an etwas Unvergesslichem teilgehabt, und er konnte den Gedanken kaum ertragen, in ein Leben der gleichen Mühsal zurückzukehren.

Noch ehe er sich wieder aufgerichtet hatte, stürmten mindestens zehn Wachen herein. Der Beifall hörte schlagartig auf. Sie packten einen Mann hinten im Raum und zerrten ihn an eine Wand.

Drei der Wachen fingen an, mit ihren Schlagstöcken auf den Mann einzuprügeln. Zuerst nicht mit voller Kraft; vielmehr machten sie sich eher einen Spaß daraus: Ihre geröteten Gesichter glühten förmlich, und sie lachten. Zum ersten Mal sah Keller sie lächeln. Kein Anlass zur Sorge also, versuchte er sich einzureden. Doch dann erinnerte er sich, wie die Katze, die er als Kind gehabt hatte, mit den erbeuteten Vögeln und Mäusen gespielt, ihrer schreckensstarren Beute beinahe liebevolle kleine Schläge versetzt, gelegentlich sogar zugelassen hatte, dass das verletzte Opfer versuchte, sich in Sicherheit zu bringen, ehe sie zum tödlichen Schlag ausholte.

Sie schlugen jetzt fester zu. Der Mann schrie, versuchte sich zu wehren. Sein rechter Arm geriet in die Schlagrichtung eines ihrer Knüppel und baumelte lose herab, während die Schläge immer gezielter auf seinen Kopf und Nacken niedergingen. Blut rieselte ihm aus den Nasenlöchern in den Mund, aus dem rostroter Schaum trat, als er nach Atem rang. Das Blut, das ihm über die Stirn in die Augen rann, machte es ihm wahrscheinlich unmöglich, noch irgendetwas wahrzunehmen.

Warum gerade der?, dachte Keller, der wie gelähmt dastand. Er war ziemlich sicher, es war derselbe Mann, den sie neulich hergezerrt hatten, weil er sich unter seiner Pritsche versteckt hatte. Doch konnte das der Grund für diese Misshandlungen sein?

Der Häftling flehte um Erbarmen, während er von einem seiner Peiniger zum anderen taumelte, als würde er in einem teuflischen Reigen von dem einen zum nächsten weitergetrieben. Sie pausierten jetzt etwas länger zwischen den einzelnen Hieben, die dafür umso gezielter und heftiger waren. Das Lachen war aus ihren Gesichtern verschwunden. Das war jetzt harte Arbeit. Schließlich ließ einer, der offenbar etwas mehr zu sagen hatte als die anderen, seinen Schlagstock sinken. Ein gelangweilter Ausdruck, fast so etwas wie Ärger auf diesen dreckigen Juden, der ihnen diese lästige Anstrengung abverlangte, malte sich auf seinem Gesicht. Er hielt einfach zu lange durch, der Jude, brauchte zu lange zum Sterben.

Der Wärter zog seine Pistole, stieß sein umhertorkelndes Opfer auf die Knie und drückte ihm den Lauf in den Nacken. Die blutverkrusteten Lippen des

Häftlings bewegten sich lautlos, wie zu einem letzten Gebet, als der Schuss fiel. Er fiel kopfüber zu Boden, und einer der anderen Wärter versetzte ihm einen letzten bösartigen Tritt, so dass er auf dem Rücken zu liegen kam.

Der Schuss hatte sein Gesicht zerfetzt, Blut und Gehirnmasse waren auf den Boden und die Stiefel seiner Mörder gespritzt.

Nun wandten sie sich den anderen Häftlingen zu. Auf ihren mittlerweile versteinerten Gesichtern, in den eiskalten Augen stand ein unwiderrufliches Todesurteil geschrieben. Die Gefangenen waren stumm und starr. Keine Schreie, kein Aufbegehren, wie zu erwarten gewesen wäre; Keller hörte nichts als das Pochen seines Bluts in seinem Kopf.

Die Wachen ließen die Häftlinge sich hintereinander aufstellen und trieben sie nach draußen. Keller rannte hinterdrein. Es hatte zu schneien angefangen, und der Wind heulte. Die Gefangenen mussten sich in Reihen zu je sieben oder acht aufstellen. Einige Frauen stöhnten jetzt, andere schauderten vor Kälte und Furcht. Die Männer starrten fast alle voll trotzigem Hass die Wachen an. Ein paar beteten.

Die Wärter zogen fünf Männer und drei Frauen heraus und reihten sie an der Mauer eines angrenzenden Gebäudes auf, darunter die vollbusige Frau. Sie hatte die Hände gefaltet; ihr Gesicht wirkte noch ausgemergelter als vorher.

Hinkend kam der Bucklige und nahm vor den Häftlingen Aufstellung. Rudolf hatte neulich nicht zu Ende erklären können, was dessen Aufgabe war, doch das war jetzt auch nicht mehr nötig. Was er hinter sich herzog, war kein Besen. Es war ein Maschinengewehr. Zwar trug er die gleiche Uniform wie die Wachen, doch Keller konnte sich nicht vorstellen, dass er einer von ihnen war. Er hatte ihn nie zusammen mit den anderen Wärtern gesehen; außerdem schien er zu verkrüppelt, um als aufrechter Kämpe des Dritten Reichs durchzugehen.

Der missgestalte Zwerg war abgrundhässlich. Seine Nase war offenbar mehrfach gebrochen – wahrscheinlich die Folge von Wirtshausschlägereien; ein ungepflegter Stoppelbart ließ sein Gesicht geschwärzt erscheinen.

Einige der Häftlinge an der Mauer wimmerten und rangen die Hände. Einer der Männer war auf die Knie gesunken und bat um Gnade. Ein Wachmann packte ihn grob bei der Schulter und zerrte ihn in aufrechte Position. Der Bucklige setzte den rechten Fuß ein Stück hinter den linken und legte an – doch ehe er schießen konnte, machte Keller ein paar Schritte auf ihn zu; er stand jetzt nicht unmittelbar zwischen ihm und seinen Opfern, aber nahe genug, um ihn abzulenken. Der Bucklige blickte ein paarmal zwischen Keller und den an der Mauer aufgereihten Juden hin und her, blinzelte verwirrt und streichelte zärtlich den Lauf seiner Waffe. Auf seiner Oberlippe glänzte Speichel.

»Geiger!« Langsam kam ein Oberscharführer auf Keller zu, die rechte Hand auf seinem Pistolenhalfter.

Kellers Herz raste. »Sind Sie sicher, dass …« setzte er an, doch seine Stimme war nur ein heiseres Flüstern.

»Ja?« Der massige Kerl blieb stehen und sah Keller

von der Seite an. »Reden Sie lauter, ich habe Sie nicht verstanden.«

Jetzt gab es kein Zurück mehr. Keller presste die Worte aus sich heraus: »Sind Sie sicher, dass das im Sinne des Kommandanten ist?«

Die Augen des Mannes weiteten sich; seine Gesichtszüge versteinerten. Keller stockte der Atem. Ihm war klar, das war das Ende; fast spürte er schon die Kugel in seinem Schädel. Der Oberscharführer hatte bereits seine Pistole gezogen, doch plötzlich zögerte er, als überlege er, ob es ratsam wäre, eigenmächtig zu handeln; er wusste offenbar nicht, inwieweit der Geiger tabu war. Unvermittelt begannen seine Kinnbacken zu zittern, seine Augen leuchteten auf, und er brach in lautes Gelächter aus. Er ließ die Hand mit der Pistole sinken und steckte schließlich die Waffe wieder in das Halfter.

Die anderen Wachen fielen in sein grässliches Lachen ein. Keller atmete weiter. Vielleicht käme er doch mit dem Leben davon. Doch er konnte, durfte nicht vergessen, warum er hier stand. Er schluckte krampfhaft.

»Ich meine, ihm liegt sehr viel an diesem Experiment, das zeigen soll, ob er …«

»Hier liegt offenbar ein Missverständnis vor, Geigerlein.«

Das Lächeln verschwand aus dem Gesicht. Er sah kurz zu den anderen Wachen, die augenblicklich zu lachen aufhörten. Dann wandte er sich zu dem Buckligen. »Komm schon, Karlchen. Beachte ihn einfach nicht, den Spinner.«

Karlchen blinzelte, stand einfach da, durch Kellers Eingreifen sichtlich aus der Fassung gebracht. Vielleicht gab es doch noch eine Möglichkeit, dem Ganzen Einhalt zu gebieten. Eines war Keller allerdings klar: Wenn er nur noch ein Wort sagte, wäre es mit der Geduld des Oberscharführers aus.

»Aus dem Weg«, sagte der Mann ausdruckslos, und in dieser leisen Stimme lag mehr Drohung als vorher in seinem auftrumpfend sarkastischen Gebaren.

Noch einen kurzen Augenblick stand Keller reglos da; er wusste, die Zeit zu handeln verrann; wahrscheinlich war es sogar schon zu spät dazu. Einer der Wärter schob sich langsam, ganz langsam auf ihn zu.

Plötzlich waren Schritte zu hören. Er drehte sich halb um. Einer der Juden rannte weg.

Der Bucklige war schneller als die Wachmänner; er feuerte, ohne sich Zeit zum Zielen genommen zu haben. Der Häftling stürzte zu Boden, wand und krallte sich in den Boden. Und blieb reglos liegen. Der Henker ließ sein Maschinengewehr sinken und stützte sich zufrieden auf den Kolben.

»Und jetzt«, wandte er sich an Keller und imitierte den Oberscharführer. »Und jetzt haben Sie bitte die Güte, mir aus dem Weg zu gehen.«

Ein Wärter, der sich an sie herangeschlichen hatte, machte plötzlich einen Satz und stieß Keller zu Boden. Dieser schlug um sich, wollte den Mann wegstoßen, doch der war zu kräftig.

Dann ein Geräusch wie von einem stotternden Automotor, der nicht anspringen will, nur viel lauter, kaum länger als eine Sekunde.

Am Fuß der Mauer lagen sieben Leichen.

Mit großer Geste ließ der Bucklige die Waffe sinken; die Wachen beglückwünschten ihn aufrichtig begeistert zu seiner Treffsicherheit. Er humpelte weg: der Rest von Kellers Zuhörerschaft kauerte zwischen Mauer und nächstgelegener Baracke auf dem Boden.

Der Wärter, der Keller umgerempelt hatte, stand auf und murmelte: »Judenfreund.«

Taumelnd richtete Keller sich auf. Klammerte sich an die winzige Hoffnung, die anderen blieben vielleicht verschont. Zumindest Margret. Er musste so schnell wie möglich zum Kommandanten, ehe es zu spät war. Doch eigentlich wusste er: Das Töten war nicht zu Ende, nur weil der Bucklige verschwunden war.

»Zeit für einen Besuch auf dem Friedhof«, erklärte der Oberscharführer und klopfte mit dem Schlagstock auf seinen Stiefel. »Wir müssen den Toten die letzte Ehre erweisen.«

Die restlichen Häftlinge mussten die Leichen durch die langen Reihen von Baracken, weg von »Konzertsaal« und Haupttor schleifen. Die Wärter gingen neben ihnen her und schlugen sie, wenn sie langsamer wurden, lachten bei ihren Aufschreien. Zögerlich folgte Keller ihnen; er wusste nicht, wie er sich verhalten sollte, doch dann ging er schneller und versuchte, in die Nähe von Margret zu kommen.

Starr geradeaus blickend, schritt sie dahin. Tränen strömten ihr übers Gesicht. Sie nahm ihn nicht wahr, hörte nicht, als er sie beim Namen rief. Näher ließen die Wachen ihn nicht heran.

Er blieb stehen, wünschte, er könnte Margret packen, sie aus dieser Prozession herausziehen. Er musste mit ihr reden, er konnte sie nicht einfach aus seinem Leben verschwinden lassen, ohne mit ihr gesprochen zu haben.

Eine Wache sah, wie Keller auf sie zurannte, und rammte ihm das Gewehr in den Leib. Nach Atem ringend fiel er auf die Knie. Ein anderer Wachmann gesellte sich dazu und trat Keller in die Leistengegend. Eine Woge von Schmerz stürzte über ihm zusammen, und er fiel hintüber, sah gerade noch den Triumph in den Augen des Wärters.

Plötzlich war Rudolfs Gesicht über ihm. »Sie Narr«, flüsterte er. »Wollen Sie sich umbringen lassen?« Mit erstaunlicher Kraft packte er Keller an den Schultern, um ihn daran zu hindern, weiter um sich zu schlagen. »Versuchen Sie nicht, sie zu retten. Die kann niemand mehr retten.«

Doch die Schmerzen in seinem Bauch machten Keller so wütend, dass es ihm gleichgültig war, was passierte. Er stieß Rudolf zurück, rappelte sich auf und hinkte hinter der Gruppe her.

Als sie bei dem Platz ankamen, wo Leichen verscharrt wurden, holte er sie ein. Am Rand der Grube blieb er stehen, nestelte ein Taschentuch hervor und presste es an Mund und Nase. Wäre nicht der grauenhafte Gestank gewesen, hätte er seinen Augen nicht getraut. Aus Haufen verschrumpelter Leichen stachen Glieder. Offene Augen starrten. Verzerrte Münder klafften, ein Chor stummer Schreie.

Nein, das kann nicht sein. Es ist ein Alptraum.

Doch genau das hatte Margret gesehen.

Bitte, lieber Gott, mach, dass das nur ein böser Traum ist, mach, dass ich aufwache und das alles nicht wahr ist … auch wenn es dann keine Margret gibt.

Die Juden entkleideten die Leichen, ehe sie sie in die Grube warfen. Dann befahlen die Wachen einem der Männer, sich auszuziehen und in die Grube zu steigen. Zuerst verstand Keller nicht, was sie von dem Mann erwarteten, doch dann wurde dies auf grässliche Weise klar: Er sollte mit einer der weiblichen Leichen kopulieren.

Sie deuteten auf die Vollbusige, die blutverschmiert auf dem Leichenhaufen lag. Die anderen Juden wichen vom Rand der Grube zurück, doch die Wärter zwangen sie hinzusehen. Voller Hass sah der Mann zu den Henkersknechten hinauf, spreizte dann die Beine der Leiche auseinander.

Macht er wirklich, was sie von ihm verlangen? Warum soll er auch nur so tun als ob, wenn er doch weiß, dass sie ihn ohnehin umbringen?

»Los, Jude«, befahl der Oberscharführer. »Wir haben nicht den ganzen Tag Zeit.«

Langsam schüttelte der Mann in der Grube den Kopf, weigerte sich, die Leiche zu besteigen. Erneut zog der Oberscharführer seine Waffe halb aus ihrem Halfter, entschied sich dann jedoch für eine andere Taktik.

»Ich lasse dich am Leben.« Doch die Lüge war zu offenkundig. Der Jude schüttelte beharrlich den Kopf.

»Was hast du denn, Judenschwein?«, höhnte ein

Wärter, der auf der anderen Seite der Grube stand. »Bist wohl ein Schwuli, ha?«

Seltsam ruhig drehte der Jude sich um und spuckte auf die Stiefel des Wachmanns.

Keller wirbelte um seine eigene Achse und rannte los, in Richtung des Kommandantenbüros, taumelte an Baracken vorbei, wich Gruppen von Wachmännern aus, die ihm nachsahen, aber nichts taten, um ihn aufzuhalten. Die Schmerzen in seiner Brust und seinem Bauch und das Hämmern in seinem Kopf machten das Laufen noch beschwerlicher; beim »Konzertsaal« musste er stehenbleiben. Er rang nach Atem. Dann hastete er weiter.

Als er bei dem Büro ankam, wollte der dort postierte Wachmann ihn nicht durchlassen. Keller zögerte; sollte er versuchen, ihn zu überreden? Doch stattdessen rannte er um die Ecke, bis er zu einem Fenster gelangte, durch das er den Kommandanten an seinem Schreibtisch sitzen sah. Er klopfte an die Scheibe, doch der Kommandant blickte nicht auf. Immer heftiger hämmerte er, bis schließlich das Glas brach.

Jetzt sah der Kommandant auf, blickte ihn mit genau der gleichen gelangweilten Erwartung an, die Keller neulich schon aufgefallen war.

»Wie können Sie so etwas zulassen!«, fragte Keller; seine Stimme klang leise, gebrochen, ohne Nachdruck, da er immer noch nach Atem rang.

Lächelnd lehnte der Kommandant sich in seinem Sessel zurück, schlug die Beine übereinander und lachte. O ja, er lachte, fand das wohl amüsant. Er schüttelte sich vor Lachen und zog ein Taschentuch hervor, um sich die Tränen von den Augen zu tupfen. Schließlich beugte er sich wieder über den Schreibtisch und machte mit seinen Notizen weiter.

Keller verlor die Beherrschung und zertrümmerte noch eine Scheibe. Blut spritzte auf das Fensterbrett. Ruckartig blickte der Kommandant wieder auf; die Lippen waren zu einer scharfen Linie zusammengepresst. In den eisigen Augen keine Spur mehr von der Erheiterung vorhin. Er starrte Keller an, bis dieser sich umdrehte und wegrannte.

Die Wachen und die Häftlinge kamen zurück. Vor dem Gebäude mit den Schloten machten sie halt, und die Verdammten wurden aufgefordert, sich zu entkleiden. Einige weigerten sich; die Wärter rissen ihnen die Gewänder vom Leib.

In dem beißenden Wind zitterten die zwanzig zu Skeletten abgemagerten Körper. Die Wachen stießen sie mit ihren Gewehrkolben in die Rippen und schlugen sie auf die Genitalien, die Frauen kniffen sie in den Hintern. Dann traten sie zurück. Jetzt werden sie sie erschießen, glaubte Keller. Doch nichts dergleichen geschah. Plötzlich begriff er, was für ein Spiel sie mit ihren Opfern trieben: sie sollten einfach noch eine Weile in der Kälte dastehen.

Minuten verstrichen. Es schneite jetzt heftiger; außer dem Heulen des Windes war kein Laut zu vernehmen. Die ausgezehrten Körper liefen blau an.

»Margret!«, rief er, würgte den Namen hervor.

Ein Wärter drehte sich um: »Halt's Maul!«

Margret sah ihn an, wie von weit weg, von der

äußersten Grenze des Universums her. In ihren Augen stand keine Furcht. Ihr war klar, was geschah, doch sie war schon jenseits all dessen. Die Tränen auf ihren Wangen waren getrocknet.

Einige Juden bedeckten ihre Genitalien mit den Händen. Ihr Stöhnen vermischte sich mit dem Heulen des Winds zu einem düsteren Zwiegesang, der sich für immer in Kellers Gedächtnis eingrub. Nur Margret schwieg.

Plötzlich deutete einer der Häftlinge mit dem Finger auf Keller und rief: »Das ist Ihre Schuld!«

Eine Windbö peitschte ihm ins Gesicht. »Was? Wieso?«

»Ihre wunderschöne Musik war ein fauler Trick!«

»Aber ich habe doch nicht geahnt, dass es so weit kommen würde. Margret, sag ihnen, dass ich davon nichts gewusst habe!«

Sie sah ihn an, sagte nichts. Wo auch immer sie war, wo auch immer ihr Geist weilte, es spielte keine Rolle mehr für sie, ob er schuldig geworden war. Er versuchte, nur ihr Gesicht anzublicken, doch dann fiel sein Blick auf ihre Brüste, die wie luftlose Ballons über den knochigen Rippen hingen. Seine Augen zeichneten die Umrisse ihres aufgeschwollenen Bauches über der dunklen Scham nach. Doch er sah sie nicht auf die Weise an wie die Wachen; sein Blick hatte nichts Gemeines, Demütigendes. Er versuchte nur, sich zu erinnern, wie es gewesen war, als er diesen zerbrechlichen Körper in den Armen gehalten hatte.

Allmählich wurde es dunkel. Das Geräusch klappernder Zähne, vermischt mit dem heulenden Wind, wurde unerträglich. Wie lange wollten diese Folterknechte sie noch peinigen?

Und was wird aus mir, jetzt, da ich Zeuge dessen geworden bin?

Keller verschluckte sich fast an einem Speichelklumpen. Er wandte sich ab, mit weit aufgerissenem Mund, versuchte sich auf die kunstvollen Muster der wirbelnden Schneeflocken zu konzentrieren. Plötzlich ein erstickter Schrei. Ein Mann in der Reihe der Opfer schwankte, taumelte, fuhr sich mit einer Hand an die Kehle. Seine Knie gaben nach und er fiel vornüber.

»Steh auf!«, bellte ein Wärter. Der Mann regte sich nicht. Der Wachmann und ein paar seiner Kumpane drehten sich zu Rudolf um, der ebenfalls da war, sich jedoch abseits der Folterknechte hielt. Er hatte die Hände tief in die Hosentaschen gebohrt und den Blick starr auf den Boden gerichtet, als bewundere er die Weiße des Schnees, der sich zu seinen Füßen ansammelte. Er war am Rand der grausigen Prozession zu der Grube und zurück mitmarschiert, hatte jedoch bis jetzt nichts getan.

Als er merkte, wie sie ihn anstarrten, versteifte er sich. Sie schienen zu sagen: »Jetzt bist du an der Reihe.« Er ging zu dem Mann, der auf dem Boden lag, zog langsam seinen Dienstrevolver und feuerte eine Kugel in den Schädel des Mannes. Der Körper bäumte sich kurz auf, der Schnee färbte sich purpurn.

Als Rudolf sich den Wachen anschloss, begegnete sein Blick dem Kellers; hastig sah er weg.

Kurz darauf brüllte ein Mann, der neben dem

Leichnam stand: »Es ist genug, ihr Tiere. Worauf wartet ihr noch?« Einige Wärter lachten in sich hinein. Langsam ging der Mann, vor sich hinfluchend, auf den Zaun zu.

Sie ließen ihn. Schließlich begann er zu laufen.

Keller wünschte so sehr, der Häftling möge es schaffen, obwohl er wusste, er würde auf dem Stacheldrahtzaun aufgespießt hängenbleiben. Doch in diesen wenigen Sekunden wurde an der Art, wie er rannte, wie er mit seinen dünnen Ärmchen durch die Luft ruderte, als seine spindeldürren Beinchen ihnen vorwärts trugen, klar, dass er Hoffnung geschöpft hatte. Natürlich wusste sein Verstand, es war vergeblich, doch in diesen letzten Augenblicken schien blinder Überlebenswille ihn anzutreiben.

Gerade als er den Zaun erreichte, schossen sie.

Nach weiteren zehn Minuten flehten einige der Häftlinge, erschossen zu werden. Schließlich verkündete der Oberscharführer: »In Ordnung. Zeit fürs Duschen«, und öffnete die Tür des Gebäudes. Die Juden hasteten hinein. Ein paar Wärter folgten ihnen. Die Tür schloss sich.

Die anderen Wachen zerstreuten sich, ließen Keller allein vor dem Todesbunker zurück. Er nahm einen Anlauf und warf sich gegen die Tür, doch er wusste, es war aussichtslos. Er konnte nichts mehr für Margret tun. Erschöpft sank er auf die Knie, lehnte sich an eine Wand. Von drinnen vermeinte er Schreie zu hören; allerdings waren die Mauern aus Stein so dick, dass es wohl nur Einbildung war.

Als ein paar Minuten später die Tür sich öffnete, traf sie ihn mit voller Wucht auf Brust und ins Gesicht; er fiel vornüber. Gemächlich traten die Henkersknechte ins Freie und unterhielten sich im Plauderton über Alltägliches.

Sein ganzer Körper schmerzte. In dem Durcheinander nach dem Konzert hatte er seinen Mantel vergessen; jetzt waren sein Hemd und seine Hose nass vom Schnee. Seine rechte Hand blutete.

Mindestens eine Stunde lag er so da. Allmählich verblasste das Geschehene, das Gesehene – das Lager, die Grube, die Gaskammer. Mit der Linken kratzte er ein wenig Schnee zusammen, um die schmerzende Hand zu kühlen, versuchte, das Brennen in den Augen zu lindern, indem er sie mit Schnee einrieb. Er erinnerte sich, wie sehr er sich als Kind davor gefürchtet hatte, im Dunkeln alleingelassen zu werden, wie er sein Kopfkissen an sich gedrückt hatte, als wäre es ein Stofftier oder ein eingebildeter Freund. Der Geruch frischer Laken, der Gutenachtkuss seiner Mutter, das Geräusch, wenn sie die Tür hinter sich zuzog – all das wurde wieder lebendig. Er erinnerte sich an die Rodelfahrten und wie er eines Tages vom Schlitten gefallen, den Hügel hinuntergepurzelt und, unten angekommen, so durchfroren gewesen war, dass er die Beulen und blauen Flecken gar nicht gespürt hatte. Und wie wässrig der Schnee geschmeckt hatte.

Plötzlich tauchte ein paar Zentimeter vor seinen Augen ein Stiefel auf. Er schaute nach oben und erkannte die metallgefasste Brille, die spitze Nase und das eckige Kinn, das aus der Stirn nach hinten gekämmte Haar, das Gesicht, das er nach dem, was geschehen war, so unbändig hasste. Die glitzernde Weiße des Schnees verschmolz mit dem Zwielicht der Dämmerung; der hin- und herschwenkende Suchscheinwerfer verlieh den schattenhaften Umrissen der Gebäude ringsum für kurze Augenblicke scharfe Konturen.

Der Kommandant hielt etwas in der Hand, das er jetzt Keller entgegenstreckte: »Ihre Geige. Sie haben sie nicht eben sorgsam verräumt, daher war ich so frei, sie in das Tuch zu wickeln und den Geigenkasten zu verschließen.«

Keller setzte sich auf, nahm wortlos das Instrument und drückte es an die Brust. Er überlegte, wie er den Kommandanten für all das zahlen lassen könnte. Doch was geschehen war, ließ sich nicht aufrechnen.

»Warum haben Sie das getan?« Seine Stimme klang fremd in seinen Ohren, körperlos, als spreche ein anderer.

Der Kommandant sah ihn nur an.

»Ich habe gedacht, Sie würden sie am Leben lassen.«

»Wie sind Sie denn auf die Idee gekommen?«

»Irgendeinen Sinn musste Ihr Experiment doch haben. Vielleicht als Sühne für all die anderen.«

Der Kommandant lachte auf. »Ich fürchte, Sie haben mich mit sich verwechselt. Sehen Sie, ich fühle mich in keiner Weise schuldig. Offenbar geht es nicht in Ihren Kopf hinein, dass ich das Experiment aus rein wissenschaftlicher Neugier durchgeführt habe.«

»Wissenschaftliche Neugier …« wiederholte Keller kopfschüttelnd.

»Was hätte es denn gebracht, wenn ich sie am Leben gelassen hätte? Halten Sie es etwa für angebracht, Versuchstiere weiterzuverwenden, wenn ein Experiment abgeschlossen ist? Wir haben hier fast unerschöpflichen Nachschub, verstehen Sie?«

Er sah sich ihm an die Kehle springen und umwerfen. Sah, wie er sich auf ihn stürzte und seinen Kopf auf den Boden schlug. Sah, wie er schließlich den knochenharten Adamsapfel ertastete und ihn nach innen, immer tiefer nach innen presste. Wie der Kommandant wild um sich schlug, um ihn wegzustoßen; wie die zerbrochene Brille auf seiner Nase tanzte, als er den Kopf hin und her warf.

In Wirklichkeit saß er reglos da und flüsterte mit hasserstickter Stimme: »Sie haben sie als menschliche Wesen bezeichnet.«

»Mag sein«, räumte der Kommandant leichthin ein. »Vielleicht war ja außer Neugier noch ein anderes Motiv mit ihm Spiel. Es gibt auch keinerlei Grund, weshalb ich das nicht eingestehen sollte, jetzt, da Sie tiefer in die Sache verstrickt sind, als Sie es je für möglich gehalten hätten.«

»Was wollen Sie damit sagen?«

»Verstehen Sie – man wird dessen überdrüssig, Macht über Menschen zu haben, die immer gleiche Macht, sie zu töten, und das tagtäglich. Ich gebe zu, anfangs ist das erregend, doch nach einer gewissen Zeit wird es zur Routine. Das monatliche Soll wird zu einer Belastung. Man ist übersättigt, gelangweilt – vor allem, wenn sie keinerlei Widerstand leisten, wenn sie nicht mehr zu *spüren* scheinen, was man ihnen antut. Es gibt natürlich physische Methoden, um eine Reaktion zu provozieren, doch das ist für meinen Geschmack zu plump, zu simpel. Ich ziehe einen verfeinerten Ansatz vor. Wenn man eine Möglichkeit findet, auch nur einen Funken Hoffnung in ihnen zu wecken, sind sie einem wieder völlig ausgeliefert. Man braucht nur ihre Nervenenden zu stimulieren, und der Schmerz, den man ihnen zufügt, wird ihnen wieder wehtun.«

Unterschwellige Erregung klang in seiner Stimme an, und in dem gespenstischen Zwielicht glänzten seine Augen unnatürlich.

»Aber Sie haben mir versprochen …« Mühsam, vor Kälte zitternd, rappelte Keller sich auf. »Sie haben versprochen, alles in Ihrer Macht Stehende zu tun, um sie zu retten.«

»Erwarten Sie wirklich von einem Mann wie mir, dass er seine Versprechen hält?«, fragte der Kommandant leise. »Doch in diesem Fall habe ich es gehalten. Ich habe nie versprochen, sie zu retten; ich habe lediglich versprochen, alles in meiner Macht Stehende zu tun, um Ihre Wünsche zu erfüllen.«

Keller drehte sich um und wandte ihm den Rücken zu.

»Und das habe ich gehalten.«

Keller lief es kalt den Rücken hinunter. »Was, zum Teufel, soll das heißen?«

»Dass Sie ihren Tod wollten.«

»Nein!« Langsam, ganz langsam entfernte Keller sich vom Kommandanten. Es fiel ihm schwer, das Gleichgewicht zu halten; bei jedem Schritt schwankte er hin und her.

»O doch«, widersprach der Kommandant voller Genugtuung und ging ihm nach. »Vor der Wahrheit können Sie nicht davonlaufen.«

»Ich wollte, dass Sie sie am Leben lassen.«

»Gesagt haben Sie das wohl, aber ich habe Sie durchschaut. Ganz schön raffiniert von Ihnen, sich selber mit der Vorstellung zu schmeicheln, dass Sie Ihr eigenes Leben riskieren, um andere Menschen zu retten. Und mein Leben obendrein. Wie überaus edel! Und jeder Verantwortung ledig, als Sie sie sterben sahen.«

»Daran hatte ich keinen Anteil«, flüsterte Keller, ohne sich umzudrehen oder stehen zu bleiben.

»Sie hätten früher abreisen können, dann könnten Sie jetzt Ihre Hände in Unschuld waschen. Aber nein, Sie wollten bleiben und bei den Hinrichtungen zusehen, um diese ganz besondere Erregung zu verspüren.«

»Nein, verdammt, nein!« Keller hielt sich die Ohren zu.

»Sie sind ja nicht einmal in der Lage, der Hölle den Rücken zu kehren, selbst wenn das Tor für Sie offensteht.«

»Sie hätten uns erschossen, wenn wir durch das Tor gegangen wären.«

»Machen Sie sich das ruhig vor; eine wunderbare Ausrede. Tatsache ist jedoch, Sie hätten genauso leicht hindurchgehen können wie ich.«

»Sie lügen. Sie haben nur mit uns gespielt.«

»Sie werden das nie mit Sicherheit wissen«, erwiderte der Kommandant hämisch. Keller spürte förmlich, wie die Augen des Kommandanten seinen Hinterkopf durchbohrten.

Hätten sie wirklich entkommen können? Hätte er Margret retten können? Hätte er zumindest vermeiden können, Zeuge ihrer Hinrichtung zu werden?

»Sehen Sie, Sie tragen die Hölle in sich, und die Geige ist Ihr Folterinstrument. Ich weiß es – ich habe Ihre Tagebücher gelesen.«

Keller erstarrte. Wie, um alles in der Welt, waren seine Tagebücher in ihre Hände gelangt?

Die Gestapo.

Nun verstand er: Sie hatten ihn für dieses Experiment ausgesucht, weil sie alles über ihn wussten – sie wussten, wie sehr ihn die verwundeten Soldaten und ihre Derbheit angewidert hatten. Und Sie wussten weit mehr, als in seinen Aufzeichnungen stand. Bestimmt wussten sie auch alles über Ernst. Und über Alina – und wie sich sein musikalisches Empfinden verändert hatte, nachdem er sich aus ihrem Leben gestohlen hatte.

Sie wussten alles. Alles.

»Sie verzeihen es Ihrem Publikum nicht so ohne weiteres, dass es Zeuge Ihrer Qualen wird.«

»Was reden Sie da?«

»Muss ich es Ihnen noch deutlicher sagen? Na schön. Sie sind nicht gut genug, um sie mit Ihrem Talent für sich zu gewinnen, und deshalb wollen Sie sie töten. Und wen hassen Sie am allermeisten?«

»Sie!«, schrie Keller und wirbelte herum, um ihm ins Gesicht zu sehen.

»Ja, natürlich.« Er lächelte: Der Hass, der ihm von

Keller entgegenschlug, bereitete ihm offenbar Vergnügen. »Aber ich habe vom ersten Augenblick an gewusst, dass Sie nie die Hand, ja, nicht einmal einen Finger gegen mich erheben würden. Nein, dazu waren Sie zu höflich. Sie waren bereit, Befehle auszuführen, ganz gleich, wie Ihnen dabei zumute war. Eine willige Figur im Spiel der Mächtigen, die Art Staatsbürger, die das Dritte Reich braucht.«

Ziellos ging Keller weiter; der Kommandant folgte ihm, anscheinend langsamer als zuvor, denn seine Stimme klang immer entfernter.

»Sie würden nie jemanden umbringen – nicht mit Ihren eigenen Händen. Oh, nein – dazu sind Sie zu edel. Und Ihre Moral, an die Sie sich klammern, zu kostbar. Das Handwerk des Tötens überlassen Sie uns.«

»Und Sie, was ist mit Ihnen?«, rief Keller.

»Mit mir? Ich schwimme mit dem Strom. Ich versuche gar nicht erst, mein Verhalten zu rechtfertigen oder zu entschuldigen, indem ich erkläre, nur Befehle zu befolgen. Sie halten mich für ein Ungeheuer, aber sind wir wirklich so verschieden?«

Mittlerweile hatte Keller Mühe, ihn zu verstehen, da nur noch Sprachfetzen durch das Heulen des Windes hindurch zu ihm drangen.

»Der einzige Unterschied besteht darin, dass ich mich nicht vor dem verstecke, was ich bin.«

»Warum haben dann *Sie* das Töten den Wachen überlassen? Sie waren ja nicht einmal dabei!«

Keine Antwort. Keller warf ein Blick hinter sich, konnte den Kommandanten aber nur noch mit Mühe erkennen, da es inzwischen heftig schneite. Als er sich dem Haupttor näherte, vermeinte er jedoch diese Worte zu vernehmen: »Sie wissen, dass ich Sie hätte töten können. Man hat mir berichtet, Sie hätten versucht einzugreifen.«

Ein letztes Mal blieb Keller stehen.

»Aber ich werde Sie gehen lassen. Im Grunde genommen stellen Sie keine Bedrohung für das Dritte Reich dar. Tief in Ihrem Herzen … sind Sie ein Komplize.«

Fast unhörbar waren diese letzten Worte, und er verstand auch nicht gleich ihre Bedeutung. Doch dann schien es ihm – wiewohl er die Stimme des Kommandanten nur noch schwach und aus weiter Ferne wahrnahm –, als hätte er sie ihm direkt ins Ohr geflüstert … oder als wären sie aus seinem Innersten emporgestiegen.

XIV

Komplize. Fast brach er zusammen unter der Wucht dieses Wortes. Die Wachen öffneten das Tor, und er schritt hindurch, fragte sich, ob die Falle, die er in der Nacht zuvor gemieden hatte, jetzt zuschnappen würde. Der Kommandant hatte ihm seine Sicherheit keineswegs garantiert. Möglicherweise legten die Wachen gerade an und nahmen ihn ins Visier, warteten nur, bis er gerade noch in Schussweite war. Ließen ihn Hoffnung schöpfen; mittlerweile wusste er, wie sehr sie dieses Spiel genossen.

Keller blickte nicht zurück; er hatte nur einen Gedanken: So schnell wie möglich von den Lagerlichtern wegzukommen, ohne zu laufen. Am Ende der kurzen Straße, die vom Tor wegführte, kam er zu der Verladerampe und wandte sich nach rechts. Er wusste nicht, wie er nach Hause finden sollte; er beschloss daher, den Schienen zu folgen – zumindest stimmte dann wohl die Richtung.

In der Nacht zuvor war Vollmond gewesen; unter dem sternenübersäten Himmel wäre es ein Leichtes gewesen, den richtigen Weg zu finden – wenn er sich durch das Tor gewagt hätte. Heute musste er jedoch befürchten, in der Dunkelheit vom Weg abzukommen, doch die Weiße des Schnees reflektierte ein wenig das schwache Licht des Mondes, das durch die Wolken drang. Er beschloss, die Hauptstraße zu meiden und lieber dem provisorischen Weg zu folgen, der parallel dazu jenseits der Schienen verlief und an dem Tag von Wehrmachtlastwagen durchpflügt worden war, die er auf seinem Weg zum »Konzertsaal« und seinem letzten Auftritt vorbeifahren sehen hatte. Dort hatte der Wind Schneewehen aufgetürmt, in die er bei jedem Schritt bis zu den Waden einsank; immer wieder strauchelte er.

Nach einer Viertelstunde kam er zu einer Weggabelung, an die er sich nicht erinnerte. Er musste an das Lagerhaus voller Schuhe denken und wie die Häftlinge Säcke und Kisten auf die Eisenbahnwaggons gehievt hatten; die Schienen führten daher wohl nach Frankfurt, oder Berlin, oder zumindest zu einem ziemlich großen Depot, nicht aber in die Kleinstadt, in der er lebte. Er schlug daher die Richtung von den Schienen weg ein, vermied es jedoch, auf der Straße zu gehen, hielt sich lieber ein wenig neben ihr, um nicht von irgendwelchen Fahrzeugen, die möglicherweise zum Lager fuhren oder von dort kamen, entdeckt zu werden.

An den nächsten Tag oder darüber hinaus zu denken, wagte er nicht. Er ging dorthin, wo er wohnte, konnte sich jedoch nicht vorstellen, so weiterzuleben wie zuvor. Wie sollte er es ertragen, morgens in den Spiegel zu sehen? Wie sollte er je wieder die Geige zur Hand nehmen, um zu üben? Immer noch hatte er die hohlwangigen Gesichter der in der Kälte blau sich verfärbenden nackten Gestalten vor Augen. Und den

Haufen verrottender Leichen in der Grube. Mittlerweile fieberte er schon, zitterte.

Doch hauptsächlich vor Wut und Scham. Er erinnerte sich, wie Margret zusammengebrochen war, nachdem sie ihm erzählt hatte, wie ihre Familie ausgelöscht worden war. Erinnerte sich an die Abgeklärtheit, mit der sie ihren Peinigern gegenübergestanden hatte, ehe sie starb. Und er wusste, weder die Wachen noch er selbst wären in der Lage, dem Tod mit solcher Würde ins Auge zu sehen.

Das Gehen in den Schneeverwehungen wurde so beschwerlich, dass er sich entschloss, doch auf der Straße weiterzumarschieren; sonst würde er es nie schaffen. Doch mittlerweile fiel der Schnee so dicht, zerrte der Wind so wütend an ihm, dass er sie nicht fand. Er hatte die Orientierung verloren, wusste nicht mehr, ob seine Beine ihn nach vorne, vom Weg ab oder gar zum Lager zurück trugen.

Immer häufiger strauchelte er und fiel zu Boden; schließlich hatte er nicht mehr die Kraft und den Willen, sich erneut aufzurappeln. Der Wind war abgeflaut, und ein paar Minuten lag er einfach da, sah zu einem kleinen Wäldchen ganz in der Nähe hinüber und fragte sich, ob dort vielleicht ein Haus war, oder ob möglicherweise auf einem der Felder eine Scheune oder ein Heuschober war – irgendetwas, wo er Zuflucht fände.

Der Wind frischte wieder auf, blies ihm Schnee ins Gesicht; er spürte die nassen Flocken auf Nase und Wimpern, auf den Haaren. Er vergrub das Gesicht in den Händen – der einzige Schutz, der ihm geblieben war. Liegen bleiben wollte er, nicht mehr sich aufraffen und gegen den Wind ankämpfen müssen. Nur so lange, bis er sich etwas ausgeruht hätte, bis es nicht mehr so heftig schneite.

Wer sagt denn, dass ich noch heute Abend nach Hause kommen muss?

Bei Tageslicht wäre es bestimmt leichter, den Weg zu finden, überlegte er. Er lockerte den Griff um den Geigenkasten, verspürte ein seltsames Gefühl der Erleichterung.

Er wusste, was mit Leuten passierte, die in einem Schneesturm einschliefen. Doch das war ihm gleichgültig, so erschöpft war er. Und allmählich fragte er sich in seiner zunehmenden Benommenheit, warum denn er am Leben bleiben sollte, während sie gestorben waren.

Der Gedanke, dass seine Geige, die er immer wie seinen Augapfel gehütet hatte, zusammen mit ihm begraben würde, dass ein wunderbares Instrument der Welt für immer verloren wäre, weil er sie bei einem teuflischen Experiment benutzt hatte, flackerte in ihm auf. Er versuchte, sich das sattrote Glänzen des Firnisses, die herrlichen Färbungen, die von der Naht auf dem Rücken der Geige aus züngelten, vorzustellen. Denn um ihn herum war alles kalt, grauweiß. In seiner Welt gab es keine Farbe mehr, nur noch Weiß: auf dem Boden, durch die Luft wirbelnd, eine gespenstische Helle in der Dunkelheit. Er betrachtete den schon halb zugeschneiten Geigenkasten, sehnte sich nach den warmen Farben des Instruments. Schon nestelten seine Finger am Schloss, da besann er sich: Was auch immer mit der Geige geschähe, wenn er jetzt stürbe, er würde nicht mitten in einem Schneesturm den Kasten öffnen und eine Guarneri ruinieren, nur um sie ein letztes Mal anzuschauen.

Er schloss die Augen. Das weiche Geräusch des fallenden Schnees wurde nur mehr gelegentlich durch ein Aufheulen des Windes zerrissen. Musikfetzen wirbelten ihm durch den Kopf, motivische Bruchstücke, die sich allmählich zu langsamen Dreivierteltakten fügten und schließlich zur Ahnung eines bekannten Musters verdichteten. Was für eine Musik war es, die so unendlich sanft von weither zu ihm drang? Die schon steifen Finger seiner Linken pressten sich im Rhythmus der Melodie auf den Geigenkasten: gedachte Akkorde und Doppelgriffe. Die *Chaconne* war es – so rein, so wunderherrlich und jetzt so … unerreichbar. Es war nur wenige Stunden her, dass er sie gespielt hatte. Ehe seine Welt unwiderruflich in Düsternis versunken war. Da lag er nun und lauschte der meisterlichen Entfaltung der Variationen in D-Dur, und fühlte sich emporgezogen, als triebe er auf dem großartigen Bogen von stiller Darlegung zu glühender Bestätigung, schließlich Verzückung dahin.

Doch dann der Bruch, die stille Resignation der Rückkehr zu d-Moll, zu Hoffnungslosigkeit: Er wusste, nie wieder würde er diese Musik spielen. Er ertrug es nicht mehr, sie zu hören, könnte nicht aushalten, was kommen würde: Der Orgelpunkt auf der leeren A-Saite, die andere, schrittweise absinkende Stimme, die, chromatisch, doch immer wieder das A aufklingen lässt, ein fernes Totengeläut, immer stärker, immer näher.

Unendlicher Willenskraft bedurfte es, sich aus dieser Träumerei zu reißen. Auf das Hier und Jetzt musste er sich konzentrieren, nicht auf Musik aus einer Welt, die nicht mehr existierte. Er konnte nicht die ganze Nacht hier liegenbleiben, das würde er nie und nimmer überleben. Nur ein Weilchen noch, dann stehe ich auf, beruhigte er sich. Nur ein paar Minuten, um mich auszuruhen. Dass er es wahrscheinlich ohnehin nicht schaffen würde, spielte keine Rolle, auch nicht die Tatsache, dass es nichts mehr gab, auf das er sich freuen konnte. Er musste es versuchen. Das war er – *ihnen* schuldig. Der Krieg musste bald vorüber sein, und irgendjemand müsste dann Zeugnis ablegen.

Als Erstes durfte er sich nicht von diesen letzten Variationen, der von weit her ertönenden Totenglocke bannen lassen.

Allerdings musste er, wie schon so oft, feststellen, es fiel ihm gar nicht so leicht, ein Musikstück aus seinem Kopf zu verscheuchen, immer aufs Neue wiederholte es sich, ein endloser Kreislauf. Die einzige Möglichkeit, dies abzustellen, war, eine andere Melodie dagegen zu setzen.

»Gebt mir meinen Jesum wieder«, klang in ihm auf, das lebhafte, ja übermütige Thema, die effekthascherischen kleinen Tonleitern und Arpeggien, die in fast absurdem Gegensatz zur Feierlichkeit der Chaconne und der Hoffnungslosigkeit seiner Situation, der Nässe und Kälte, die in seine Knochen sickerte, standen. Das war das Letzte, worüber er jetzt nachdenken wollte: das Klirren der Münzen auf dem Boden des Tempels und die Hand, die sie hingeschleudert hatte.

Muss ich denn wirklich mit dieser fröhlichen Melodie im Kopf sterben?

Er riss an seinen Haaren, schlug sich mit der flachen Hand auf die Stirn, um Stille zu erzwingen.

Ein dumpfes Rumpeln. Immer lauter. War es in seinem Kopf, war es das Sirren, das ihn des Nachts quälte, ihm den Schlaf raubte, nur schlimmer als sonst, da die öde Schneelandschaft alle normalen Geräusche geschluckt hatte?

Nein, es war nicht in seinem Kopf.

Er blickte auf. Ein Flugzeug? Das endlich das teuflische Lager bombardieren würde? Er konnte nur ein paar Meter nach oben blicken, außerdem kam das Geräusch von rechts. Das Rumpeln eines Automotors. Nicht weit von ihm entfernt durchschnitten zwei Lichtstrahlen die Weiße des Felds; er war also doch nicht sehr weit von der Straße abgekommen. Mit dem letzten Quäntchen Kraft rappelte er sich auf, zog die Violine aus ihrem Bett aus Schnee. Wusste nicht, ob er auf das Auto zu oder davon wegrennen sollte. Waren sie gekommen, um ihn zu retten, oder …

»Steigen Sie ein!« Es war kein Befehl. »Kommen Sie schon, steigen Sie ein!« Nicht Ungeduld, eher etwas Bittendes schwang in der Stimme mit. Schließlich erkannte er, über dem gleißenden Scheinwerferlicht, durch den weißen Schleier hindurch, das Gesicht das Fahrers: Rudolf war es, der sich halb zu ihm wandte.

»Sie … Sie sind allein gekommen?« Zu Burkhards Überraschung klang dies ungemein erleichtert.

Rudolf nickte.

»Hat er Sie geschickt, um das Ganze zu einem Ende zu bringen?«

»Nein.«

»Um einen Störfaktor zu beseitigen? Ein Experiment endgültig abzuschließen?«

»Sie irren sich. Dann wäre es am einfachsten gewesen, Sie hier umherirren und schließlich erfrieren zu lassen. Außerdem hätte er, wenn er Sie endgültig hätte beseitigen wollen, jemand anderen geschickt.«

Burkhard stolperte noch etwas näher an das Auto heran. Doch gerade, als er am Türgriff ziehen wollte, schoss ihm der Gedanke durch den Kopf, dass der Kommandant Rudolf vielleicht geschickt hatte, um ihn einer letzten Loyalitätsprüfung zu unterziehen. Schließlich und endlich war es weit schwieriger, einen bekannten Musiker zu ermorden als einen namenlosen Juden. Seinen Kollegen allerdings wäre das nicht weiter schwergefallen.

»Um Himmels willen, worauf warten Sie noch? Ich bin hier, um Sie nach Hause zu bringen.«

In dem Auto befand sich offenbar keine Waffe. Und der Drang, sich auf den Rücksitz fallen zu lassen, war einfach zu überwältigend.

Rudolf legte den Gang ein, und der Wagen setzte sich in Bewegung. Eine ganze Weile sagte keiner von beiden ein Wort. Burkhard erinnerte sich an ihre erste Begegnung vor zwei Tagen, an seine Überraschung, in diesem Lager auf einen Menschen gestoßen zu sein, der wie er Musik liebte. Und an die Ernsthaftigkeit ihres Gesprächs über die *Matthäus-Passion* erinnerte er sich, doch so, als habe sie jenseits einer tiefen Kluft, in einer früheren Phase seines Lebens, einer Zeit der Unschuld stattgefunden. Es stimmte, er hatte sich zu diesem Zeitpunkt bereits zusammengereimt, dass in dem Lager Schreckliches passierte, doch er hatte nicht gewusst, welche Rolle Rudolf dabei zukam. Und seine Hände waren noch sauber gewesen.

Unwiederbringlich. Die Vergangenheit.

»Ich bin ganz hinten gestanden. Sie haben mich wahrscheinlich nicht gesehen.«

»Wann?«

»Heute, als Sie den Bach gespielt haben. Ich bin hineingeschlüpft, kurz bevor Sie angefangen haben – Sie haben gerade Ihre Geige gestimmt –, und mir war klar, dass Sie mich nicht bemerkt haben. Ich wollte auch nicht, dass die Juden mich sehen, aber die schienen ohnehin nie viel mitzukriegen.«

»Warum sind Sie gekommen?«

»Das war Ihr letzter Auftritt im Lager. Ich habe mir gedacht, dass Sie vielleicht die Chaconne spielen – vielleicht sogar, weil wir darüber gesprochen hatten –, und das wollte ich mir nicht entgehen lassen. Außerdem – wer weiß, ob ich sie je wieder zu hören kriege.«

»Nun, ich hoffe, es war der Mühe wert«, murmelte Burkhard.

»Es war so wunderschön. Ich bin auf dem Boden gesessen, in der Ecke, und Tränen sind mir übers Gesicht gelaufen.«

»Ach, kommen Sie! Das soll ich Ihnen glauben? Wo Sie doch gleich danach diesem Mann einen Kopfschuss verpasst haben?«

Rudolf wandte sich zu ihm und sah ihn einen Augenblick lang an, lange genug, dass Burkhard merkte, wie sehr er ihn verletzt hatte. Der Wagen schlingerte, doch Rudolf drehte sich gerade noch rechtzeitig nach vorn, um gegensteuern zu können. Burkhard hörte, wie er seufzte. Als er dann sprach, klang seine Stimme matt, farblos.

»Sie brauchen es nicht zu glauben, aber es ist wahr.«

»Ich vermute, Sie haben bereits die Juden beklagt, die Sie und Ihre Freunde dann getötet haben.«

»Ich habe nicht wegen den Juden geweint. Und die anderen – das sind nicht meine Freunde. Nein, ich behaupte nicht, dass ich überhaupt noch in der Lage bin, die Juden zu beweinen. Sie können mich ruhig für ein Ungeheuer halten, wenn Sie sich dadurch besser fühlen.«

In seinen Worten klangen die des Kommandanten nach; auch er bezichtigte ihn, unausgesprochen, um nichts anders zu sein als er.

»Ich halte Sie nicht für ein Ungeheuer«, erklärte er müde. Was hatte es denn für einen Sinn, Rudolf für all das verantwortlich zu machen? Er spürte, wie sein

Zorn verrauchte, wie er fast schon Mitleid mit Rudolf empfand.

Aber weshalb sollte er ausgerechnet mit ihm Mitleid haben – wenn doch die Juden getötet worden waren?

»Ich mag nur keine sentimentalen Lügen hören. Nicht nach dem, was heute geschehen ist.«

»Keine Sorge, ich sage die Wahrheit. Keine Beschönigungen, keine Entschuldigungen. Ich beanspruche nicht, noch als das zu gelten, was Sie einen zivilisierten Menschen nennen, auch wenn ich Musik liebe. Ich bin schon zu lange hier in dem Lager. Und was die Juden angeht: Ich weiß, es ist nicht ihre Schuld, aber ich bin es leid, mir immer wieder ins Gedächtnis zu rufen, dass es menschliche Wesen sind. Anfangs war ich entsetzt darüber, wie sie behandelt werden, aber mittlerweile habe ich mich daran gewöhnt. Jetzt verspüre ich nur noch Ekel. Es ekelt mich, wie sie aussehen und riechen, sogar wie sie sich bewegen.«

»Wen haben Sie also beweint? Sich selber? Ihre verlorene Unschuld?«

»Die Musik war so wunderschön. Ich … ich habe noch nie etwas so Schönes gehört, nicht von einer Sologeige. Kein Vergleich mit der Aufnahme, von der ich Ihnen erzählt habe. Und ich hatte das Gefühl, dass Sie das noch nie so gespielt haben, dass Sie über sich selber hinausgewachsen sind, weit über das hinaus, was irgendjemand in einem normalen Konzert vollbringen könnte. Ich habe gewünscht, es würde nie aufhören. In dieser Ecke hätte ich ewig sitzen bleiben wollen.«

Sein Leben lang hatte Burkhard auf ein solches Lob gehofft und gewartet. Doch jetzt bedeutete es ihm nichts. Er brachte nicht einmal die Kraft auf, sich dafür zu bedanken. Rudolfs Lobeshymne war ein Stachel in seinem Fleisch, kein Trost.

Seine Kehle war ausgedörrt; er hätte alles für ein Glas Wasser gegeben. Mit den Händen kratzte er etwas Schnee zusammen und führte ihn an den Mund, um zumindest die Lippen zu befeuchten.

»Verstehen Sie, meine Pistole ist neben mir auf dem Boden gelegen. Nie ist sie mir so fremd vorgekommen wie bei Ihrem Spielen. Wie ... wie aus einer anderen Welt. Ich wollte diese Waffe nie mehr auch nur berühren. Schluss machen mit alldem. Aber als Sie an die Stelle gekommen sind, die klingt, als läute eine Glocke – Sie wissen schon, wenn Sie die eine Note aushalten, und die anderen Stimmen dagegen ansingen, und das Ganze lauter, immer lauter wird – da habe ich gewusst, dass es bald vorbei sein würde.«

»Wollen Sie damit sagen, Sie haben gewusst, was geschehen würde?«

»Ja«, gestand Rudolf leise.

»Sie hätten es mir sagen können. Heute Vormittag. Oder gestern.«

»Was hätte das gebracht? Es hätte nichts daran geändert.«

»O doch. Möglicherweise schon. Ich glaube nicht, dass ich so gespielt hätte, wenn mir klar gewesen wäre, dass es keine Hoffnung gibt. Wie ein Automat hätte ich die einzelnen Sätze heruntergespielt, und er, er hätte nicht bekommen, was er wollte.«

»Sie wären trotzdem umgebracht worden. Und wir, wir hätten nicht etwas derart Schönes erlebt.«

»Wir? Nein, Rudolf, Sie haben nichts mit mir oder mit ihnen gemeinsam. Sie haben keineswegs mit den Juden gemeinsam diese Musik erlebt. Diese Menschen haben Sie verabscheut, das wissen Sie doch. Und was, zum Teufel, hat diese Musik ihnen gebracht?«

»Verstehen Sie doch, sie mussten sterben. Es gab keine Hoffnung für sie. Sie haben das nur nicht gewusst. Und … wenn man schon sterben muss, dann doch lieber mit Bach in den Ohren.«

»Dann ist es vielleicht noch schlimmer.«

»Sie haben nicht hier gelebt und sie monatelang beobachten können. Sie haben keine Ahnung, wie weit sie gesunken sind – zu Tieren sind sie geworden. Nein, lassen Sie mich ausreden. Tagtäglich habe ich sie sterben sehen. Und ich habe sie leben sehen – wenn man das leben nennen kann.«

»Sie haben nur zugesehen.«

»Das ist wahr. Gelegentlich war ich gezwungen, welche zu töten. Aber man kann nicht mit jedem einzelnen Mitleid haben.« Er schnippte ein paar Schneeflocken von seinem Mantel. »Es ist ohnehin besser für sie, dass sie tot sind.«

»Sie haben nicht das Recht, so etwas zu sagen.«

»Was heißt schon: Recht.« Er schnaubte. »Sie waren nicht mit dabei. Wie schön für Sie: Sie können sich selber nach wie vor für ein menschliches Wesen halten, das menschlich reagiert. Ich habe kein Mitgefühl mehr übrig. Das ist ein Luxus, den ich mir nicht erlauben kann. Das Einzige, woran ich mich festhalte, ist die Musik. Es ist das Einzige, das mir inmitten von alldem noch das Gefühl gibt, irgendwie ein Mensch zu sein.« Mit der einen Hand deutete er nach hinten, auf das Lager. »Das haben Sie uns heute geschenkt. Für einige wenige Augenblicke haben Sie uns wieder zu Menschen gemacht.«

»*Sie* haben keinen Augenblick aufgehört, Menschen zu sein.«

Schweigend fuhren sie weiter. Burkhard spürte, dass sie sich weiterbewegten, doch er konnte nichts sehen, an dem es sich hätte erkennen lassen, ob sie überhaupt vorwärtskamen. Es war, als befänden sie sich in einem Laufrad, führen auf der immer gleichen Stelle in dem immer gleichen Schneesturm. Ihm war unklar, wie Rudolf es schaffte, genügend zu sehen, um den Wagen auf der Straße zu halten. Die Schweinwerfer leuchteten in ein Kaleidoskop wirbelnder Schneeflocken hinein. Burkhard schloss die Augen; das wirre Muster weißer Linien gegen die Schwärze der Nacht machte ihn schwindlig.

Rudolf musste gegen das Heulen des Windes ankämpfen, als er wieder sprach: »Sie wollen wissen, warum ich geweint habe? Mir ist klar, Sie halten das für sentimental, für abstoßende Gefühlsduselei – ein Mörder, der Tränen vergießt. Ihrer Ansicht nach haben meine Tränen die Musik entweiht. Es war auch kein Selbstmitleid. Ich habe nicht meine verlorene Unschuld, oder meine Kindheit, oder meine Zeit an der Universität Leipzig, ehe alles in die Brüche gegangen ist, beweint. O nein. Ich habe die Musik betrauert, unsere Musik, diese Musik, die nie wieder die gleiche sein kann. Nicht nach den Öfen. Nicht nach der Leichengrube. Nicht nachdem wir die Musik missbraucht, durch unsere Lautsprecher gejagt haben, wenn wir sie gezählt und wie Vieh zusammengetrieben haben. Ich habe immer gedacht, es spiele keine Rolle, was sie mit den Walzern und Tangos anstellen, habe geglaubt, unsere großartige Musik würde all dies unbeschadet überstehen, würde rein bleiben. Hirnverbrannt war das! Sie haben alles kaputt gemacht, haben es zu sich hinunter in den Dreck gezogen, die größten Errungenschaften unserer Kultur durch eine Jauchegrube geschleift.«

»Und ich habe ihnen dabei geholfen.«

Rudolf schwieg, zog die Schultern hoch und schüttelte den Kopf, während er weiterhin den Wagen durch den Schneesturm steuerte. Irgendwie spürte Burkhard, dass Rudolf vor dem Abgrund zurückschreckte, den er eben beschrieben hatte.

Die Arme und Beine schmerzten ihn, der Nacken. Es gab nichts mehr zu sagen; er wollte nur noch seine Ruhe. Wollte nach Hause, in sein Bett.

»Wenn ich diesen Alptraum überlebe, werde ich eines Tages vielleicht wieder in der Lage sein, in ein Konzert zu gehen. Und wenn Sie in einigen Jahren vielleicht irgendwo spielen, dann würde ich gern hinter die Bühne kommen und …« Rudolfs Stimme versiegte. Wahrscheinlich war ihm klar, dass er träumte – nie würde es ein solches Konzert geben.

»Ich werde nie wieder spielen«, murmelte Burkhard. Er war sich nicht sicher, ob Rudolf ihn gehört hatte; er hatte kaum die Kraft zum Sprechen aufgebracht. Seine Kleidung klebte wie ein nasser Sack an ihm, er fröstelte.

»Vielleicht wird, muss es von jetzt an eine andere Art Musik geben. Ich verstehe, dass … um bestimmte Erinnerungen abzuschütteln, bedarf es einer langen Zeit.« Wieder musste Rudolf gegen den Wind ankämpfen, und seine Stimme war zu einem verzweifelten Gequengel geworden.

»Nie wieder werde ich Geige spielen!«, schrie Burkhard.

Der Wagen schlidderte. Ruckartig bremste Rudolf. Instinktiv griff Burkhard mit der linken Hand nach der Geige, während er sich mit der rechten abstützte. Das Auto drehte sich um sich selber und kam schlingernd zum Stehen. Rudolf kauerte über dem Lenkrad und krallte seine Finger in das Armaturenbrett. Seine Schultern zuckten.

»Können Sie mir denn nicht vergeben?« Seine Stimme bebte.

»Wie soll ich Ihnen vergeben, wenn ich nicht einmal mir selber vergeben kann?« Auch Burkhards Stimme zitterte, allerdings aus einem anderen Grund. Seine Zähne klapperten. Rudolf wandte sich um; sein Gesicht war nass von Tränen und Schnee. Er legte Burkhard die Hand auf die Stirn.

»Mein Gott«, keuchte er. »Sie sind ja ganz heiß.«

»Ich habe das Gefühl zu erfrieren.«

»Hier, nehmen Sie.« Rudolf riss sich den Mantel herunter und gab ihn Burkhard. »Decken Sie sich damit zu.« Burkhard war zu schwach, um zu widerstehen.

Rudolf konzentrierte sich wieder darauf, den Wagen zu steuern; er fuhr jetzt vorsichtiger, aber immer noch so schnell er konnte. Burkhard versuchte nicht mehr zu sprechen, und Rudolf wusste offenbar, es hätte keinen Sinn, ihn weiter mit Bitten um Verständnis oder Vergebung zu bestürmen. Burkhard lehnte sich zurück und döste ein. Als er die Augen wieder aufschlug, fuhren sie langsam durch die schwach beleuchteten, vertrauten Straßen seines Städtchens. Kurz darauf hielten sie vor dem Haus, in dem er wohnte. Ihm kam es vor, als sei weit mehr als eine halbe Woche vergangen, seit er abgeholt worden war. Rudolf half ihm die Treppe zu seiner Mansardenwohnung hinauf, und er fiel, ohne sich auszuziehen, auf sein Bett.

»Sie sollten etwas Trockenes anziehen.«

»Gleich, gleich, wenn Sie weg sind.«

»Haben Sie Aspirin da?«

»In dem Schränkchen über dem Spülbecken.«

Rudolf füllte ein Glas mit Wasser und stützte Burkhard, damit er die Tablette schlucken konnte.

»Sie brauchen einen Arzt.«

»Der einzige Arzt in dem Städtchen ist letzten Monat an einem Herzanfall gestorben. Bitte, ich will nur meine Ruhe.«

»Ich werde denen von der Wehrmacht sagen, dass Sie krank sind. Die müssen hier doch irgendwo einen Arzt haben.«

»Die sind alle an der Front. Ich muss mich nur ausruhen, Bitte, lassen Sie mich in Ruhe.«

»Ja, ich glaube, es ist besser, wenn ich gehe. Ich

muss ins Lager zurück – der Kommandant wird sich schon fragen, wo ich bleibe.« Er ging zur Tür. »Aber ich sorge dafür, dass die von der Wehrmacht morgen früh jemanden vorbeischicken, um nach Ihnen zu sehen. Wir haben Sie ausgeliehen, und wir sollten Sie einigermaßen unbeschädigt zurückgeben.«

»Rudolf«, sagte Burkhard mit so schwacher Stimme, dass es wie ein Wispern klang.

Mit der Hand auf der Klinke, drehte Rudolf sich um und sah ihn ein letztes Mal an.

»Sie haben mir das Leben gerettet. Ich wollte mich nur bedanken.«

»Das ist nicht nötig«, erklärte er, gegen Tränen ankämpfend, und fuhr sich mit der Hand durch die Haare. »Kein ... menschliches Wesen hätte sie da draußen erfrieren lassen.«

Er zog die Tür auf. »Ich hoffe«, fügte er leise hinzu, »dass Sie, wenn das alles vorbei ist ...« Er zögerte und räusperte sich.

»Ich weiß nicht, was ich noch hoffen soll.« Burkhard blickte auf die verloren wirkende Gestalt in der Tür, der er keinen Trost bieten konnte. »Auf Wiedersehen, Rudolf.« Er zog sich die Daunendecke über die Knie, drehte sich auf die Seite und schloss die Augen. Kurz darauf hörte er die Tür ins Schloss fallen und die ersten zögerlichen Schritte die Treppe hinunter.

Fadensonnen

über der grauschwarzen Ödnis.
Ein baum-
hoher Gedanke
greift sich den Lichtton: es sind
noch Lieder zu singen jenseits
der Menschen.

Paul Celan

Nachbemerkung des Autors

Die Geschehnisse in dem Roman, die in den Jahren 1933 bis 1935 spielen, gehen auf eine Phase im Leben meines Vaters, des Geigers Ernst Drucker, zurück. 1933 schloss er sein Studium an der Hochschule für Musik in Köln ab und wurde Konzertmeister im Orchester des Jüdischen Kulturbundes in Frankfurt und später in Berlin. Zusammen mit seiner Familie emigrierte er im September 1938 in die Vereinigten Staaten.

Ein Jahr nach dem Tod meines Vaters, der 1993 starb, las ich die Autobiographie Albert Speers*. Und erfuhr auf diese Weise zu meiner Überraschung, dass Siegfried Borries, ein Bekannter meines Vaters aus seiner Zeit an der Hochschule für Musik, gegen Ende des Krieges zusammen mit Speer nach Finnland geflogen war. Nachdem Speer und andere Führungskräfte vom Reichsministerium für Rüstung und Kriegsproduktion die Befestigungsanlagen an der Front zwischen den deutschen Truppen, ihren finnischen Verbündeten und dem russischen Gegner inspiziert hatten, errichteten sie ein Lagerfeuer und lauschten dem Geiger Borries, der unter dem Sternenhimmel Bachs Chaconne spielte. Zu meinem Bedauern hatte ich keine Gelegenheit mehr, meinen Vater zu fragen, ob er etwas über die Ansichten und die politische Einstellung von Siegfried Borries zu Beginn der dreißiger Jahre wusste.

Eines Tages im Frühjahr 1933 stellte mein Vater fest, dass sein Name aus dem Programm für das bevorstehende Abschlusskonzert an der Musikhochschule gestrichen worden war. Sein Lehrer Bram Eldering – der auch der Lehrer des weltberühmten Geigers Adolf Busch war, in dessen Quartett mein Vater später spielte – drohte zurückzutreten, falls man seinem Schüler nicht erlaubte, zumindest den ersten Satz aus Brahms Violinkonzert zu spielen. Als Reaktion auf eine oberflächliche, rassistische Besprechung des Konzerts schrieb mein Vater einen Brief an den Herausgeber des *Völkischen Beobachters,* in dem er darauf hinwies, dass Brahms sein »unsterbliches deutsches Violinkonzert« dem Violinisten Joseph Joachim gewidmet hatte, einem Juden.

Einige der aberwitzigen Momente im Verlauf von Kellers Auftritten vor verwundeten Soldaten spiegeln meine eigenen Erfahrungen aus der Zeit wider, als ich in Krankenhäusern, einer Entzugsanstalt für Alkoholiker, einem Rehabilitationszentrum für Drogensüchtige und einer psychiatrischen Abteilung musizierte, während ich mich auf den internationalen Queen Elizabeth Geigenwettbewerb in Brüssel im Jahre 1976 vorbereitete.

* Albert Speer: *Erinnerungen.* Berlin: Propyläen/Ullstein Verlag 1969.

Dank

Für ihre Ermutigung und ihre Ratschläge während der langen, immer wieder unterbrochenen Entstehung des Buches danke ich Thomas Gavin, Denise Levertov, Eileen Lottman, Richard Pollak, Jef Geeraerts, J. B. Keller, John Felstiner, Carlotta Maurice, Stephen Donadio und Martha Cooley. Mein besonderer Dank gilt Elizabeth Benedict, die geduldig drei verschiedene Fassungen gelesen und mir viele wertvolle Hinweise gegeben hat.

Die nahezu fertige Version des Romans gelangte schließlich durch die großzügige Vermittlung von Kate Atkinson, Peter Straus und meiner großartigen Agentin Melanie Jackson auf den Weg zum Verlag Simon & Schuster. Dank schulde ich David Rosenthal und allen seinen Mitarbeitern in dem Verlag, die an dem Projekt beteiligt waren, vor allem meiner Lektorin Sarah Hochman, die während unserer Zusammenarbeit ein tiefes Verständnis für das, was ich zum Ausdruck bringen wollte, an den Tag legte.

© Heike Steinweg

Tanya Stewner wurde 1974 im Bergischen Land geboren und begann bereits mit zehn Jahren, Geschichten zu schreiben. Sie studierte in Düsseldorf, Wuppertal und London und widmet sich inzwischen ganz der Schriftstellerei. Die Autorin lebt mit ihrem Mann und ihrer Tochter in Wuppertal.

Weitere Informationen zum Kinder- und Jugendbuchprogramm der S. Fischer Verlage finden sich auf *www.fischerverlage.de*

Tanya Stewner

DER SOMMER IN DEM DIE ZEIT STEHENBLIEB

FISCHER Taschenbuch

FSC
www.fsc.org
MIX
Papier aus verantwortungsvollen Quellen
FSC® C083411

Erschienen bei FISCHER Kinder- und Jugendtaschenbuch
Frankfurt am Main, Juli 2018

Satz: Pinkuin Satz und Datentechnik, Berlin
Druck und Bindung: CPI books GmbH, Leck
Printed in Germany
ISBN 978-3-596-81007-9